Götterdämmerung

AF186554

Bernd Bock, der Gründer und Inhaber des renommierten Textilunternehmens ʻElite For Youʼ, verstirbt mitten in der Premiere von Wagners „Götterdämmerung" im Wuppertaler Opernhaus. Trotzdem die Gerichtsmediziner bei der Obduktion den plötzlichen Herztod ohne Fremdeinwirkung feststellen, ist Mathilde Krähenfuß misstrauisch. Zunächst auf eigene Faust beginnt sie zu ermitteln…

Autorin

Tanja Heinze, 1975 in Wuppertal geboren, lebt und arbeitet in dieser Stadt bis heute. Sie studierte Philosophie an der Bergischen Universität Wuppertal.

Romane

Der Schnee des letzten Sommers,
Leipziger Literaturverlag, ISBN: 3-934015-66-2

Donna Juana,
Leipziger Literaturverlag, ISBN: 3-934015-84-0

Das Lächeln der Teddybären,
BoD Norderstedt, ISBN: 978-3-7448-7795-4

Im Garten des Lebens,
BoD Norderstedt, ISBN: 978-3-7448-6564-7

Götterdämmerung,
BoD Norderstedt, ISBN 978-3-7460-9070-2

TANJA HEINZE

Götterdämmerung

Kriminalroman

Bibliografische Information der Deutschen Nationalbibliothek
Die Deutsche Nationalbibliothek verzeichnet diese Publikation in der
Deutschen Nationalbibliografie; detaillierte bibliografische Daten sind
im Internet über http://dnb.dnb.de abrufbar.

Umwelthinweis:

Alle bedruckten Materialien dieses Taschenbuchs sind chlorfrei und
umweltschonend.

Erste Auflage April 2018
© 2018 Tanja Heinze
Satz, Umschlaggestaltung, Herstellung und Verlag:
BoD – Books on Demand
ISBN 978-3-7460-9070-2

Umschlagfoto: Fotostudio Hosenfeldt Wuppertal
Umschlaggestaltung: Tanja Heinze und BoD
Lektorat: Dr. Norbert Brieden

Samstag, 16. September 2017

Wer dazu gehört, trägt weiß. Weiß ist die Farbe der Sieger, der Erfolgreichen. Er trägt weiß und sitzt in der vierten Reihe. Die Reihe vier des Wuppertaler Opernhauses ist für die V.I.P.s reserviert. Und eine solche Person ist er. Er ist eine sehr wichtige Persönlichkeit des Wuppertaler Geschäftslebens. Von Reihe vier aus hat er den besten Blick auf die Bühne. Das Bühnenbild gefällt ihm heute gut, obwohl er kein Liebhaber allzu moderner Inszenierungen ist. Die Streicher, allesamt weiß gekleidet, sitzen auf ihren Stühlen im hochgefahrenen Orchestergraben. Sie nehmen den vorderen Teil der Bühne ein. Die Musiker im Bühnenhintergrund, die Bläser und Schlagwerker, tragen schwarze Hosen und weiße Jacketts. Ein einfach geschnittenes Großstadtappartement, kleines Zimmer, Küche, Bad, bildet den sehr schmalen Ort, an dem sich die Handlung abspielt. Er lauscht Richard Wagners Melodien, schließt ab und zu die Augen, um ungestört in den Genuss der geliebten Musik zu kommen. Die Orchesterstücke des Projektes ‛Surrogate Cities´ von Heiner Goebbles reflektieren das Leben in einer Großstadt. Sie wurden bereits zu Beginn der Aufführung eingespielt und umrahmen den dritten Akt des ‛Nibelungenrings´.

„Entschuldigen Sie bitte", hört er eine leise Stimme sagen. Er ist verärgert. Die Dramaturgie nähert sich dem Tod Siegfrieds. Der tapfere Held, der in nicht mehr allzu langer Zeit von einem Speer getroffen werden wird. Er sieht kurz nach links, doch er erkennt nur dunkle Schatten im Publikum.

„Entschuldigen Sie bitte", sagt die Stimme erneut. Jemand nimmt auf dem leeren Sitz neben ihm Platz.

„Schon gut", antwortet er kurzangebunden.

Siegfried und Brünnhilde tragen schwarz. Handykameras blitzen ihre Lichter in den dunklen Raum des Publikums. Ausnahmsweise ist das heute in der Oper erwünscht. Die Götterdämmerung soll eins werden mit dem Alltag der Stadt, jeder Stadt, seiner Stadt. Kurz wagt er einen Blick auf die zu spät gekommene Person. Lange Haare, Mütze, schwarze Lederjacke und Jeans. Zumindest glaubt er das in dem Dämmerlicht erkennen zu können.

`Irgendein neureicher Mister Wichtig´, denkt er herablassend. `So ein androgyner Typ, der denkt, nur weil er zu Geld gekommen ist, kann er wie ein Cowboy gekleidet die Oper besuchen. Vielleicht ist es auch eine Frau. Heutzutage weiß man das nicht so genau. Selbst Hagen wird von einer Frau gespielt, die bis vor kurzem noch ein Mann war. Früher durften Zuspätkommende auch nicht in die laufende Aufführung reinplatzen, schon gar nicht bei der Premiere´, ärgert er sich wieder. Er besucht immer nur Premieren. Viel gönnt er sich sonst nicht. Sein Leben besteht aus Ordnung und Disziplin. Weil man, wie er weiß, sonst zu nichts kommt. Deswegen gehört Sport zu seinen Aktivitäten. Die langen Läufe braucht er, um das Adrenalin in seinen Adern loszuwerden. Außerdem hat Sportlichkeit eine gute Außenwirkung. Er weiß, dass es Neider gibt, die annehmen, er besuche die Oper ausschließlich wegen der Wirkung auf die Öffentlichkeit. Das interessiert ihn nicht. Wenn es eins gibt, das er liebt, dann ist das klassische Musik. Und vom Tod des Helden wird ihn nichts abhalten, auch kein zu spät gekommener Großstadtcowboy. Siegfried betritt die Bühne. Noch strauchelt er nicht, ist der Held sicher geschützt vom Blut des getöteten Drachens. Er weiß, was er jetzt sehen wird. Jeder hat eine verletzbare Stelle. Bei Siegfried ist es ein kleiner Fleck auf dem Rücken, verursacht von einem herabgeregneten Blatt, an dem das Drachenblut abfloss. Man muss davon wissen, um ihn töten zu können. Er sieht die Waffe fliegen, krümmt sich vor Mitleid mit Siegfried, den der stechende Schmerz jetzt trifft.

„Autsch", flucht er. „Was zur Hölle war das?"

„Entschuldigen Sie bitte", flüstert die Stimme des Cowboys. „Fahr zur Hölle, du alter Geldsack."

Er sieht Siegfried zu Boden fallen, möchte schreien, doch seine Stimmbänder sind wie gelähmt. Die Zunge klebt ihm am Gaumen. Er ringt nach Luft, er weiß, das ist das Ende.

Dienstag, 19. September 2017

Premierendrama im Wuppertaler Opernhaus!

Überraschender Tod des bekannten Gründers des Textilunternehmens `Elite For You´.

Von Mathilde Krähenfuß

RONSDORF. Völlig unerwartet verstarb der Ronsdorfer Unternehmer Bernd Bock am Abend des 16. September 2017 im Alter von 72 Jahren an einem Herzstillstand. Der Tod trat nach Angaben der Polizei kurz vor Beginn der Pause der Premiere von `Surrogate Cities / Götterdämmerung´ ein. Bock war ein regelmäßiger Besucher der Oper. Nur selten fand eine Premiere ohne ihn statt. Kriminalhauptkommissar Herbert Mucke berichtete der Ronsdorfer Gazette, dass es keinen Hinweis auf ein Fremdverschulden gebe. Solche Fälle spontanen Herzversagens kämen selbst bei sportlich aktiven Menschen wie Bock vor, sagte Mucke weiter.

Verlässliche Quellen berichteten der Gazette zudem, dass die Testamentseröffnung für Aufregung bei den Erben gesorgt habe. Wider deren Erwarten vererbte Bock den Hauptteil seines Vermögens caritativen Einrichtungen und dem Tierschutz. Außerdem stiftete er seine immense Gemäldesammlung dem Von der Heydt-Museum. Seine Münzsammlung vermachte er dem Wuppertaler Zoo. Besonders die starke Berücksichtigung des Personals lässt die Emotionen aufkochen. Es stellte sich heraus, dass Bock bereits vor sechs Jahren sein Ronsdorfer Anwesen der Haus-

*hälterin Vera Mayer überschrieben hatte. Die Frage nach
den Gründen bleibt bisher unbeantwortet. Ebenfalls ist
unbekannt, wie die Zukunft von `Elite For You´ aussehen
wird. Die Ronsdorfer Gazette wird weiter berichten.*

Montag, 25. September 2017

Ein heftiger Wind wehte, während die kleine Prozes-
sion den vier schwarzgekleideten Männern folgte, deren
Aufgabe es war, den Sarg mit der Leiche Bernd Bocks
in die Erde zu lassen. Ernst und würdevoll schritten die
Friedhofsangestellten neben dem Totenwagen her. Der
katholische Pastor, der, wie Mathilde Krähenfuß fand,
eine berührende Trauerrede gehalten hatte, war ein alter Mann. Seine Hände hatten während der Andacht
gezittert. Über seinen schwarzen Talar war eine lilafar-
bene, schmale Stola geschlungen, der einzige Farbfleck
in dieser Szenerie. Lediglich vereinzelte, gefärbte Blätter
kündeten vom bevorstehenden Herbst. Die Beisetzung
fand auf dem Friedhof Uellendahl statt. Von der kleinen
Kapelle neben der Friedhofsgärtnerei führte ein langer,
steil ansteigender Weg zum Familiengrab der Bocks.
Mathilde bildete mit einigen wenigen, weitläufigen Bekannten des Verstorbenen das Schlusslicht. `So bekannt
er auch war, viele Freunde scheint er nicht gehabt zu
haben´, dachte Mathilde, während sie kurz anhielt und
in ihre Handtasche griff. Sie fluchte leise, derweil sie sich
abmühte, den kleinen Schirm von ihrem Fernglas zu
unterscheiden. Es nieselte zwar nur leicht, doch wegen

des Windes würde ihr die Nässe bald durch die Kleidung kriechen.

„Darf ich Ihnen behilflich sein?", erkundigte sich ein freundlicher, junger Mann. Mathilde fragte sich, in welchem Verhältnis der rothaarige, sommersprossige Riese zu Bernd Bock gestanden hatte.

„Ja bitte", antwortete sie lächelnd. „Wenn Sie die Tasche einmal halten würden, dann könnte ich besser suchen."

„Diese großen Taschen sind bei den Mädchen modern. Wozu benötigt eine Frau von der Presse so ein Ding?", fragte er, leise kichernd. Er musste sie beim Verlassen ihres Citroen Berlingo beobachtet haben, denn dort war deutlich sichtbar ein Schild mit der Aufschrift 'Presse' hinter der Frontscheibe angebracht. Sie war relativ spät eingetroffen, die meisten Trauergäste hatten schon plaudernd vor ihren Wagen gestanden.

„Sie wissen gar nicht, wie wichtig es manchmal sein kann, alles dabei zu haben", erwiderte Mathilde, deren auf die Nasenspitze gerutschte Brille mittlerweile voller Regentropfen war. Stolz zog sie den kleinen Knirps aus der beigefarbenen Tasche. „Sogar ein Schirm passt rein."

„Und ein Fernglas, wie ich sehe", sagte der Rothaarige, unverhohlen ins Innere der Tasche blickend.

„Sicher, für alle Fälle, mein Lieber", sagte Mathilde, rasch den Reißverschluss zuziehend. „Darf ich fragen, wer mir so liebenswürdig geholfen hat?"

„Charles Bock", stellte er sich artig vor. Er neigte sogar kurz den Kopf und reichte ihr die Hand. „Ich bin der Enkel von Bernd Bock. Ich halte mich gern im Hintergrund und werde mich erst am Grab zu meinen Eltern gesellen."

Mathilde schob ihre Brille an die richtige Stelle zurück und überlegte kurz, ob sie ihn darauf ansprechen sollte, dass er ihr nicht schwer betroffen vom Verlust seines Großvaters erschien. Schließlich sagte sie: „Krähenfuß. Mathilde Krähenfuß. Freie Mitarbeiterin bei der Ronsdorfer Gazette. Jetzt müssen wir uns sputen, damit wir uns hier nicht verirren."

„Keine Sorge, ich weiß, wo das Grab ist. Hinter der nächsten Kurve finden wir die liebe Verwandtschaft wieder", beruhigte Charles sie.

Sie beschleunigten ihre Schritte und holten die Trauergäste rasch wieder ein.

„Ihren Namen bringe ich mit dem Wupperspiegel in Verbindung", sagte Charles nachdenklich. „Wissen Sie, ich interessiere mich für Politik. Das war doch Ihr Ressort, nicht wahr?"

„Jetzt bin ich überrascht", gab Mathilde zu. „Und es stimmt. Bis zur Berentung war ich dort fest angestellt. Wie alt sind Sie?"

Ihr gefiel der junge Mann, der optisch nicht die geringste Ähnlichkeit mit seinem Großvater hatte. Dieser war dunkelhaarig gewesen und nicht besonders groß, allerdings ebenso schlank wie sein Enkel.

„Neunzehn Jahre, ich habe gerade mein Abitur gemacht und absolviere jetzt ein freiwilliges soziales Jahr in der ambulanten Krankenpflege, bevor ich mit dem Studium der Musik beginnen werde. Ich brauche mal eine Zeit lang etwas Bodenständiges", gab Charles bereitwillig Auskunft.

Gerne hätte Mathilde das Gespräch weiter geführt, doch die Sargträger hielten an, um den Verstorbenen andächtig zu Grabe zu lassen. Anschließend drehten sie sich um, falteten die Hände und neigten die Köpfe. Ein letztes Nicken, und sie schritten schweigend davon. Der katholische Pastor räusperte sich und sagte: „Lasset uns ein letztes Mal gemeinsam für den Verstorbenen beten, so wie Gott es uns gelehrt hat." Er begann das ˋVater unserˊ zu rezitieren, und fügsam stimmten die am Grab Versammelten in das Gebet ein. Mathilde senkte ihren Kopf, ihre weit geöffneten Augen betrachteten jedoch neugierig die anwesenden Personen. Wie angekündigt, war Charles an die Seite seiner Eltern geeilt. Robert Bock trug einen maßgeschneiderten, schwarzen Anzug, der zu gewöhnlich aussah, um vom verstorbenen Vater entworfen zu sein. Ein schwarzer Hut verbarg zu größten Teilen seine Haare, einige wenige, dunkle Locken schauten hervor. Linda Bock war ebenfalls in schlichter Eleganz gekleidet. Sie war eine groß gewachsene Frau, die ihren Mann leicht überragte. Ihr rotes Haar war im Nacken zu einem einfachen Pferdeschwanz gebunden, eine schwarze Schleife hielt ihn zusammen. Neben Charles betete seine Schwester Samira, die ganz ihrem Vater ähnelte. Dunkle Locken fielen offen über die dicke, schwarze Jacke, die ein echter Hingucker war. Schlicht an ihr war lediglich die Farbe. Ansonsten bestand sie aus verschieden langen Lederfäden, die sich mit Samiras Haaren vermischten. ˋDie Fäden müssen an den kleinen Knöpfen am Kragen befestigt seinˊ, überlegte Mathilde. ˋGewiss ein Modell aus einer Kollektion ihres Großvaters.ˊ An der Seite der jungen Frau beendete nun deren Tante, Rita Bock, das Gebet. Sie trug das dunkle Haar sehr kurz geschnitten, ihr burschikoser Kleidungsstil wirkte wie bestellt aus einem Katalog für ökologisch wertvolle Mode. Ihre Schwester Maria und ihr Mann, Lutz Krumm, erhoben an ihrer rechten Seite die Köpfe und wandten ihr Augenmerk dem Pastor zu. Auch Maria hatte die dunklen Haare des Vaters geerbt, allerdings waren sie dünn und glatt. Sie und ihr Mann waren mit betont eleganter Trauerkleidung ausstaffiert, und Maria trug ein Hütchen mit Feder.

Mathilde begann zu frösteln, und ihr Magen machte sich mit lautem Knurren bemerkbar. Am Leichenschmaus im Haus Eisenbach auf dem Weinberg würde sie nicht teilnehmen. Das war den Familienmitgliedern vorbehalten. Der Pastor hatte in der kleinen Kapelle berichtet, die Wurzeln des in Haan aufgewachsenen Bernd Bock lägen in Wuppertal Elberfeld. Seine Großeltern und Eltern seien gebürtige Elberfelder gewesen, und der Leichnam werde aus diesem Grund im Familiengrab beigesetzt. Mathilde entschied, den Ort des Geschehens jetzt zu verlassen. Bernd Bock lag nun unter der Erde, die Gazette hatte berichtet, es gab nichts mehr für sie zu tun. Vielleicht würde sie einen winzigen Bericht über die Trauerfeier verfassen, sollte die Redaktion es wünschen. Leise drehte sie sich um, klappte ihren Schirm zusammen und ging den Berg hinunter zum Parkplatz. Ein Lächeln huschte über ihr Gesicht, während sie den Schirm vorsichtig ausschüttelte. Sie wurde erwartet. Ihre Hündin Lotte hatte die Wartezeit in dem geräumigen Kofferraum verbracht. Auf den Rücksitzen war kein Platz für ihre vierbeinige Freundin, weil Mathilde die Sitze zum Aufbewahren aller möglichen Dinge nutzte. Leise summend suchte sie in ihrer Tasche nach dem Autoschlüssel.

Mittwoch, 03. Januar 2018

Mathilde saß gemütlich am Küchentisch. Vor ihr auf dem Tisch lag aufgeschlagen die Westdeutsche Zeitung. In ihrer Kaffeetasse war nur noch ein kleiner Schluck, genüsslich verspeiste sie den Rest ihres mit Erdbeermarmelade bestrichenen Rosinenstutens. Die Marmelade war selbst eingekocht, der Stuten selbst gebacken. Sie war verwöhnt. Nur selten musste sie in den Supermarkt, um Brot oder Aufstrich einzukaufen. Ihre wundervolle Haushälterin Martha versorgte sie ausgiebig mit frisch zubereiteten Köstlichkeiten. Die dunkelhäutige Mitfünfzigerin war zwar knappe zehn Jahre jünger als sie, verhielt sich ihr gegenüber jedoch wie eine klassische afrikanische Mama. Das kleine Knusperhäuschen in der Mirker Höhe hatte Mathilde sich bereits vor zwanzig Jahren gekauft. Es war erschwinglich gewesen, und Mathilde hatte es nach ihren Vorstellungen restaurieren lassen. Ihr Einkommen beim Wupperspiegel, für den sie jahrzehntelang gearbeitet hatte, war sehr zufriedenstellend gewesen. Dennoch war es vielen ein Rätsel, insbesondere ihrem Neffen, Herbert Mucke, wie sie sich den Luxus einer festangestellten Haushälterin und die eine oder andere zusätzliche Kleinigkeit, wie zum Beispiel eine Vier-Sterne-Kreuzfahrt auf der AIDA, leisten konnte. Außer Martha wusste tatsächlich niemand von ihrem kleinen Geheimnis. Mit Anfang vierzig hatte sich für Mathilde der routinemäßige Erwerb eines Lottoscheines im wahrsten Sinne des Wortes ausgezahlt. Das Geld hatte sie gut angelegt, sie griff darauf bis heute zu. Alles in allem ein sehr zufriedenstellender Umstand, der ihr, wie Mathilde fand, das Leben sehr erleichterte. Und nicht nur ihr Leben war deswegen leichter geworden. Sie hatte Martha einstellen können, und die damals noch junge Frau hatte ihre gut bezahlte Lebensaufgabe gefunden. Beide Frauen waren unverheiratet geblieben und mit den Jahren gute Freundinnen geworden. Kurz vor ihrer Berentung hatte Mathilde Martha informiert, dass sich nichts an ihrer Übereinkunft ändern werde. Mathilde werde zwar weniger arbeiten müssen, habe aber nicht vor, dafür mehr im Haushalt zu machen, hatte sie Martha erklärt. Außerdem sei sie bereits bei der Ronsdorfer Gazette vorstellig geworden, einer Stelle als freie Mitarbeiterin stehe nichts im Wege, hatte sie strahlend hinzugefügt.

„Ach du liebe Güte", sagte Mathilde plötzlich. Sie nahm ihre auf dem Tisch liegende Brille in die Hand und setzte sie rasch auf ihre schmale Nase. „Amtliche Bekanntmachung. Am Mittwoch, 03. Januar 2018 findet um 10 Uhr 30 im Wuppertaler Landgericht der öffentliche Prozess zur Anfechtung des Testaments von Bernd Bock statt", las sie laut vor. Augenblicklich warf sie einen Blick auf ihre Armbanduhr. Sie liebte diese kleine, goldene Uhr, die noch per Hand aufgezogen werden musste. Sie war ein Erbstück ihrer Großmutter. Herbert machte sich oft über ihre Neigung zu altmodischen Liebhaberstücken lustig. Doch Mathilde ließ sich davon nicht beirren. Nicht umsonst hatte sie sich niemals zum Bund der Ehe drängen lassen. Sie war frei wie ein Vogel und machte ausschließlich Dinge, die ihr passten. Und diese Uhr gefiel ihr. Sie zeigte ihr auch an diesem Tag bereitwillig die Uhrzeit an: exakt neun Uhr und sieben Minuten. Mathilde hatte ausreichend Zeit, um zum Landgericht zu fahren und dem Prozess beizuwohnen. Sie stand auf und brachte Kaffeetasse und Teller zum Spülbecken. Grelles Licht fiel durch die kleinen Fenster über die Anrichtefläche. Es lag Schnee draußen, und die Sonnenstrahlen wurden von den Eiskristallen reflektiert. Fröstelnd zog Mathilde ihren Schlafkimono enger um sich. Davon besaß sie drei Exemplare, die sie auf einer Japanausstellung in der Historischen Stadthalle erstanden hatte. Sie beschloss, den Kimono in die Wäsche zu geben und am Abend in einen warmen Baumwollschlafanzug zu schlüpfen. Mathilde wurde in ihren Überlegungen durch das Geräusch des Schlüssels gestört, das die Ankunft ihrer Haushälterin und Lotte ankündigte. Wenn man Mathilde besuchte, so gelangte man beim Eintreten in das kleine Haus direkt in die Küche. Hatte man diese durchquert, stand das wesentlich größere Wohn-/Arbeitszimmer Mathildes vor Augen. Das Bad war ebenfalls Parterre, lediglich das Schlafzimmer füllte den winzigen ersten Stock aus. Die Häuser in der Mirker Höhe hatten alle eine leichte Abweichung von der Norm gemein; dem Umstand geschuldet, dass diese Wohnsiedlung aus einer ehemaligen Kleingartenanlage entstanden war. In den Vorgärten standen Tanks, die das Flüssiggas beinhalteten, mit dem die Anwohner ihre Häuser beheizten.

„Guten Morgen, Mathilde", ertönte eine tiefe Frauenstimme. „Lotte, sitz."

„Guten Morgen, Martha", krächzte Peter.

„Guten Morgen, Martha", wiederholte Paul.

„Guten Morgen, Martha", begrüßte Mathilde die korpulente, dunkelhäutige Frau, deren krause, schwarze Haarpracht mit weißen Pünktchen gepudert war. Mathilde musste schmunzeln. Sie fragte sich im Stillen, wer sich mehr würde schütteln müssen, ihre mittelgroße Mischlingshündin mit dem kurzen, schwarzen Fell oder ihre Haushälterin.

„Guten Morgen, Martha", krächzte erneut einer der beiden Graupapageien aus dem Wohnzimmer.

„Ja, ja", grummelte die Angesprochene, während sie die sich sträubende Lotte mit einem bereitgelegten Handtuch trocken rubbelte. In ihrem dicken Wintermantel geriet sie dabei mächtig ins Schwitzen. „Morgen, Peter, Morgen, Paul."

„Gib mal deinen Mantel, Martha", forderte Mathilde. „Und lass Lotte laufen. Sie ist nicht dreckig, nur etwas nass."

Vor sich hin murmelnd, befreite Martha die ungeduldige Hündin von Halsband und Leine und ließ sich seufzend aus dem Mantel helfen.

„Martha, ich werde jetzt ein kurzes Bad nehmen", kündigte Mathilde an. „Ich bin dann auch gleich weg. Ich muss zum Landgericht. Lotte werde ich hierlassen. Und Peter und Paul bekommen heute bitte ihre wöchentliche Dusche."

„Wird erledigt. Für den Nachmittag werde ich uns Quarkbällchen zubereiten, heute Abend wird es Schnitzel mit gemischtem Salat und Bratkartoffeln geben", bestimmte Martha energisch. Die dunkelhäutige Frau, an deren Ohren silberne Kreolen baumelten, und deren Arme und Hals mit bunten Ringen und Ketten behangen waren, hatte eine Vorliebe für deftige, deutsche Hausmannskost.

Kurze Zeit später verließ Mathilde das Haus in der Mirker Höhe und stieg in ihren dunkelbraunen Berlingo, den sie liebevoll ʿIngoʾ nannte. Der Wagen parkte in der Einfahrt vor der Garage, da diese zu Mathildes Bedauern zu klein für ihn war. Im Inneren der Garage lagerten alle Gegenstände, die Mathilde nicht mehr benötigte, jedoch nicht entsorgen wollte. Und das waren mittlerweile sehr viele Dinge. Zum Beispiel wartete ein Schaukelstuhl darauf, in seinem Leben noch einmal benutzt zu werden. Die Wahrscheinlichkeit dafür war zwar gering, doch man konnte ja nie wissen. Martha regte sich jedes Mal schrecklich auf, wenn sie sich dazu gezwungen sah, die Rumpelkammer, wie sie die Garage bezeichnete, zu betreten.

Im Autoradio lief WDR 4. Schwungvoll sang Mathilde die Lieder mit, die sie kannte. WDR 4 gefiel ihr, weil dieser Sender nicht nur die aktuellen Titel abspielte, die Mathilde zum größten Teil nicht leiden mochte. Sie steuerte ihr Fahrzeug durch die ehemalige Kleingartensiedlung und bog schließlich auf die Opphofer Straße ab. Wie so oft hatte sie auch heute dabei das Gefühl, von einer Miniaturwelt in die echte Welt zu wechseln. An der Thomaskirche vorbei gelangte sie zur Tankstelle, an der sie einen kurzen Zwischenstopp einlegte. Der Benzinpreis erschien ihr am heutigen Tag erschwinglich, und, aufmerksam wie sie war, füllte sie den noch halbvollen Tank auf. Gut gelaunt erreichte sie um zehn Minuten nach zehn das Wuppertaler Landgericht. Gekonnt parkte sie den Berlingo rückwärts in eine freie Parklücke ein, griff nach ihrer Tasche und stieg aus. Mathilde stapfte vorsichtig durch den grauen Matsch, das Ergebnis von Schnee und diesem Gemisch aus Sand und Granulat, mit dem die städtischen Mitarbeiter hier immer streuten. Erleichtert betrat Mathilde das Wuppertaler Landgericht. Der Wachmann begrüßte sie mit einem Grinsen auf dem rotwangigen Gesicht. An beiden Eingängen mussten die Besucher – ähnlich wie an den Flughäfen – ihre Taschen abgeben und sich einer Ganzkörperkontrolle unterziehen. Sie war hier kein seltener Gast. Nicht nur wegen ihrer Arbeit bei der Ronsdorfer Gazette, auch aus privatem Interesse war sie häufig bei Gerichtsverhandlungen zugegen.

„Morgen, Frau Krähenfuß", sagte Helmut Schneider freundlich, während er Mathilde routiniert auf versteckte Waffen untersuchte. `Die Frau ist wirklich gestraft mit ihrem Namen´, dachte er wie so oft. `Krähenfuß ist mir noch nie untergekommen, egal wie viele Personalausweise ich schon kontrolliert habe.´

„Guten Morgen, Herr Schneider", grüßte Mathilde artig zurück. „Ist der Saal schon voll?"

Helmut Schneider schüttelte den Kopf.

„Sind nicht viele hier", antwortete er, ihren Ausweis sorgfältig überprüfend. „Etwa zwanzig Leute. Die Kinder von Bernd Bock ohne Ehepartner und Nachwuchs und die üblichen Neugierigen."

Zu den `üblichen Neugierigen´ zählte für Helmut Schneider auch Mathilde Krähenfuß. `Die merkwürdige Frau ist eine sehr erfolgreiche Journalistin beim Wupperspiegel gewesen. Wenn man sie so sieht, traut man ihr das nicht zu', dachte Helmut weiter, während er ihre Handtasche aufs Fließband legte. Er betrachtete Mathilde aus den Augenwinkeln, die gegen ihre Brille hauchte und diese anschließend sorgfältig mit einem Taschentuch säuberte. Die schlanke Frau mit den kurzen, graumelierten Haaren trug eine graue Schirmmütze, einen olivgrünen Parka und eine auffällig rote Cordhose. Schmuck trug sie wie immer keinen, lediglich die golden funkelnde, altmodische Armbanduhr stach dem Betrachter ins Auge.

„Ihr Fernglas in der Tasche werte ich wie immer nicht als Versuch, eine gefährliche Waffe einzuschmuggeln", informierte er Mathilde augenzwinkernd. „Viel Spaß", wünschte er ihr noch grinsend, bevor er sich dem jungen Mann zuwandte, der als nächstes kontrolliert werden musste.

„Danke", erwiderte Mathilde betont ironisch und begab sich in den Verhandlungsraum S 90/17. Ihr bot sich der vertraute Anblick des Richters vor Kopf an dem gebogenen Tisch. Der Protokollant und die Prozessbegleiter saßen an seiner Seite. Die ungeduldige Miene des Richters sagte Mathilde deutlich, dass es höchste Zeit für sie war, sich auf einen der hinteren Plätze zu setzen. Sie sah die drei Kinder Bernd Bocks an der Seite ihres Anwalts sitzen, ihnen gegenüber hatte der Staatsanwalt Platz genommen. Mathilde fiel auf, dass Robert Bock und Maria Krumm fast exakt so gekleidet waren wie auf der Beisetzung ihres Vaters. Der Hut von Robert lag vor ihm auf dem Tisch, das Federhütchen zierte Marias schmalen Kopf mit den dünnen, kinnlangen Haaren. Lediglich Rita war auffällig anders gekleidet. Um ihren Hals war ein großes, buntes Tuch geschlungen, ihre Füße steckten in flachen Sportschuhen, und sie hatte sich trotz der Eiseskälte für eine dünne, graue Stoffhose entschieden. Mathilde wandte ihr Augenmerk dem Richter zu, der mit der Begrüßung begonnen hatte. In wenigen Worten fasste er zusammen, was der Verstorbene testamentarisch verfügt hatte. Das meiste war ihr bekannt, sie hatte es bereits selbst in der Gazette veröffentlicht. Neu waren ihr hingegen die Summen, um die es in diesem Erbstreit ging. Bernd Bock hatte jedem seiner Kinder eine monatliche Apanage zugedacht, die mit 1.845 Euro pro Monat deutlich geringer ausfiel als die, die die Haushälterin, Vera Mayer, bekommen sollte. Satte 2.500 Euro hatte Bernd Bock für sie festgesetzt. Die Erben sollten den Pflichtteil des Gesamtvermögens erhalten, das nicht mit der Firma `Elite For You´ verknüpft war. Die gesetzlich festgelegten 17,5 % bedeuteten in Zahlen pro Partei knappe 200.000 Euro. In Anbetracht der Tatsache, dass zumindest Robert und Maria in finanziell sehr guten Verhältnissen zu leben schienen, empfand Mathilde diese Beträge als erfreulich hoch. Diese Einschätzung der Sachlage teilten die Erben jedoch nicht. Der Anwalt der Geschwister verkündete, es müsse ein posthumes Gutachten eines Psychiaters gemacht werden, der den Geisteszustand Bernd Bocks zu überprüfen habe. Die Staatsanwaltschaft wiegelte den Einwand gekonnt mit der Vorlage schriftlicher Stellungnahmen mehrerer Ärzte ab, die alle mit ihrer Unterschrift bestätigten, dass Bock klar bei Sinnen gewesen sei. Der Versuch des Anwalts, Vera Mayer, die im Übrigen nicht anwesend war, das Recht auf die Villa in der Kurfürstenstraße in Wuppertal

Ronsdorf streitig zu machen, wurde ebenfalls lässig von der Staatsanwaltschaft mit Bezugnahme auf den §516 des BGB zunichte gemacht. Die Schenkung von vor sechs Jahren sei diesbezüglich unanfechtbar, verkündete der Staatsanwalt. Nach diesen Worten begann Mathildes Interesse an dem Inhalt des Prozesses abzuflachen. Sie war prozesserfahren genug, um zu wissen, dass die Kinder Bocks keine Chance hatten, den Rechtsstreit zu gewinnen. Rita Bock schien ebenso gelangweilt zu sein. Sie drehte zwei silberne Kugeln in den Handflächen hin und her. Einige Anwesende machten sich Notizen, die meisten Augenpaare wanderten allerdings vom Anwalt über die Erben zum Staatsanwalt und wieder zurück. Kein hier Anwesender war außer den Geschwistern auf der Beerdigung gewesen. Da war Mathilde Krähenfuß sich sicher. Sie hatte die Fakten bereits auf einem Schreibblock notiert und diesen zurück ins Innere ihrer Tasche gelegt. Das Material war ausreichend für ihren Artikel, der morgen in der Ronsdorfer Gazette erscheinen sollte. Nachdem der Richter das Urteil verkündet hatte, dass alles so bleiben werde, wie es Bernd Bock gewünscht habe, machte sie sich zufrieden auf den Weg zum Ausgang.

„Der alte Sack ist noch als Toter ein Ekelpaket. Nicht einmal seinen Kindern gönnt er das Erbe", hörte Mathilde jemanden hinter ihrem Rücken sagen.

„Gibt vor, der Wohltäter zu sein, der für die armen Menschen und die noch ärmeren Tiere sorgt. Dabei vermacht er diesen Einrichtungen sein Vermögen aus purer Gehässigkeit. Der hat in seinem Leben etliche Existenzen zerstört, der Mistkerl", antwortete eine Frauenstimme.

Mathilde drehte sich vorsichtig um. Doch es war nicht festzustellen, wer die Sprecher waren. Es gingen mehrere Männer und Frauen zügig auf die Ausgänge zu. Schulterzuckend drehte Mathilde sich wieder um.

„Na, die Kinder werden davon nicht ärmer, die bekommen mehr als genug", sagte die Frauenstimme weiter.

„Die sind selbst nicht viel besser", antwortete der männliche Redner.

Mathilde blieb abrupt stehen. Ruckartig drehte sie sich um und fragte: „Wer hat das gerade über Bernd Bock gesagt?"

Doch niemand schien sich von ihrer Frage angesprochen zu fühlen, keiner gab ihr eine Antwort. Nachdenklich verließ sie das Wuppertaler Landgericht, stieg in den Berlingo und fuhr zurück in ihre Miniaturwelt.

Donnerstag, 04. Januar 2018

Mathilde bog von der Max-Horkheimer-Straße links auf die Gaußstraße ab. Sie parkte den Berlingo, kurz nachdem sie den Hochschulkindergarten passiert hatte. In der Nacht hatte es nicht geschneit. Die sich den Berg zum Campus Grifflenberg hochwindende Straße war gut befahrbar gewesen. Mathildes Magen knurrte, und ihr war nach der Gesellschaft junger Menschen. Martha bereitete ihr zwar täglich ein köstliches Abendessen zu, Mittagessen jedoch gab es nicht.

„Komm, Lotte", forderte sie ihre Hündin auf.

Diese sprang schwanzwedelnd aus dem Kofferraum. Fünf Jahre war sie bereits Mathildes treue Begleiterin.

Mit Ende fünfzig hatte sie den Welpen aus dem Tierheim geholt. Sie hatte sich beim ersten Ansehen in das muntere, winzige Wesen verliebt. Lächelnd leinte sie Lotte an, und gemeinsam schlenderten sie die Gaußstraße entlang. Lottes Fell war schwarz, die Vorderläufe und Hinterpfoten jedoch weiß. Es sah aus, als trage sie Stiefelletten. Schwanzspitze, Blesse und ein runder Kreis auf dem Nacken waren ebenfalls weiß gefärbt. Martha hatte sie beim ersten Kennenlernen mit der Märchenfigur des gestiefelten Katers verglichen. Etwa in Höhe der Bushaltestelle bog Mathilde links aufs Campusgelände ab. Es war kurz vor Ende der vorlesungsfreien Zeit, doch wie erwartet herrschte reger Zulauf von der Bibliothek zum Gebäude ME. Treppenstufen führten ins Untergeschoss, und appetitlicher Essensduft drang an Mathildes Nase. Als Gast konnte man in der Mensa ein komplettes Menü für knappe fünf Euro erwerben. Mathilde entschied sich für ein Nudelgericht mit Salatbeilage und giftgrünem Wackelpudding. Sie steuerte mit ihrem Tablett auf einen freien Platz am Fenster zu, von dem aus sie einen Blick über den Hügel und die Stadt hatte. Neben ihr am Tisch saßen zwei Studenten, die bereits einige Semester hinter sich zu haben schienen. Der Mann war ein Südländer, und Mathilde schätzte ihn auf Ende zwanzig. Die junge Frau ihm gegenüber war auffallend blass. Die glatten, blonden Haare fielen offen über ihre schmalen Schultern. Sie stocherte in einem Salat, und das Nudelgericht des Kommilitonen war unangetastet. Neugierig wagte Mathilde einen Blick auf die Zeitung, die neben dem Tablett des Mannes lag. Tatsächlich lag dort die Ronsdorfer Gazette, und die Überschrift ihres eigenen Artikels sprang ihr ins Auge, während sie herzhaft ihre Nudeln verspeiste.

Bernd Bock kommt nicht zur Ruhe. Die Erben des Großunternehmers verlangen mehr als nur den Pflichtteil.

Bernd Bock erweist sich posthum als Wohltäter und Tierschützer.

Von Mathilde Krähenfuß

RONSDORF / ELBERFELD. Nicht nur der Wuppertaler Zoo und die diversen Wohltätigkeitsverbände dürfen aufatmen. Auch die Haushälterin des Verstorbenen, Vera Mayer, muss nicht um den Besitz der ehemaligen Villa Bernd Bocks in der Kurfürstenstraße in Wuppertal Ronsdorf bangen. Die Staatsanwaltschaft setzte sich in allen Punkten gegen die Einwände des Anwalts der Erben durch. ...

„So ein Bockmist", kommentierte der Südländer aufgebracht. Eine Zornesfalte hatte sich in das kaffeebraune Gesicht gegraben. Seine kurzgeschnittenen, dunklen Locken waren kunstvoll unordentlich arrangiert. Sie standen gewollt in alle Himmelsrichtungen ab.

„Komm runter, Julian", sagte die junge Frau mit klarer Stimme. Sie piekte etwas Salat auf ihre Gabel und führte sie zum Mund.

„Wer verfasst so einen Blödsinn?", antwortete Julian kopfschüttelnd. Widerwillig schob er sich einige Nudeln in den Mund.

Mathilde beschloss spontan, nicht zu erwähnen, dass die Verfasserin dieses Artikels direkt neben ihm saß. Dennoch war sie in ihrer Eitelkeit verletzt.

„Entschuldigen Sie bitte, dass ich mich in ihr Gespräch einmische", begann sie vorsichtig, mit der Papierserviette etwas Tomatensoße von den fettigen Lippen wischend. Ein braunes und ein grünes Augenpaar blickten sie verwundert an. „Den Artikel las ich heute in der Früh ebenfalls. Jetzt frage ich mich, warum er Sie so aufbringt?"

„Warum er mich so aufbringt?", wiederholte Julian in einem Tonfall, der ihr wohl sagen sollte, dass ihr das klar sein müsse. „Es ist doch immer wieder das Gleiche. Die reichen Drecksäcke können Zeit ihres Lebens nur an sich denken und für Geld über Leichen gehen, eine edle Spende und schon sind sie ein Wohltäter und Tierschützer. Wer diesen Artikel verfasst hat, kann nicht gut recherchiert haben", sagte er bitter, und Mathilde schluckte. „Der hat das doch nur dem Tierschutz usw. vermacht, um seinen Kindern eins auszuwischen. Hätte ihm doch gleichgültig sein können, er bekommt ja nichts mehr mit."

„Jetzt reg dich ab, Julian", versuchte die Frau ihr aufgeregtes Gegenüber zu beruhigen.

„Woher wissen Sie, dass das stimmt?", wollte Mathilde wissen. Sie musterte die zwei Studenten eindringlich. Beide trugen enge Sweatshirts und Jeans. Die junge Frau schien knallige Farben zu bevorzugen, sie kombinierte Dunkelrot mit ausgewaschenem Blau. Julian hingegen trug Weiß und Schwarz.

„Komm, Julian, wir müssen in die Bibliothek", sagte sie ruhig. Sie stellte Julians halbvollen Teller zurück auf das Tablett.

„Schon gut, Sarah", sagte er in etwas freundlicherem Tonfall. „Die meisten reichen Leute sind nicht reich geworden, weil sie viel Rücksicht auf das Leben ihrer Mitmenschen nehmen", sagte er kurz beim Aufstehen zu Mathilde. Grußlos verließ das Paar den Tisch.

Nachdenklich blickte Mathilde aus der Fensterfront. Sie erinnerte sich an die Redner hinter ihrem Rücken nach der Gerichtsverhandlung. Kurz verglich sie die Gesichter von Julian und Sarah mit den Gesichtern der dabei Anwesenden.

„Nein", murmelte sie vor sich hin. „Die zwei wären mir im Gedächtnis geblieben."

Geistesabwesend ließ sie zwei Stückchen von dem Graubrot auf den Boden fallen, das sie sich zum Eintunken in die Soße mitgenommen hatte. Lotte machte sich freudig darüber her.

„Lotte", sagte sie mehr zu sich selbst als zu ihrer Hündin, „ich glaube, Herbert wird sich über einen Besuch von seiner Tante freuen."

Wenig später parkte sie ihren Wagen in der Friedrich-Engels-Allee. Zuvor hatte sie Lotte ins Knusperhäuschen gebracht und in Marthas Obhut gegeben. Von den Unmengen herrlich duftender Quarkbällchen hatte sie eine beträchtliche Anzahl in Butterbrotpapier gewickelt und in ihrer Tasche verstaut. Zuversichtlich betrat sie das Polizeipräsidium. Herberts Büro war in der ersten Etage. Wie so oft war die Tür nur angelehnt, und Mathilde hörte die Geräusche der klappernden Computertastaturen.

„Guten Morgen, meine Herren", sagte Mathilde schwungvoll, als sie ohne zu klopfen das Büro betrat.

„Die Adlerkralle", flüsterte Florian Vogel seinem Kollegen, Hans Flachs, zu.

Dieser stöhnte und verdrehte die Augen.

„Herbert", flötete Mathilde, „sieh mal, was ich uns mitgebracht habe."

Fröhlich schmiss sie ihre Tasche auf den Schreibtisch ihres Neffen, Kriminalhauptkommissar Herbert Mucke. Dieser griff lässig nach der Tasche und zog schnuppernd das Kuchenpaket raus.

„Was hat Martha wieder gezaubert?", fragte er, übers ganze Gesicht grinsend.

„Quarkbällchen", antwortete Mathilde verschmitzt.

„Sind Sie nicht in Rente, Frau Krähenfuß?", erkundigte sich der achtundzwanzigjährige, hochaufgeschossene Florian Vogel, bevor er sich einen Quarkballen schnappte und ihn mit einem Bissen verspeiste.

Mathilde betrachtete den rothaarigen Mann mit den unzähligen Sommersprossen auf Gesicht, Armen und Händen. Sie mochte Herberts Mitarbeiter, auch wenn sie die beiden Männer gerne absichtlich zur Weißglut trieb.

„Sollte mich dieser bedauernswerte Umstand davon abhalten, meinen Lieblingsneffen mit einem Besuch zu erfreuen?", fragte sie frech zurück. Sie zog ihren Parka aus und warf ihn über die Lehne von Florians Drehstuhl. Sie setzte sich falschrum drauf und legte die Arme entspannt auf die ovale Stahllehne.

„Ich bin dein einziger Neffe", mischte sich Herbert ein. An seinem braunen Schnäuzer klebte Zucker, und Mathilde musste lachen. Der neununddreißigjährige Sohn ihrer einzigen Schwester, Roswita Mucke, hatte es bereits in jungen Jahren geschafft, in die Position des Kriminalhauptkommissars der Mordkommission aufzusteigen. Ihre Arbeit als Politjournalistin beim Wupperspiegel hatte Mathilde mehr als einmal mit den Abgründen der menschlichen Natur in Berührung gebracht. Oft hatte sie ihren Neffen zu Rate gezogen, wenn sie mit ihren Recherchen nicht weiter gekommen war.

„Bekomme ich jetzt bitte auch ein paar von den Kugeln?", knurrte Hans Flachs. Er nahm Florian das Paket aus der Hand und fischte sich eilig vier Exemplare des Gebäcks heraus. Hans war im selben Alter wie sein Chef, doch im Gegensatz zu Herbert hatte er kaum noch Haare auf dem Kopf. Er war klein gewachsen und hatte einen deutlich sichtbaren Bauchansatz.

„Jetzt mal Butter bei die Fische, Mathilde", sagte Herbert. Er schenkte seiner Tante eine Tasse Kaffee ein. „Was möchtest du wirklich hier? Du bist gewiss nicht zum Kaffee trinken gekommen."

„Herbert", begann Mathilde vorsichtig, die Kaffeetasse sorgsam in ihren Händen hin und her drehend. „Wurde Bernd Bock obduziert? Und wenn ja, von wem?"

Herbert Mucke stellte verblüfft seine Tasse ab.

„Natürlich wurde Bock gerichtsmedizinisch untersucht", gab er bereitwillig Auskunft. „Ich ordnete das an, weil bei der Erstuntersuchung keine Todesursache festgestellt werden konnte."

„Und was war das Ergebnis?", hakte Mathilde nach.

„Das hast du selbst in der Gazette veröffentlicht", antwortete Herbert. „Spontaner Herzstillstand. Ein Schicksal, das jeden ereilen kann."

„Na, Herbert, an der Tagesordnung ist das aber nicht,

sonst würden die Menschen wie die Fliegen umkippen", bemerkte Mathilde.

Herbert nickte zustimmend.

„Von daher zog ich auch Dr. Mathis hinzu", erklärte er.

„Darf ich seinen Befund einmal einsehen?", bat Mathilde hoffnungsvoll. Sie stand auf und ging zu ihrem Neffen. „Bock war sehr fit für seine zweiundsiebzig Jahre. Er nahm sogar noch am 10. September am Sparda Crosstriathlon teil. Darüber verfasste ich einen Artikel. Schwimmen, Laufen, Radfahren. Und dann sackt der Mann einfach in der Oper tot auf seinem Stuhl zusammen?"

„Mathilde, was führst du im Schilde?", fragte Herbert stirnrunzelnd. „Ich zeige dir gerne den Bericht von Mathis. Und dann gib dich damit zufrieden. Nur weil du Langeweile hast, brauchst du nicht Miss Marple zu spielen."

„Miss Marple war eine alte Oma", entgegnete Mathilde entrüstet. „Und jetzt zeig mir schon die Akte."

Interessiert studierte Mathilde den Arztbericht. Zwischen den medizinischen Fachbegriffen fand sie ausreichend deutsche Ergänzungen, um den Befund gut zu verstehen. Tatsächlich schien es keinerlei Hinweise auf einen unnatürlichen Tod zu geben. Bernd Bocks Herz hatte einfach aufgehört zu schlagen. Mathilde stieß einen tiefen Seufzer aus.

„Du bist jetzt nicht etwa enttäuscht?", fragte Herbert mit hochgezogenen Augenbrauen.

Eifrig schüttelte Mathilde ihren Kopf. Sie griff nach ihrer Schirmmütze, schlüpfte in ihren Parka und murmelte einige Abschiedsworte. In Gedanken versunken, verließ sie das Büro.

„Ihre Tasche", rief Florian Vogel ihr nach.

Sie drehte sich um und wartete. Florian eilte zur Tür und übergab ihr ihre Handtasche.

Der Schneefall hatte wieder eingesetzt. Allerdings war er von der Sorte, die Mathilde liebte. Weiche, dicke Flocken hüllten Straßen und Wälder in winterliche Stille ein. Nur wenige Autos versuchten, die Opphofer Straße raufzufahren. Einige übereifrige Anwohner schüppten bereits vor Ende des Schneefalls Schnee. Mathilde stiefelte die steile Stichstraße hoch, die zu einem kleinen Wäldchen führte. Sie ging mit Lotte am Gasthaus Eisenbach vorbei, das Restaurant, in welchem Bocks Leichenschmaus stattgefunden hatte, und erreichte schließlich den `Wester Busch´. Aufgeregt wedelte Lotte mit ihrer Rute.

„So, dann lauf", forderte Mathilde ihre Hündin auf. Sie hing sich die Lederleine um den Hals und atmete tief durch.

`Herbert hat Recht´, dachte sie. `Nur weil Bock bei einigen Leuten unbeliebt war, bedeutet das nicht, dass er ermordet wurde.´

Die kühle, klare Waldluft bekam ihr gut. Sie schritt zügig aus. Ihre festen Winterstiefel waren mit einem soliden Profil ausgestattet, der Weg von den Füßen der anderen Hundeführer platt getreten. Kurz vor der Kurve, hinter der sich eine kleine Lichtung verbarg, stieß Lotte ein aufgeregtes Bellen aus und lief los. Mathilde machte sich keine Sorgen, dass sie weglaufen könnte. Das machte Lotte nicht, darauf war Verlass. Als sie schließlich die Lichtung erreichte, bemerkte Mathilde zu ihrer Freude

Frau Behrendt mit ihrem Rauhaardackelrüden. `Ein kleiner Plausch wird mir guttun´, überlegte sie.

„Hallo, Frau Behrendt", rief sie der zarten, alten Frau in dem Kamelhaarmantel zu.

„Oh, Frau Krähenfuß, wie schön Sie zu sehen", wurde sie gut gelaunt begrüßt.

Frau Behrendt war Mitte achtzig und erstaunlich mobil für ihr Alter. Moritz war ihr vierter Dackel. Ihr verstorbener Mann war Förster gewesen. Während Lotte und Moritz einander beschnüffelten und eifrig Hundeküsse austauschten, gingen die zwei Frauen gemächlich durch den Wald. Sie unterhielten sich über das Wetter und über die vielen Vorteile, die es mit sich brachte, allein zu leben.

„Was ich Ihnen erzählen wollte, Frau Krähenfuß", sagte Elfriede Behrendt plötzlich. „Sie wissen doch, dass ich in Ronsdorf immer mit meinen drei Freundinnen Bridge spiele, nicht wahr?"

„Sicher, sicher", bestätigte Mathilde nickend. Sie nahm ihre Brille ab und steckte sie in die Tasche ihres Parkas. Die Schneeflocken wurden zu viele, sie konnte nichts mehr durch die nassen Brillengläser sehen.

„Auf jeden Fall hat die Schwester von Mareike eine Freundin", begann Elfriede eifrig. „Und diese Freundin erzählte der Schwester von Mareike, dass ihre Bekannte eine enge Vertraute von Vera Mayer sei."

Mathilde blieb wie angewurzelt stehen.

„Und?", wollte sie wissen. „Das ist die Haushälterin von dem verstorbenen Bernd…"

„Ja, ja, ich weiß", unterbrach sie Elfriede. „Ich lese jeden Ihrer Artikel, Frau Krähenfuß. Deswegen erzähle ich Ihnen das ja. Auf jeden Fall vertraute mir die Mareike an, dass die Vera die Geliebte von Bock gewesen sei."

„Das ist ja ein Ding", sagte Mathilde nachdenklich. ˋIch glaube, der guten Frau Mayer werde ich morgen einen Besuch abstatten. Die Villa wollte ich mir sowieso ansehen´, überlegte sie. Mathilde war in sehr guter Stimmung. Sie bedankte sich bei Elfriede Behrendt für die Information und trat mit Lotte den Heimweg an.

Freitag, 05. Januar 2018

„Peter, komm zu Paul", rief Mathilde ungeduldig. Sie hatte ihre beiden Graupapageien den ganzen Morgen frei im Wohnzimmer fliegen lassen. Derweil hatte sie in Ruhe ihr Frühstück zu sich genommen und sich für den Tag fertig gemacht. Paul saß bereits auf der von ihm bevorzugten Stange in der großen Voliere, die fast die gesamte, hintere Zimmerwand ausmachte. Es blieb gerade noch Platz für die Tür, die in den kleinen Flur führte, von dem aus man sowohl ins Bad als auch über eine Treppe ins Obergeschoss gelangte.

„Peter, komm zu Paul", wiederholte Paul. Mathilde musste wider Willen schmunzeln. Paul versuchte, ihre Stimme zu imitieren. Das Ergebnis hörte sich an wie eine alte Tonbandwiedergabe von einem defekten Kassettenrekorder. Mathilde eilte in die Küche, um eine Banane zu holen. Dieser Frucht konnte Peter zu ihrer Erleichterung nicht widerstehen. Um halb zehn saß Mathilde schließlich in ihrem Berlingo und machte sich auf den Weg nach Ronsdorf.

Sie fuhr von unten die Kurfürstenstraße rauf und hielt Ausschau nach der Hausnummer 333a. Die Häuser, an denen sie vorbeikam, waren eine Mischung aus entzückenden, alten Schieferhäusern mit grünen, offenstehenden Fensterläden und kleinen, modernen Neubauten. Als Mathilde schließlich ihren Wagen direkt vor dem Haus mit der Hausnummer 333 abstellte, war sie ziemlich überrascht. Das Haus war groß, einfach und grau.

„Das ist aber keine herrschaftliche Villa, Lotte", sagte sie zu Lotte.

Sie führte ihre Hündin am Haus vorbei und lugte um die Ecke. In großem Abstand zu dem grauen Haus erblickte sie das gesuchte Gebäude. Eine sehr hohe Hecke umgab das Grundstück. Sie wurde von einer schweren Stahltür mit Videoüberwachung und Gegensprechanlage unterbrochen. Dort angelangt, betätigte Mathilde die Türklingel. Es dauerte nicht lange, bis Vera Mayer sich meldete.

„Ja bitte?", sagte sie in fragendem Tonfall.

„Guten Morgen, Frau Mayer, mein Name ist Mathilde Krähenfuß von der Ronsdorfer Gazette", stellte sie sich vor. „Ich bin hier wegen des Nachrufs für Ihren verstorbenen Arbeitgeber."

Nach einem kurzen Moment der Stille hörte sie: „Kommen Sie rein."

Die schwere Tür öffnete sich zu beiden Seiten nach innen. Mathilde und Lotte gingen über den Ziegelsteinweg, der mitten durch den schneebedeckten Rasen zum Hauptgebäude führte.

Von außen war die Villa sehr modern. Weiße Steinplatten bildeten das Fundament, das spitz zulaufende

Dach war schwarz. Umso erstaunter war Mathilde, als sie das Anwesen betrat.

„Imperial Stil", entfuhr es ihr. Sie war durch die Tür getreten und sofort in einem großen Raum gelandet, in dem kunstvoll verzierte Holzschränke und ein ebensolcher Tisch standen. Ein Mann in Overall mit Handschuhen stand vor dem Mobiliar und betrachtete es eingehend mit einer Lupe.

„Verzeihen Sie, Frau Krähenfuß, ich muss Sie ins nächste Zimmer bitten", erklärte Vera Mayer, die mit ihrer modernen Lederhose und der roten Rüschenbluse optisch so gar nicht zu dem Inventar passte. Die schlanke Frau Anfang vierzig trug wenig Schmuck, der goldene Armreif und die dazugehörige Kette erschienen Mathilde jedoch echt. Ihre blonden Haare waren im Nacken zusammengebunden, sie hatte lediglich etwas Lippenstift aufgelegt. Mathilde folgte Vera durch den Türbogen. Gemeinsam betraten sie ein riesiges Zimmer mit einer verglasten Wand mit Blick auf den Garten.

„Möchten Sie die schönen Möbel hier alle verkaufen?", erkundigte Mathilde sich. Sie deutete mit der Hand auf die in durchsichtige Folie gehüllten Stühle und Tische.

„Mir haben die Sachen nie gefallen", sagte Vera kühl. „Ich mag den Imperial Stil nicht. Geben Sie mir ihren Mantel, und nehmen Sie Platz."

Mathilde setzte sich auf einen anscheinend neu angeschafften, schwarzen Ledersessel direkt am Fenster. Auf dem Grundstück erblickte sie das eingezäunte Steingebäude, in dem Bock seine Gemäldesammlung aufbewahrt hatte. Die Tür stand weit offen. Mathilde nahm an, dass die Kunstwerke bereits in den Besitz des Von der Heydt-Museums übergegangen waren. Vera kehrte ohne den Parka und mit einigen Stücken Wurst in den Händen zurück.

„Darf sie etwas Fleischwurst?", fragte sie mit leiser Stimme, und Mathilde nickte. Vera kraulte Lotte kurz hinter den Ohren, ließ die Hündin die Wurststücke von ihrer flachen Hand schlecken und setzte sich Mathilde gegenüber in das weiße Gegenstück zu dem schwarzen Sessel.

„Wie kann ich Ihnen behilflich sein?", fragte sie ruhig.

„Ich werde das Gespräch aufzeichnen, wenn es Ihnen recht ist", kündigte Mathilde an, die ein Diktiergerät aus ihrer Handtasche genommen und vor sich auf den Glastisch gestellt hatte. Vera Mayer nickte nur.

„Was können Sie mir über die Firma ʻElite For Youʻ erzählen?", fragte Mathilde.

„Kennen Sie eine der Kollektionen von Herrn Bock?", stellte Vera die Gegenfrage.

„Ich muss zugeben, dass ich in Modefragen wenig bewandert bin", gab die Angesprochene schulterzuckend zu.

„Ich gebe Ihnen den Rat, sich einmal in Düsseldorf in dem Hauptfirmensitz umzusehen", erklärte Vera. Sie nahm ein Kärtchen von der Ablagefläche unter dem Tisch und reichte es Mathilde. „Hier ist die Adresse. Ansonsten kann ich Ihnen berichten, dass die Firma Millionenumsätze macht. Herr Bock war ständig an neuen Investitionen interessiert. Das neueste Projekt sollte die Marke ʻElite For Kidsʻ werden."

„Was wird jetzt mit der Firma geschehen?", fragte Mathilde weiter.

„Nach meinem Informationsstand bereitete Herr Bock seinen engsten Mitarbeiter darauf vor, im Falle seines Ablebens die Position des Geschäftsführers zu übernehmen", fuhr Vera fort. Sie stand kurz auf, holte zwei Gläser aus dem Schrank hinter ihr und eine Karaffe mit Wasser, in der zwei Zitronenscheiben schwammen. Dankbar ließ Mathilde sich einschenken. „Herr Bock legte zudem testamentarisch fest, dass die Firma an den meist Bietenden veräußert werden soll. In einer Klausel sorgte er dafür, dass Dietmar Wolf als Geschäftsführer dem Unternehmen erhalten bleiben muss. Dieser hat bereits mit der Umsetzung der Kinderkollektion begonnen. Aber die Kinder von Herrn Bock drängen darauf, dass die Firma nicht verkauft wird. Sie wollen keine Übernahme durch einen anderen Designer, sondern selbst die Führung von `Elite For You´ in die Hände nehmen."

„Von dem Erlös des Verkaufes würden Bocks Kinder gewiss wieder nur den Pflichtteil erben", stellte Mathilde fest.

„Richtig", bestätigte Vera nickend. „Der Haupterlös soll an die Björn Steiger Stiftung gehen."

„Beträfe Sie das, Frau Mayer?", erkundigte Mathilde sich direkt, Vera fest in die blauen Augen sehend.

„Nein", antwortete diese sofort. „Meine Apanage ist notariell festgelegt, und, ehrlich gesagt, von wem ich das Geld bekomme, interessiert mich herzlich wenig."

Nachdenklich leerte Mathilde ihr Wasserglas.

„Seien wir ehrlich", fuhr sie schließlich fort. Sie registrierte, dass Vera Mayer unwillkürlich leicht zusammenzuckte. Sie fing sich jedoch augenblicklich wieder. „Bernd Bock scheint seine Kinder nicht sehr geliebt zu haben, sonst wäre er nicht so darauf bedacht, ihnen so wenig wie möglich zu hinterlassen."

„Damit war zu rechnen", erwiderte Vera. „Keines der drei Kinder zeigte sich an der Firma ihres Vaters interessiert. Ebenso teilte niemand sein Interesse an klassischer Musik. Darüber war Herr Bock oft sehr wütend. Ich bekam das natürlich mit. Er hielt die Kinder Zeit seines Lebens knapp. Sie nannten ihn immer `Onkel Dagobert´."

Mathilde lachte.

„Vor zehn Jahren verstarb seine Frau. Sie hatte sich immer für die Kinder eingesetzt. Nach ihrem Tod wurde das Verhältnis zwischen den Familienmitgliedern immer angespannter und Herr Bock noch geiziger", berichtete Vera weiter.

„Und jetzt verraten Sie mir bitte, warum Ihr Chef Ihnen vor sechs Jahren das Haus hier überschrieb", forderte Mathilde Vera Mayer auf. Sie warf einen kurzen Seitenblick auf Lotte, die sich zufrieden auf dem Boden zusammengerollt hatte.

„Ich könnte jetzt sagen: Weil er mich und meine Arbeit so schätzte. Aber die Wahrheit ist, dass er vor sechs Jahren eine anonyme Morddrohung erhalten hatte. Und er gönnte lieber mir das Anwesen als seinen Kindern", sagte sie sachlich. „Selbstverständlich behielt er das Wohnrecht auf Lebenszeit, und ich durfte niemandem etwas von der Schenkung berichten."

Das Telefon schellte. Vera entschuldigte sich und verließ das Zimmer. Wenig später kehrte sie zurück und teilte Mathilde mit, keine Zeit mehr zu haben. Sie brachte ihre Besucherin zur Tür und verabschiedete sie mit den Worten: „Ich hoffe, Ihnen geholfen zu haben."

„Das haben Sie, Frau Mayer. Vielen Dank", sagte Mathilde höflich.

Sie unternahm einen kurzen Spaziergang mit Lotte, stieg in ihren Berlingo und machte sich auf den Weg nach Düsseldorf.

Mathildes Magen knurrte heftig, als sie mit Lotte das Parkhaus an der Königsallee verließ. Der Stau auf der Autobahn hatte sie viel Zeit gekostet. Eigentlich hatte sie nicht vorgehabt, zum Essen in ein Restaurant einzukehren. Dennoch entschied sie spontan, sich einen Besuch im ʻLa Terrazzaʼ zu gönnen. Das Restaurant mit den mediterranen Spezialitäten lag in der Nähe des Hauptsitzes von ʻElite For Youʼ. Nachdem der Küchenchef sie mit frischer Pasta in einer scharfen Soße mit Meeresfrüchten verwöhnt hatte, und Lotte ausgiebig das vom Personal bereitgestellte Wasser geschlappt hatte, betrat sie zufrieden den Hauptsitz der Firma des Verstorbenen. Gleißendes Licht empfing sie. Im Hintergrund lief klassische Musik. Mathilde sah sich um und entdeckte zu ihrer Freude das Schild mit der Aufschrift ʻInformationʼ. Die Frau hinter dem weißen Stehpult lächelte freundlich. Ihr Namensschild verriet Mathilde, dass sie Bianca Moritz hieß.

„Guten Tag, Frau Moritz, mein Name ist Mathilde Krähenfuß", stellte Mathilde sich vor. „Ronsdorfer Gazette." Sie zog ihren Presseausweis aus der Handtasche. „Ich komme wegen des Nachrufs über Bernd Bock. Gerne würde ich Herrn Wolf sprechen."

„Einen Augenblick", sagte die junge Frau. Sie tippte etwas in ihr Smartphone. Es dauerte nicht lange, da meldete ihr der Signalton eine neue Textmitteilung. „Hören Sie, Frau Krähenfuß", sagte sie zögerlich. „Herr Wolf hat heute mehrere wichtige Termine in Folge. Sie sollen bitte telefonisch einen Termin bei seiner Sekretärin vereinbaren. Ich gebe Ihnen eine Karte."

„Und dafür stand ich fast eine Stunde im Stau", beschwerte sich Mathilde ein wenig verärgert.

„Sehen Sie sich im Geschäft um. Es gibt viel zu entdecken", schlug Frau Moritz eifrig vor.

„Dem werde ich sogar Folge leisten", sagte Mathilde mehr zu sich selbst als zu Frau Moritz.

Das Geschäft war riesig. Die Verkaufsbereiche erstreckten sich über mehrere Etagen, denen Themen zugewiesen waren. 'Elite For Buisness' nannte sich der im Erdgeschoss angesiedelte Verkaufsbereich. Mathilde ging an schwarzen Schaufensterpuppen vorbei, die in enggeschnittenen, sehr bunten Anzügen und Kostümen steckten. Das Design war außergewöhnlich. Schlichte Schnitte und knallige Farben harmonierten miteinander. Knallig waren auch die Preise. Nach dem Ausflug in die zweite Etage, in der Freizeitkleidung in gedeckten Farben und ausgefallenen Arrangements angeboten wurde, hatte Mathilde genug gesehen.

Zuhause angekommen, wurde sie von Martha, Peter und Paul begrüßt. Der Duft frisch aufgebrühten Kaffees drang an ihre Nase, und der Tisch im Wohnzimmer war bereits gedeckt.

„Apfelkuchen?", erkundigte sich Mathilde erfreut.

Martha nickte und schenkte Kaffee ein. Nach einer Weile begann Mathilde zu erzählen. Sie fing an mit dem Tod Bernd Bocks in der Oper und endete mit der Beschreibung der eigenwilligen Kreationen des Verstorbenen.

„Was sagt dir dein Bauchgefühl, Martha?", wollte sie von ihrer Haushälterin wissen.

„Wussten die Kinder von dem Testament, bevor ihr Vater gestorben ist?", fragte diese zurück.

„Soweit ich weiß, nein", antwortete Mathilde.

„Mir kommt die Sache spanisch vor", sagte Martha, Mathilde ein zweites Stück Kuchen auf den Teller legend.

„Ich werde jetzt einen Termin mit Wolf vereinbaren", sagte Mathilde mit vollem Mund. Sie griff nach dem Telefon, das auf dem Wohnzimmertisch lag, und wählte. Sie hatte Glück. Die Sekretärin konnte ihr einen Termin um vierzehn Uhr dreißig am kommenden Montag zusagen.

„Am Wochenende werde ich Roswitha besuchen", kündigte Mathilde an. „Ich brauche etwas Landluft. Ein Ausflug ins Hessenland nach Rosenthal wird mir guttun."

„Böse Roswitha", schrie Paul. Er bewegte sich aufgeregt von einem Ende der Stange zum anderen hin und zurück.

„Ausflug nach Rosenthal", keifte Peter, wie wild mit dem Schnabel auf seine Stange hackend.

„Martha bleibt ja bei euch, Jungs", beruhigte Mathilde ihre wütenden Graupapageien.

Es war jedes Mal dasselbe Theater. Sie traute sich kaum noch, den Namen ihrer Schwester zu erwähnen. Papageien gehörten zu den intelligentesten Tieren dieser Welt. Mathilde war sehr belesen und seit ihrer Jugend eine Liebhaberin der Delfine und Papageien. Daher hatte

sie sich wenige Jahre nach ihrem Lottogewinn Peter und
Paul ins Haus geholt. Die Tiere waren ihr wie Freunde,
flogen oft frei im Zimmer und saßen des Abends rechts
und links auf ihren Schultern. Ihre Intelligenz sei in
etwa mit der eines vierjährigen Kleinkinds zu verglei-
chen, sagte das schlaue Tierkundebuch. Doch Mathilde
war anderer Meinung. Peter und Paul waren keine Kinder mehr, sie hatte ihr Aufwachsen exakt studiert. Die
Klugheit der Vögel war nicht mit dem menschlichen
Verstand vergleichbar.

Montag, 08. Januar 2018

Die Temperaturen waren etwas gestiegen, und draußen
regnete es in Strömen. Die Geräusche des Regengusses
und des Donners erinnerten Mathilde an ihre Kindheit.
Roswitha und sie hatten, wenn sie bei Gewitter nicht nach
draußen durften, ihre Zeit damit verbracht, Geschichten
zu erfinden. Heute verbrachte Mathilde den Regenmor-
gen damit, die Namen der Kinder von Bernd Bock in
die Suchmaschine `Google´ einzutippen. Sie begann mit
Robert Bock. Dieser besaß ein unverschlüsseltes Profil bei
Facebook, und Mathilde loggte sich mit ihrem anonymen
Account ein, den sie zu Recherchezwecken eingerichtet
hatte. Der einundfünfzigjährige Robert gab sich politisch
interessiert und zugleich familiär. Er postete Fotos von
seinen Katzen und von seinem Einfamilienhaus in einer
Nebenstraße der Hainstraße. `Am Anschlag´ nannte sich
die Gegend, in der einige gut situierte Familien zu leben
schienen. In seiner Freundesliste fand Mathilde seine

Schwester, Maria Krumm. Außerdem gehörten einige lokale Politiker zu seinen Facebook Freunden. Alles in allem war es ein unauffälliges Profil, befand Mathilde. Sie wechselte zu dem Account von Maria Krumm. Sie lebte mit ihrem Mann und ihren Kindern in einer Eigentumswohnung in Wuppertal Sonnborn. Lutz Krumm war einundfünfzig und somit sieben Jahre älter als Maria. Er war Oberarzt in der HNO-Abteilung des Helios Klinikums in Wuppertal Barmen. Maria postete überwiegend Kinderfotos. Das Paar hatte zwei eigene Kinder. Die zwei Mädchen waren dreizehn und fünfzehn und somit im Pubertätsalter. Ebenfalls zu der Familie gehörte ein fünfjähriger Junge aus Indien, der adoptiert war. Maria schien außerhalb der Familie keine weiteren Interessen zu haben. Es gab keine Posts von Hobbies oder sonstigen Aktivitäten ohne die Familienmitglieder. Ihre Facebook Freundesliste war mit der ihres Mannes identisch. ʹSchrecklichʹ, dachte Mathilde, ihren Schal enger um sich wickelnd. Ihr war innerlich kalt. Sie hoffte, sich in Rosenthal bei den Regenspaziergängen keine Erkältung zugezogen zu haben. Sie stand auf, um sich einen Kamillentee aufzubrühen. Minuten später kehrte sie mit dem dampfenden Getränk an ihren Schreibtisch zurück. Rita Bock, die vier Jahre ältere Schwester von Maria, hatte kein Profil bei Facebook. Google informierte Mathilde jedoch, dass Rita sich aktiv in der Altenarbeit der katholischen Kirchengemeinde St. Michael engagierte. Sie unterrichtete die Fächer Religion und Musik am erzbischöflichen St. Anna-Gymnasium. Mathilde fotografierte die Informationen mit ihrem iPhone, lud sie auf ihren Computer und speicherte sie ab.

„Ich möchte das Wohnzimmer saugen", unterbrach Martha Mathildes Computerarbeit. Sie zog einen Vorwerk Staubsauger hinter sich her. Mathilde unterdrückte ein Grinsen. Ihre Haushälterin bot einen lustigen Anblick. Ein lilafarbenes Kopftuch verdeckte die schwarzen, krausen Haare zu großen Teilen, goldene Kreolen baumelten an den dunklen Ohrläppchen, und das grüne Kleid wurde von der grauen Arbeitsschürze geschützt.

„Das trifft sich gut, liebe Martha", stellte Mathilde fest. „Ich werde mich auf den Weg zur Wache machen, in der Mensa essen und weiter nach Düsseldorf fahren."

„Heute musst du nicht in der Mensa essen. Gestern Abend waren meine Schwestern bei mir und haben `Injerna´ mitgebracht", verkündete Martha. Sie selbst kochte nicht afrikanisch, doch ihre Schwestern versorgten sie häufig mit den traditionellen Speisen. Injerna war ein Fladenbrot aus Sauerteig, das mit den verschiedensten Zutaten gefüllt und zu Kichererbsenbrei serviert wurde. „Diesmal mit Lammfleisch. In der Küche findest du einen Tuppertopf."

„Schmeckt das auch kalt?", erkundigte sich Mathilde, während sie den Computer herunterfuhr.

„Sicher", antwortete Martha.

Sie steckte das Staubsaugerkabel in die Steckdose und machte sich geräuschvoll ans Werk.

„Mistwetter", bemerkte Hans Flachs, der am Fenster des von Halogenlampen erhellten Büroraumes stand und in den Regen blickte. Er nahm einen großen Bissen von seiner Frikadelle und dachte über den aktuellen Fall nach. „Mit den Jahren hatte ich die Uschi sogar liebgewonnen, auch wenn ich sie oft festnehmen musste", sagte er mit vollem Mund. „Das einem sowas immer noch nahe geht."

„Du warst zulange bei der Sitte", kommentierte Herbert. „Mir tut es auch leid für die Frau. Traurige Geschichte."

„32 Jahre alt wurde sie nur", reflektierte Hans. „Das einzig Gute daran ist, dass die Puffmutter sich das Gesicht gemerkt hat. Was denkst du von dem Phantombild?", fragte er, kurz den Kopf zu Herbert umdrehend.

„Schätze, den sollten wir identifiziert bekommen. Florian ist unterwegs zum Zooviertel, dem Hinweis der anderen Prostituierten nachgehend", antwortete Herbert.

„Oh nein, das fehlt mir heute noch", stöhnte Hans, schnell den Rest der Frikadelle runterschluckend.

„Was ist los?", erkundigte sich Herbert, während er mit dem Bildbearbeitungsprogramm das Phantombild drehte und wendete.

„Adlerkralle im Anflug", antwortete Hans.

„Nenn die arme Tante Mathilde nicht immer so", sagte Herbert schmunzelnd.

Es dauerte nicht lange, bis eine pitschnasse Lotte schwanzwedelnd ins Innere des Büros huschte. Sie schüttelte sich ausgiebig, so dass eine kleine Pfütze auf dem Boden entstand.

„Guten Tag, Jungs", rief Mathilde fröhlich. Sie spannte den Knirps auf und stellte ihn neben der Bürotür ab.

„Du brauchst dich gar nicht erst auszuziehen", sagte Herbert, den Blick fest auf den Monitor gerichtet. „Ich habe keine Zeit für einen Plausch."

„Bitte, Herbert, gib mir fünf Minuten", bat Mathilde.

Ungerührt nahm ihr Neffe sein Smartphone aus der Hosentasche und tippte mit dem dazugehörigen Stab auf den Touchscreen.

„Wecker ist gestellt", verkündete er. „Fünf Minuten. Schieß los."

„Weißt du, dass Bernd Bock vor sechs Jahren eine Morddrohung erhielt?", wollte Mathilde wissen.

„Nein, das ist mir nicht bekannt, und was vor sechs Jahren war, interessiert mich nicht. Schließlich lebte er danach noch bis vor kurzem", kommentierte Herbert gelassen. „Noch was Wichtiges zu Bernd Bock?"

„Er hatte jahrelang eine Affäre mit Vera Mayer, das ist die Haushälterin, der er, ebenfalls vor sechs Jahren, das Haus überschrieben hat", berichtete Mathilde weiter.

„Woher weißt du das alles?", fragte Herbert.

„Eine Waldbekanntschaft erzählte mir das von der Mayer, sie weiß es von irgendeiner Freundin der Schwester ihrer Freundin", fuhr Mathilde eifrig fort. „Und Vera Mayer berichtete mir höchstpersönlich von der Morddrohung. Freitag war ich in ihrer Villa in Ronsdorf."

„Und was sagte sie dir zu ihrer Affäre mit Bock?", fragte Herbert nach.

„Ich werde sie ein anderes Mal diesbezüglich befragen", gab Mathilde Auskunft. „Im Übrigen ist sie bereits dabei, Bocks gesamtes antikes Mobiliar schätzen zu lassen. Und bezüglich der Firma 'Elite For You' möchten die Kinder, gegen Bocks ausdrücklichen Wunsch, einklagen, dass sie das Unternehmen weiterführen können", erzählte Mathilde weiter.

„Mathilde, ich stimme dir zu, dass das alles nicht gerade für rosige Verwandtschaftsverhältnisse spricht",

sagte Herbert nickend. Er spielte mit seinem Schnurrbart. `Das macht er, wenn er interessiert ist´, dachte Ma-
thilde erfreut. „Aber", fuhr er langsam fort, „die Erben
erfuhren von dem Testament erst nach dem Tod Bocks.
Ferner darf man nichts von dem Inhalt desselbigen als
Indiz für ein Mordmotiv verwenden, meine liebe Tante."

„Mord? Mein lieber Herbert, das Wort in diesem Zusammenhang aus deinem Mund?", fragte Mathilde mit
schief gelegtem Kopf.

Herberts Smartphone meldete sich.

„Deine Redezeit ist um", stellte Herbert fest. Er bewegte die Computermaus und widmete seine Aufmerksamkeit dem Bildschirm.

„Herbert, du hast recht. Das ist es ja", sagte Mathilde
eilig. Sie befestigte die Hundeleine an Lottes Halsband.
„Die Erben erwarteten viel mehr als sie tatsächlich bekommen haben. Du wirst mir gewiss darin zustimmen,
dass einige Leute mächtig vom Tod Bocks zu profitieren
gedachten."

„Entschuldigt, wenn ich mich einmische", warf Hans
ein, der an seinen Platz zurückgekehrt war und der
Diskussion lauschte. „Frau Adler…", begann er, sofort
wieder den Mund schließend. „Verzeihung, Frau Krähenfuß", sagte er weiter, „wissen Sie, was ich als Erstes
dachte, als wir ins Opernhaus gerufen wurden?"

„Lassen Sie mich es wissen, Herr Flachs", erwiderte
Mathilde erwartungsvoll.

„Dass Bock ein Liebhaber klassischer Musik und insbesondere der Werke von Wagner war, ist allgemein bekannt. Im Übrigen bin auch ich diesem Komponisten
sehr gewogen", erklärte er, und Herbert verdrehte die

Augen. „Dass es eine Inszenierung des Nibelungenrings gibt, ist selten. Sogar eine Beschränkung auf den dritten Akt kommt selten vor. Zudem in der Kombination mit `Surrogate Cities´."

„Worauf willst du hinaus? Mathilde möchte gehen", sagte Herbert ungeduldig.

„Der Zeitpunkt", sagte Hans, kurz etwas in sein Smartphone tippend. „Hier", er stand auf und ging zu Mathilde und ihrem Neffen. „Lest die Kritik an der Inszenierung. Der Held, Siegfried, ist eigentlich nicht zu verletzen, weil er in dem Blut des von ihm erlegten Drachen badete. Lediglich ein herabgefallenes Blatt verursachte eine Lücke in seinem Schutzpanzer. Man musste von seiner Schwäche Kenntnis haben, um den Helden töten zu können. Exakt in dem Augenblick des Todesfalls auf der Bühne muss auch Bock das Zeitliche gesegnet haben. Nach Angaben der Mitarbeiter der Oper hatten die Besucher auf den Nebenplätzen nichts Auffälliges bemerkt. Auch Dr. Mathis´ Angaben zum Todeszeitpunkt decken sich mit diesen Aussagen. Mir kam das sehr merkwürdig vor."

„Gesagt hast du nichts", sagte Herbert, mit den Fingern auf den Tisch klopfend.

„Nein, weil es keinen Grund dazu gab", verteidigte Hans sich. „Ihr habt doch eine fremdverschuldete Todesursache ausgeschlossen."

„Sie denken, jemand hätte seinen Tod `inszeniert´?", fragte Mathilde nachdenklich. Sie setzte sich auf die Tischkante.

„Ich `würde´ das denken, wenn nicht eine unnatürliche Todesursache ausgeschlossen worden wäre", antwortete Hans.

„Ihr werdet mir also helfen, sollte ich etwas heraus-finden?", erkundigte sich Mathilde, ihren Neffen ernst ansehend.

Dieser zog die Augenbrauen hoch, seufzte und erwi-derte: „Frag mich das erneut, ʻwennʼ du etwas heraus-gefunden hast."

Zufrieden rutschte Mathilde vom Tisch. Lächelnd ging sie zur Tür und faltete den inzwischen getrockne-ten Schirm zusammen. Es hatte mittlerweile aufgehört zu regnen, und Mathilde steckte den grauen Knirps in ihre Handtasche. Sie verabschiedete sich und ging mit Lotte zurück zu ihrem Auto.

„Das tut mir sehr leid für Sie, aber Sie werden Ihren Hund zurück ins Auto bringen müssen, wenn Sie ihn nicht drau-ßen anbinden möchten", sagte Bianca Moritz streng. Miss-billigend blickte sie auf Lotte, die sie aus braunen Augen ansah. „Herr Wolf hat eine Hundehaarallergie."

„Richten Sie ihm bitte aus, dass ich mich deswegen etwa zwanzig Minuten verspäten werde", sagte Mathilde verärgert. Sie machte kehrt und verließ mit ihrer Hündin das Gebäude. Fluchend brachte sie Lotte ins Parkhaus und lief schnellen Schrittes zurück zum Hauptsitz von ʻElite For Youʼ. Sie wurde von Frau Moritz durch die erste Verkaufsebene zu dem hinter einer schwarzen Zwi-schenwand versteckten Aufzug geführt.

„Sie müssen in der fünften Etage aussteigen, dort fin-den Sie die Büroräume der Geschäftsführung. Herr Wolf erwartet Sie in Zimmer 5.3", wies die heute in einen roten, engen Hosenanzug gekleidete Blondine Mathilde an.

Wenige Minuten später klopfte Mathilde an Dietmar Wolfs Bürotür. Sie öffnete sich augenblicklich.

„Ah, guten Tag, Frau Krähenfuß", wurde sie von einem großen Mann in einem cremefarbenen Anzug begrüßt. Mathilde schätzte den schlanken, mittelblonden Mann mit dem erfreulich festen Händedruck auf Anfang bis Mitte vierzig. Sie erwiderte seinen Gruß, gab ihm bereitwillig Schirmmütze und Parka und setzte sich an den mitten im Raum platzierten Schreibtisch aus Edelstahl.

„Gleich drei Monitore", platzte es überrascht aus ihr heraus.

„Glauben Sie mir, Frau Krähenfuß, in meinem Geschäft braucht man das", entgegnete Dietmar Wolf, der schräg gegenüber vor ihr Platz genommen und einen der Bildschirme zur Seite gedreht hatte. „Wie kann ich Ihnen behilflich sein?"

„Ich komme im Auftrag der Ronsdorfer Gazette", begann Mathilde. Sie wollte in ihrer Tasche nach dem Presseausweis suchen, wurde jedoch von Wolf dabei unterbrochen.

„Frau Moritz berichtete mir, sie habe den Ausweis gesehen, lassen Sie es gut sein. Trinken Sie Tee oder Kaffee?", erkundigte er sich, auf die zwei spitz zulaufenden, roten Kannen deutend, die neben runden, weißen Tassen mit japanischen Schriftzeichen auf dem Tisch standen. Mathilde wählte Kaffee und griff nach dem Schwarzweißgebäck. ʿUnfassbar, das Gebäck passt zum Design der Tassenʾ, dachte Mathilde verwundert.

„Ich habe wegen des Nachrufs über Bernd Bock einige Fragen an Sie", fuhr Mathilde fort. Sie nahm ihr Diktiergerät aus der Tasche und zog fragend die Augenbrauen hoch. Dietmar Wolf nickte zustimmend, und sie schaltete das Gerät ein.

„Es ist schrecklich, Frau Krähenfuß", sagte Wolf leise. „Er war voller Tatendrang, stand mitten im Leben. Und dann so etwas."

Er wirkte aufrichtig betroffen. Sollte er seine Betroffenheit schauspielern, wäre an ihm ein guter Mime verloren gegangen, befand Mathilde, während sie das erste Gebäckstück verspeiste.

„Herr Wolf", sagte Mathilde ruhig. „Mir wurde berichtet, dass Herr Bock testamentarisch festgelegt hat, dass Sie bei der Geschäftsübernahme durch einen anderen Designer Geschäftsführer des Unternehmens bleiben werden. Ist das korrekt?"

„Ja, das ist korrekt", antwortete Wolf. Er hatte die Ellbogen auf dem Tisch abgestützt und die Fingerspitzen aneinander gedrückt. Er strahlte Stärke und Selbstsicherheit aus.

„Gerüchten zur Folge wollen die Erben Bocks, also seine Kinder, dies anfechten. Sie möchten selbst die Leitung der Firma übernehmen. Was sagen Sie dazu?", wollte Mathilde wissen.

„Die Aussicht auf Erfolg geht gegen Null", antwortete Wolf. Sein Augenlid begann zu zucken, und er räusperte sich. „Das Einzige was dieser unangebrachte, erneute Prozess bewirken könnte, ist das Abspringen des besten Bewerbers für `Elite For You´. Die Gerichtsverhandlung soll erst in acht Wochen stattfinden, und solange wird Carlo Langerfeld nicht warten."

„Carlo Langerfeld", wiederholte Mathilde beeindruckt. „Das wäre eine Sensation für Wuppertal."

„Vor allem wäre es ein weiterer Sprung auf dem Erfolgskurs für ›Elite For You‹", sagte Wolf. Das Augenzucken schien sich beruhigt zu haben, trotzdem merkte Mathilde ihm seine Anspannung an.

„Und für Sie würde das einen sehr großen Sprung auf der Karriereleiter bedeuten", sagte Mathilde lächelnd. „Vom Mitarbeiter Bernd Bocks zum Geschäftsführer eines Tochterunternehmens von Carlo Langerfeld. Sowenig wohlwollend Bock mit seinen Kindern umging, desto besser meinte er es mit seinem Personal, wie mir scheint."

Dietmar Wolf räusperte sich erneut und nahm einen Schluck von seinem Tee. Er trank ihn nach englischer Art mit etwas Milch und Zucker.

„Wie kam es, dass Bock so viele Besonderheiten in seinem Nachlass verfügt hat, die derart vieler Klauseln im Testament bedürfen? Haben Sie eine Ahnung? Gab es eine anonyme Morddrohung oder Ähnliches, das ihn mit seinem frühzeitigen Ableben rechnen ließ?", hakte Mathilde nach.

„Nein, mir ist nichts dergleichen bekannt", antwortete Wolf nach kurzem Zögern.

„Gibt es außer Carlo Langerfeld noch andere Kandidaten für die Geschäftsübernahme?", wollte Mathilde wissen. Sie nahm sich ein weiteres Schwarzweißgebäck. „Köstlich übrigens", kommentierte sie.

„Ja, die gibt es", erwiderte Wolf. „Aber keinen, der in Carlos Liga spielt."

„Was hält Langerfeld von der geplanten Erweiterung der Kollektionen mit Kindermode?", fragte Mathilde weiter.

„Woher wissen Sie das alles? Möchten Sie einen Nachruf verfassen, oder was haben Sie im Sinn? Bitte veröffentlichen Sie nichts über `Elite For Kids´", bat Wolf ein-
dringlich. „Denken Sie an die möglichen Auswirkungen
auf die Konkurrenz und auf Carlo Langerfeld."

„Keine Sorge", beschwichtigte ihn Mathilde. „Dazu
werde ich mich öffentlich nicht äußern. Sie bekommen
mein Ehrenwort."

„Das Ehrenwort einer Frau von der Presse", sagte Wolf
kopfschüttelnd. „Wie viel darf ich darauf geben?"

„Glauben Sie, was Sie möchten. Ich werde schweigen",
versicherte Mathilde.

„`Elite For Kids´ kann etwas ganz Großes werden",
sagte Wolf mit glänzenden Augen. Mathilde überlegte, dass Bock den Richtigen zur Weiterführung des
Geschäfts ausgewählt hatte. Dietmar Wolf schien ihr
aufrichtig begeistert zu sein. „Carlo Langerfeld ist von
meinen Ideen, von Herrn Bocks Ideen, sehr angetan.
Ich mache große Fortschritte. Sobald die Übernahme
abgewickelt ist, kann es losgehen."

Mathilde schaltete das Diktiergerät aus. Fürs Erste
hatte sie genug erfahren. Sie trank ihren Kaffee aus und
verabschiedete sich.

Dienstag, 09. Januar 2018

„Das hätte die Krähenfuß sich sparen können", murmelte
Robert Bock verärgert. Er saß in seinem Büro der ERICO
Versicherung in der Staasstraße in Wuppertal Ronsdorf.
Das für ihn von seiner Frau fürsorglich mit Salat und

Avocado belegte Vollkornbrot lag nur einmal angebissen auf dem Teller. Er griff zum Telefon und wählte die Nummer seiner Sekretärin. „Nadine, wären Sie so freundlich, mir beim Chinesen um die Ecke eine Portion Ente süßsauer zu holen? Danke", sagte er in neutralem Tonfall und drückte auf die Austaste. Das Brot schmiss er in den Papierkorb. Kaffee trinkend, wandte er sich erneut der vor ihm liegenden Ausgabe der Ronsdorfer Gazette zu.

Die ungewisse Zukunft der exklusiven Textilfirma `Elite For You´ sorgt bundesweit für Aufsehen.

Die Erben des vor kurzer Zeit verstorbenen Geschäftsgründers und Inhabers des angesehenen Unternehmens gehen erneut vor Gericht.

Von Mathilde Krähenfuß

WUPPERTAL. Verlässliche Quellen berichteten der Ronsdorfer Gazette, dass der notariell beurkundete Wunsch des Verstorbenen, das Unternehmen `Elite For You´ an einen anderen Designer zu veräußern und in seinem Sinne weiter zu führen, bald in Erfüllung gehen könne. Neben einigen anderen Interessenten ist sogar der international renommierte Topdesigner Carlo Langerfeld im Gespräch. Dietmar Wolf, der von Bernd Bock testamentarisch als Geschäftsführer mit Bestandssicherung bestimmt wurde, gibt jedoch an, in berechtigter Sorge zu sein, dass der Spitzenkandidat abspringen könne. Die Nachkommen des Verstorbenen, Robert Bock, Maria Krumm und Rita Bock, wollen er-

*neut gerichtlich gegen das Testament vorgehen. Sie möchten
einklagen, das Unternehmen eigenständig weiterführen zu
können. Wird Carlo Langerfeld trotz der achtwöchigen
Wartezeit auf den Gerichtstermin bei der Stange bleiben?
Und warum fordern die Erben einen weiteren, unnötigen
Prozess, dessen Ausgang zu Ungunsten der Kläger bereits
absehbar ist? Die Ronsdorfer Gazette wird den Fortgang
des Geschehens weiter beobachten.*

Robert Bock kochte innerlich vor Wut. Er lockerte seine
Krawatte, stand auf und öffnete das Fenster. Eine Weile
blickte er auf die verschneite Straße und den Optiker
auf der gegenüberliegenden Seite. Langsam bekam er
wieder einen klaren Kopf. Er schloss das Fenster und
ging zurück zu seinem Schreibtisch. Ein kurzes Klopfen,
dann öffnete sich die Bürotür, und Nadine trat ein. Sie
transportierte einen großen Teller, auf dem sie das gefor-
derte, chinesische Gericht angerichtet hatte.

„Macht 8.99 Euro", sagte sie.

„Danke", sagte er. Er gab ihr 9 Euro und schickte sie
weg.

Mit Nadine war er sehr zufrieden. Sie erledigte aufge-
tragene Arbeiten sofort, fragte nicht viel und hielt ihn
nicht durch zu gutes Aussehen von der Arbeit ab. Er griff
nach seinem iPhone und machte ein Foto von dem Artikel. Mit wenigen Bewegungen seiner Fingerkuppe auf
dem Touchscreen verschickte er es mehrfach per Bild-
nachricht. Anschließend machte er sich hungrig über die
Ente her. Es dauerte nicht lang, bis sein iPhone ʻDonʼt
Stop Me Nowʼ von Queen abspielte. Robert legte sein
Besteck zur Seite und nahm das Telefonat entgegen.

„Und, was sagst du zu dem Artikel?", fragte er Rita.

„Ich möchte nichts mehr damit zu tun haben, Robert", fauchte diese in ihrer Mietwohnung am Weinberg, der Straße, die in die Opphofer Straße überging. „Macht ihr zwei den Mist doch allein."

„Was möchtest du damit andeuten, Schwesterherz?", fragte Robert genervt.

„Ich werde mich an dieser Klage nicht beteiligen. Wir haben sowieso nicht den Hauch einer Chance zu gewinnen", antwortete Rita. „Mir genügt der Pflichtteil. Der alte Geizkragen ist tot. Und mal ehrlich, Robert, wie wollt ihr `Elite For You´ ohne die Erfahrungen von Dietmar weiterführen? Du etwa von deinem Ronsdorfer Büro aus? Der graue Versicherungsvertreter, der sich in eine Führungsposition geschleimt hat, zusammen mit seiner biederen Schwester, die von nichts eine Ahnung hat außer davon, wie man Kinder bekommt?" Rita lachte bitter. „Ich bin draußen. Ich arbeite an einem katholischen Gymnasium, ich kann mir keinen schlechten Ruf leisten. Die Leute in meiner Gemeinde werden mich gewiss bald auf meine scheinbare Geldgier ansprechen. Die Gazette ist kostenlos, die liest jeder. Mir ist die Sache sehr unangenehm."

Robert pochten die Schläfen. Ein Migräneanfall kündigte sich an. Ob das an dem Artikel und dem Gespräch mit seiner Schwester oder an dem Glutamat in dem chinesischen Gericht lag, wusste er nicht. Er musste sofort seine Notfalltablette einnehmen, sonst würde ihm in wenigen Minuten der Kopf platzen.

„Du scheinheilige Kuh", sagte er wütend. „Mach doch, was du willst."

Robert beendete das Telefonat ohne Verabschiedung. Während er das Naratriptan mit dem letzten Rest des kalten Kaffees runterspülte, meldete sich Rita am St. Anna-Gymnasium krank. Sie fuhr mit dem Bus zum Hauptbahnhof und nahm wenig später die S 8 in Richtung Mönchengladbach.

Behutsam strich Vera über die dunklen Locken des jungen Mannes, der noch schlief. Er war gestern Abend kurz vor Mitternacht zu ihr gekommen. Heute hatte er seine erste Vorlesung um vierzehn Uhr an der Bergischen Universität Wuppertal. Er stand kurz vor dem Abschluss seines Chemiestudiums. Mittlerweile war es kurz vor zwölf, wie es die tickende Wanduhr anzeigte. Diese Uhr würde sie nicht verkaufen, dachte Vera Mayer, während ihre Hand die Wirbelsäule des Mannes entlangfuhr. Die kostbare Uhr war ein Unikat, angefertigt aus einem echten Eichenholzstamm.

„Julian", flüsterte sie zärtlich in das Ohr des Mannes. „Ich werde uns Kaffee machen. Wir haben fast Mittag."

„Lass mich noch etwas schlafen", brummte der Angesprochene, sich die Decke über den Kopf ziehend.

Vera kicherte wie ein junges Mädchen und zog sie ihm wieder weg. Augenblicklich setzte Julian sich auf und zog Vera in seine Arme. Er küsste sie leidenschaftlich, ließ schließlich von ihr ab und reckte sich wie eine Raubkatze.

„Ich nehme rasch ein Bad", sagte er gähnend, und Vera schlüpfte in ihren Morgenmantel.

Eine halbe Stunde später saßen sie zusammen in dem großen Wohnzimmer vor der Glaswand. Vera hatte

Rühreier mit Speck zubereitet und frisches Brot dazu serviert.

„Das Geld für die Mensa kannst du dir heute sparen", sagte sie kauend. Sie betrachtete den zwölf Jahre jüngeren Mann zärtlich. Wie so oft, konnte sie das Glück seiner Anwesenheit nicht fassen. Vor fünf Jahren war Vera dem damals Fünfundzwanzigjährigen zum ersten Mal begegnet. Damals war sie siebenunddreißig gewesen. Sie hatte nicht daran geglaubt, dass daraus mehr für sie werden würde als ein kurzes Abenteuer. Umso erstaunter war sie gewesen, als er ihr gesagt hatte, er habe sich in sie verliebt. Von Anfang an hatte er von ihrer Pflichtliaison mit Bernd Bock gewusst.

„Vera", sagte Julian Santos plötzlich in einem merkwürdigen Tonfall. Sein Teller war geleert, und er blickte sie eindringlich aus seinen dunkelbraunen Augen an. Vera lief ein Schauer über den Rücken. „Vera, Bock ist tot. Du bist in jeder Hinsicht frei. Möchtest du mich heiraten?"

„Julian", sagte sie fassungslos. Damit hatte sie nicht gerechnet. „Julian, ich bin eine alte Frau. Irgendwann wirst du einer Jüngeren begegnen. Und dann wirst du mich verlassen."

Vera warf einen Blick in den Spiegel neben dem Wandschrank hinter dem weißen Ledersessel, auf dem Julian saß. Sie erblickte eine Frau, der man ihre zweiundvierzig Jahre nicht ansah. Ihre blonden Haare waren ungefärbt, sie war sehr schlank und hatte ebenmäßige Gesichtszüge. Mit ihrem Äußeren war sie Zeit ihres Lebens zufrieden gewesen. Dennoch hatte sie viele Jahre an Bernd Bock verschenkt. Zu Beginn war sie von seinen Gefühlen ihr gegenüber geschmeichelt gewesen, später jedoch hatte sie die Affäre nur noch aus finanziellen Gründen fortgeführt. `Mein Durchhaltevermögen hat sich für mich ausgezahlt. Ich kann mich weiß Gott nicht beklagen. Sollte jetzt noch der Traum von der großen Liebe in Erfüllung gehen?´, fragte sie sich.

„Ich liebe dich, Vera", sagte Julian jetzt. Er stand auf, ging am Glastisch vorbei auf sie zu.

Vera liebte seinen geschmeidigen Gang und seine Art, sich zu kleiden. Heute trug er ein enges, schwarzes Sweatshirt und eine weiße Jeans. Er hatte eine Vorliebe für diese Farben.

Die Türschelle ließ sie aus ihren Gedanken aufschrecken.

„Erwartest du Besuch?", erkundigte Julian sich neugierig, und Vera schüttelte den Kopf. „Schatz, gib mir die eine, die richtige Antwort."

Er fiel vor ihr auf die Knie. Vera schmunzelte gerührt, während sich die Türschelle erneut meldete.

„Ja", antwortete sie mit feuchten Augen. „Ich will."

Hand in Hand gingen sie durch den Türbogen in das Empfangszimmer, aus dem mittlerweile das gesamte Inventar im Imperial Stil entfernt war.

„Ja bitte?", sagte Vera irritiert in die Gegensprechanlage. „Die schon wieder."

Auf dem kleinen Bildschirm der Überwachungsanlage sah sie die Frau mit der Schirmmütze und ihren Hund.

„Mathilde Krähenfuß. Ich habe noch einige Fragen wegen meines Nachrufs über Bernd Bock. Ich hoffe, ich störe Sie nicht beim Mittagessen", sagte Mathilde draußen vor der Stahltür.

„Ich mache Ihnen auf", erwiderte Vera lediglich.

„Krähenfuß?", sagte Julian nachdenklich. „Der Name sagt mir was."

„Die ist von der Ronsdorfer Gazette", erklärte Vera.

„Ich begegnete ihr vor ein paar Tagen in der Mensa", erinnerte Julian sich. Eine Falte zeigte sich auf seiner Stirn.

Vera öffnete die Haustür, und Mathilde trat ein. Sie brachte eiskalte Luft mit sich. Draußen war es zehn Grad minus. Sie blickten auf eine Winterlandschaft.

„Tschüss, mein Schatz", sagte Julian hastig.

Flüchtig hauchte er Vera einen Kuss auf die Lippen. Bevor Mathilde etwas sagen konnte, lief er bereits über den Ziegelsteinweg zur Tür in der Außenhecke.

„Wer war das denn?", wollte Mathilde mit zusammengekniffenen Augen wissen. Ihr Gehirn arbeitete auf Hochtouren. „Den kenne ich vom Sehen, da bin ich mir sicher."

„Das ist Julian Santos. Mein Verlobter", verkündete Vera Mayer stolz. „Aber kommen Sie doch rein. Hängen Sie ihre Jacke bitte dort an die Garderobe."

Sie wies mit dem Finger auf das neu angeschaffte Modell aus schlichtem Stahl.

„Wie Sie sehen, habe ich bereits einige Kleinigkeiten verändert. Setzen wir uns doch direkt hier in den Lesebereich", forderte Vera die sich neugierig umsehende Mathilde auf.

Diese entdeckte noch viel leeren Raum, der gefüllt werden musste. Doch ein kleiner Bereich links neben der Eingangstür war in der letzten Woche gemütlich eingerichtet worden. Einige schwarze Bücherregale waren mit gut sortierten Büchern gefüllt, weiße Clubsessel luden zum Verweilen ein. Der runde Tisch war aus massivem Holz. Mathilde gefiel der Beginn von Vera Mayers Neugestaltung der Villa.

„Geschmackvoll", lobte sie, und Vera bedankte sich lächelnd.

„Lassen Sie uns direkt zur Sache kommen, Frau Mayer", sagte Mathilde. „Mir wurde zugetragen, dass Ihr Verhältnis zu Herrn Bock mehr als rein geschäftlich gewesen sei. Stimmt das?"

Vera schluckte und wurde blass.

„Werde ich das morgen in der Ronsdorfer Gazette lesen?", erkundigte sie sich bitter. Mathilde schüttelte beschwichtigend den Kopf.

„Ich werde mein Diktiergerät in der Tasche lassen, wenn es Sie beruhigt", sagte Mathilde freundlich. „So, jetzt erzählen Sie mir bitte Ihre Geschichte."

„Als Hanna Bock mich einstellte, war ich zweiundzwanzig", begann Vera Mayer zu erzählen. Sie faltete die Hände im Schoß und lehnte sich zurück. Ihre Augen schließend, schien sie in der Vergangenheit zu versinken. „Frau Bock war damals fünfzig, Bernd war zwei Jahre älter. Seine Frau war an einer schweren Depression erkrankt, die drei Kinder führten zu dieser Zeit zum Glück bereits ihre eigenen Haushalte."

„Haben Sie eine Ausbildung gemacht?", fragte Mathilde nach.

Vera Mayer schüttelte den Kopf.

„Nein. Wissen Sie, Frau Krähenfuß, das Leben meinte es nicht immer gut mit mir. Mein Vater verstarb, als ich sieben Jahre alt war, und meine Mutter verfiel dem Alkohol", sagte Vera seufzend.

„Das tut mir leid", erwiderte Mathilde. Sie nahm ihre Mütze ab und legte sie vor sich auf den Tisch.

„Jedenfalls schlug ich mich mit kleinen Jobs als Servicekraft in den Kneipen im Luisenviertel durch", erzählte Vera weiter. „In einer dieser Kneipen lag eine Ausgabe der Westdeutschen Zeitung. Die Anzeige der Bocks klang vielversprechend. Gute Bezahlung, schöne Wohnung in der Villa, ich meldete mich sofort und bekam zu meiner Freude den Job. Nach wenigen Monaten bemerkte ich bereits, dass zwischen den Bocks nichts mehr lief. Hanna Bock konnte sich zu nichts aufraffen. Es gab Tage, an denen sie das Bett nicht verließ. Das Ehepaar schlief in getrennten Schlafzimmern. Sie schien nichts von unserem Verhältnis zu merken. In all den Jahren nicht, die sie noch lebte, bis sie vor zehn Jahren an Brustkrebs verstarb." Vera räusperte sich. „Möchten Sie auch etwas Wasser, Frau Krähenfuß?", erkundigte sie sich. „Ich habe Ihnen gar nichts angeboten."

„Gerne", antwortete Mathilde nickend.

Vera erhob sich und verließ den Empfangsraum. Mathilde blickte ihr nach, als sie hinter dem Türbogen verschwand. Sie war noch im Morgenmantel. `Die gute Frau Mayer scheint mir gerade ihren zweiten Frühling zu erleben´, dachte Mathilde schmunzelnd. Es dauerte nicht lang, bis Vera mit zwei gefüllten Wassergläsern zurückkehrte. Beide Frauen nahmen einen kräftigen Schluck des perlenden Getränks.

„Liebte Bernd Bock Sie?", fragte Mathilde, ihrem Gegenüber direkt in die Augen sehend.

„Ja", antwortete Vera ohne zu zögern. „Er vergötterte mich. Und ich genoss seine Aufmerksamkeiten die ersten

Jahre sehr. Er war kein schlechter Mensch, wissen Sie. Man mag über ihn sagen und denken, was man möchte. Dennoch sah er sich als Mittelpunkt der Welt. Und in gewisser Weise stimmte das ja auch. Er hatte Arbeitsplätze geschaffen, eine eigene Marke ins Leben gerufen, und er war mehrfacher Millionär. Zudem war er durch und durch kreativ. In jeder Hinsicht…", Vera brach errötend ab.

Mathilde schwieg diskret.

„Dennoch werden Sie verstehen, dass der anfängliche Reiz an dieser Liaison für mich mit der Zeit nachließ. Er vereinnahmte mich, dachte, ich würde seine Liebe erwidern", erzählte sie weiter.

„Und? Erwiderten Sie seine Gefühle?", hakte Mathilde neugierig nach.

„Am Anfang dachte ich das", berichtete Vera Mayer gedankenverloren. „Aber irgendwann wurde mir bewusst, dass ich mich von seinem Status, seinem Geld hatte blenden lassen. Doch ich hatte keine Wahl, wollte nicht in mein altes Leben in den Kneipen zurück. Also beließ ich alles, wie es war."

„Und wann trat Julian Santos in Ihr Leben?", wollte Mathilde wissen.

„Das war vor fünf Jahren", antwortete Vera. Sie nahm ein Haarband aus der Tasche ihres Morgenmantels und band sich damit einen Pferdeschwanz. „Er half bei Bernd im Garten aus, weil der Gärtner erkrankt war. Wie es die Studenten so machen, um sich ihr Studium zu finanzieren. Ich brachte ihm Getränke und Gebäck, ach, Sie werden sich vorstellen können, wie es weiter ging."

Vera leerte ihr Wasserglas. Sie zitterte etwas, wie Mathilde registrierte.

„Eine Frage noch, Frau Mayer, dann werde ich Sie in Ruhe lassen", kündigte Mathilde an. Sie hatte ihre Schirmmütze wieder aufgesetzt, und Lotte stand schwanzwedelnd auf. Sie kraulte die Hündin hinter den Ohren, und diese setzte sich wieder auf den roten Keshan Teppich, der Teile des Marmorbodens bedeckte. „War das nicht kompliziert, mit zwei Männer gleichzeitig geheime Beziehungen zu führen?"

„Mit Bernd lief doch zu der Zeit nichts mehr", erwiderte Vera kopfschüttelnd. „Er hatte seit acht Jahren Probleme mit der Prostata. Ab und an ein Küsschen, mehr musste ich mit Bernd nicht mehr teilen, als die Beziehung zwischen Julian und mir begann."

Mathilde erhob sich, und Lotte tat es ihr augenblicklich nach.

„Vielen Dank für das Gespräch, Frau Mayer", sagte Mathilde artig, während sie den Parka von der Garderobenstange nahm. „Und machen Sie sich keine Sorgen, ich werde unsere Unterhaltung nicht in der Ronsdorfer Gazette veröffentlichen."

„Warum interessiert Sie das alles, Frau Krähenfuß?", fragte Vera plötzlich.

Eiskalte Luft strömte durch die geöffnete Tür ins Innere.

„Ich habe gewisse Bedenken, was den natürlichen Tod Bocks betrifft", antwortete Mathilde vorsichtig.

„Denken Sie, dass ich ihn umgebracht habe", wollte Vera wissen. Sie lachte. „Ich hatte alles, was ich brauchte. Und, wie bereits erwähnt, ich hasste ihn nicht. Wieso auch?"

„Ich wünsche Ihnen einen schönen Tag, Frau Mayer", verabschiedete Mathilde sich. Nach wenigen Schritten drehte sie sich noch einmal um. „Und, nein, ich glaube nicht, dass Sie ihn umgebracht haben."

Schweigend saßen Mathilde und Martha am Wohnzimmertisch. Die Haushälterin hatte den runden Holztisch liebevoll mit einer bunten Tischdecke bedeckt. Diese hatte sie aus verschiedenen Stoffresten selbst zusammengenäht. Sie passte gut zu den vier Zimmerwänden, die orange und gelb gestrichen waren. Mathilde liebte diese Wandfarben. Ihrer Meinung nach machten sie gute Laune.

„Diesen Julian Santos traf ich vor wenigen Tagen in der Mensa", sagte Mathilde, während sie Sahne auf die Waffel häufte. „Zufällig regte er sich über meinen Artikel auf. Er schien nicht gut auf Erfolgsmenschen wie Bock zu sprechen zu sein."

„Und jetzt hat sich herausgestellt, dass er der Geliebte der Geliebten des Verstorbenen ist", bemerkte Martha nachdenklich. Sie hatte die Angewohnheit, mit dem Kopf zu wackeln, wenn sie intensiv nachdachte. Mathilde sah ihre goldenen Kreolen hin und her schwingen.

„Er möchte sie heiraten", verbesserte Mathilde. „Vera stellte ihn mir als ihren Verlobten vor. In der Mensa saß er nicht allein am Tisch. Er war in der Begleitung einer jungen Frau. Sarah nannte er sie. Wie sie seine Hände umfasste, um ihn zu beruhigen. Auf mich wirkte diese Geste so vertraut. Ich dachte, sie seien ein Liebespaar."

„Vielleicht war sie seine Schwester", schlug Martha vor. Sie riss zwei Waffelherzen ab. Ein Herz ließ sie für Lotte auf den Boden fallen.

„Waffel", meldete sich Peter, der von einem Bein aufs andere trat.

„Martha", krächzte Paul, Peter mit dem Schnabel pie-
kend.

Die zwei Frauen lachten, und Martha eilte, so schnell
es ihre füllige Figur zuließ, zur Papageienvoliere.

„Seine Schwester war sie gewiss nicht", sagte Mathilde.
„Er ist ein südländischer Typ. Spanier oder Italiener
nehme ich an. Sie ist das ganze Gegenteil. Irgendetwas
stimmt hier nicht. Morgen werde ich mich im Übrigen
mit Rita Bock treffen."

„Die Unverheiratete mit der Vorliebe für ökologisch
wertvolle Kleidung", resümierte Martha.

Mittwoch, 10. Januar 2018

„Da steht Rita Bock schon", murmelte Mathilde, die eilig zum Waldeingang schritt. Ihre Mütze war weiß vor
Schneeflocken. Ärgerlich steckte sie ihre nasse Brille in
die Jackentasche. Sie kniff die Augen zusammen und
betrachtete Rita Bock, die, mit einer auffällig roten
Winterjacke bekleidet, vor dem Wester Busch auf sie
wartete.

„Verzeihen Sie bitte meine Verspätung, Frau Bock",
sagte Mathilde keuchend. „Ich wurde aufgehalten."

Tatsächlich war Paul bei der wöchentlichen Dusche
ausgebüxt. Zum Glück waren alle Fenster aufgrund der
Witterung geschlossen gewesen. Dennoch war der Grau-
papagei bis hoch in den ersten Stock geflogen. Martha
war außer sich gewesen. So etwas sei ihr noch nie passiert, hatte sie geschrien und afrikanische Flüche ausge-
stoßen.

„Guten Tag, Frau Krähenfuß. Das macht doch nichts", antwortete Rita Bock. Sie hatte die Kapuze aufgesetzt, und ihre Wangen waren vor Kälte gerötet. „Wer bist du denn?", fragte sie lächelnd. Sie bückte sich runter zu der Mischlingshündin, die sich schüttelte, um den Schnee loszuwerden.

„Das ist Lotte", erklärte Mathilde. „Ich werde sie im Wald frei laufen lassen. Wir können uns in Ruhe unterhalten."

„Ich hätte auch gern einen Hund. Aber ich lebe in einer Mietwohnung und bin als ledige, erwerbstätige Frau keine geeignete Hundehalterin", sagte Rita bedauernd.

„Frau Bock, Sie und Ihre Geschwister möchten sich gegen den ausdrücklichen Wunsch Ihres Vaters in dessen Firma einklagen", stellte Mathilde sachlich fest. „Ich kann Ihnen versichern, Sie werden mit dieser Klage nicht durchkommen."

„Robert und Maria werden klagen, ich nicht", entgegnete Rita bestimmt. „Ich möchte mit dem ganzen Theater nichts mehr zu tun haben. Vater ist tot. Jetzt beginnt ein neues Leben."

„Sie hatten kein gutes Verhältnis zu Ihrem Vater?", fragte Mathilde nach, während sie im Vorbeigehen eine bekannte Hundebesitzerin grüßte. Trotz des Schneefalles waren einige Menschen an diesem Nachmittag mit ihren vierbeinigen Freunden unterwegs.

„Das würde ich so nicht bezeichnen", erwiderte Rita gelassen. „Ich würde eher sagen: Ich hatte kein Verhältnis zu meinem Vater. Er interessierte sich immer nur für sich und `Elite For You´. Und natürlich für die klassische Musik und seinen Sport. Obwohl die Sache mit dem

Sport auch eine Show war. Die Wettkämpfe, die Triathlons gehörten zu der Rolle, die er gerne spielte. Bernd Bock, der dynamische und erfolgreiche Supermann."

„Kurz vor seinem Tod nahm er noch am Sparda Crosstriathlon teil", erinnerte Mathilde.

Rita zuckte mit den Schultern.

„Vielleicht übertrieb er es", sagte sie ungerührt. „Warum interessiert Sie das alles so brennend, Frau Krähenfuß? Sicher, er war eine Person des öffentlichen Lebens, aber meinen Sie nicht, dass das Interesse der Leute an der Geschichte langsam erlischt?"

Mathilde schüttelte den Kopf.

„Es wird doch gerade erst spannend. Carlo Langerfeld in Wuppertal, wenn das keine Story ist", erwiderte sie.

„Bis Robert und Maria mit dem Prozess durch sind, wird Langerfeld bestimmt abgesprungen sein. Menschen wie er lassen sich nicht lange bitten. Er erweist Dietmar Wolf die Ehre seines Interesses, geht jetzt nicht alles schnell, wird Langerfeld ʻDanke und alles Guteʼ sagen", stellte Rita fest.

Mathilde wunderte sich über die Bitterkeit in ihrer Stimme. Sie fragte sich, ob Rita sich um die Zukunft von ʻElite For Youʼ sorgte. „Und das ist es doch, was Robert möchte", fügte diese hinzu. „Er möchte wie immer nur jeden um sein verdientes Glück bringen. Und Wolf hat es verdient, die Firma weiterzuführen. Er war der Sohn für meinen Vater, den er sich immer wünschte. Robert ist eifersüchtig auf Wolf, ob er es sich eingesteht oder nicht."

„Wie kam es zur Gründung von ʻElite For You?ʼ", wollte Mathilde wissen.

Der Schneefall hatte aufgehört. Sie setzte ihre Brille auf die Nase und konnte endlich wieder deutlich sehen.

„Mein Vater war vierundzwanzig Jahre alt bei meiner Geburt", begann Rita zu berichten. „Er war einfacher Angestellter bei der ˋBonny Bilfinger Corporation´ in Haan. Sieben Jahre später schloss das Geschäft, weil Bilfinger expandierte und nach London ging. Daraufhin machte mein Vater sich in Wuppertal selbstständig. Mein Bruder war neun und meine Schwester drei, als wir umzogen. Ich war als Kind eine Einzelgängerin, mir machte der Schulwechsel nichts aus. Robert jedoch wollte nicht aus Haan weg. Er war im Fußballverein und hatte dort viele Freunde. Maria war viel zu jung, um Einwände zu erheben. Solange meine Mutter in ihrer Nähe war, war ihre kleine Welt in Ordnung. Zehn Jahre später verlegte mein Vater den Hauptsitz von ˋElite For You´ nach Düsseldorf. Kurze Zeit darauf kam auch Dietmar Wolf zu dem Unternehmen. Wie bereits erwähnt, diese Geschäftsbeziehung nahm ein freundschaftliches Verhältnis an. Wolf war noch keine zwanzig Jahre alt, als er seine Ausbildung bei meinem Vater begann. Er zog dafür von München nach Wuppertal und ging bei uns ein und aus. Für mich war er wie ein jüngerer Bruder, Robert und Maria hassten ihn."

Die beiden Frauen hatten das Wäldchen einmal umrundet. Sie erreichten die kleine Lichtung und setzten ihren Weg zum Waldausgang fort.

„Robert zog nach seiner Ausbildung zum Versicherungskaufmann aus", erzählte Rita weiter. „Maria, die naive Seele, wurde mit Anfang achtzehn von ihrem ersten Freund schwanger, heiratete und interessierte sich ab da für nichts und niemanden mehr außer für ihre Kinder und Lutz. Mein Vater war schrecklich enttäuscht, und als ich meinen Studiengang wechselte und statt Kunst und Design Religion und Musik auf Lehramt studierte, war die Hölle los. Er drohte an, mir mein Studium nicht weiter zu finanzieren und mich vor die Tür zu setzen, wenn ich nicht wieder auf den rechten Weg kommen würde. Der rechte Weg bedeutete für ihn, dass ich nach dem Studium in seine Firma einsteigen sollte." Rita lachte trocken. „Glauben Sie mir, Frau Krähenfuß, ich bin künstlerisch nicht talentiert. Das merkten meine Dozenten und ich an der Universität recht schnell. Mit Musik ist das etwas anderes. Das Fachwissen kann ich meinen Schülern gut vermitteln. Und Religion ist mein Leben."

„Wie verhielt sich Ihre Mutter in dieser komplizierten, familiären Konstellation?", fragte Mathilde, während sie Lotte anleinte. Sie verließen den ʻWester Buschʼ und gingen vorsichtig den steilen Weg hinunter, der zur Opphofer Straße führte. Der Weg wurde zwar gestreut, dennoch war es rutschig.

„Ach, meine Mutter", sagte Rita seufzend. „Eine herzensgute Frau war sie. Immer setzte sie sich für uns ein. Doch mein Vater hatte nicht nur in seinem Unternehmen die Zügel fest in der Hand. Meine Mutter machte es schließlich krank, dass sie uns trotz allem Bemühen nicht helfen konnte."

Die zwei Frauen waren an der Stelle angekommen, an der es links zur Opphofer Straße in Richtung Mirker Höhe führte und rechts zum Weinberg.

„Ich danke Ihnen für Ihre Zeit, die Sie mir geopfert haben", sagte Mathilde freundlich. Sie reichte Rita Bock die Hand.

„Gerne geschehen", erwiderte Rita. Sie drehte sich um und ging den Weinberg hinunter.

Martha war nicht anwesend, als Mathilde ihr Knusperhäuschen betrat. Den restlichen Nachmittag hatte sie sich wegen des Geburtstages einer ihrer zahlreichen Schwestern freigenommen. Mathilde war ganz froh darüber. 'Bis morgen wird die gute Martha sich ihr Missgeschick mit Paul verziehen haben', dachte sie schmunzelnd. Sie nahm an ihrem Schreibtisch Platz und fuhr den Computer hoch. Eingehend studierte sie das Worddokument mit ihren bisherigen Aufzeichnungen zum Fall Bock. Sie fügte die gerade erhaltenen Informationen hinzu, zog die Nase kraus und murmelte: „Ja, ja, ja, ja, ja." Schließlich griff sie zum Telefonhörer und wählte die Nummer von Dietmar Wolf.

„Ja, Frau Krähenfuß", hörte sie Wolf leicht genervt sagen. Er hatte ihre Telefonnummer gespeichert, wie Mathilde registrierte.

„Entschuldigen Sie bitte die Störung", sagte sie statt einer Begrüßung.

„Macht doch nichts", erwiderte Wolf in einem Tonfall, der das Gegenteil verkündete. „Nur fassen Sie sich kurz, ich erwarte ein wichtiges Telefonat."

„Ich möchte mich lediglich nach dem Stand der Dinge erkundigen", sagte Mathilde.

„Carlo Langerfeld hat uns ein sehr gutes Angebot gemacht. Er möchte die Firma aufkaufen, und der Erlös würde an die Björn Steiger Stiftung gehen. Davon würden die Erben ihren Pflichtteil erhalten. Ich werde die Geschäftsführung übernehmen und die Kreationen zum größten Teil selbst entwerfen", gab Wolf bereitwillig Auskunft.

„Das freut mich für Sie", erwiderte Mathilde.

„Der Haken an der Sache ist, dass wir ihm spätestens in zwei Wochen zusagen müssen, und der Prozess wird erst in etwa acht Wochen stattfinden. Ich hoffe, ihn bei der Stange halten zu können", sagte Wolf wütend.

„Ich danke Ihnen für die Information", sagte Mathilde höflich.

„Nichts zu danken. Carlo liest gerne etwas von sich in der Zeitung, selbst wenn ein kostenloses Blatt wie die Ronsdorfer Gazette berichtet", sagte Wolf, und Mathilde runzelte die Stirn. Sie hatte sich noch nicht daran gewöhnt, nicht mehr die angesehene Politjournalistin des Wupperspiegels zu sein. Sie verzichtete darauf, Wolf über die nicht unbeträchtliche Auflagenstärke der Gazette aufzuklären.

„Vielleicht beeinflusst es Robert Bock sogar zu unseren Gunsten, wenn die Presse Druck macht", fügte Wolf hinzu. „Er ist der Schlimmste. Die unbeholfene Maria würde ohne ihren größenwahnsinnigen Bruder die Klage gewiss zurückziehen."

„Und was ist mit Roberts anderer Schwester?", erkundigte Mathilde sich unschuldig.

„Was weiß ich, was mit ihr ist", antwortete Wolf rasch. „Sie entschuldigen mich, ich muss das Gespräch jetzt beenden."

Mathilde verabschiedete sich und tippte weiter in ihr Worddokument.

Donnerstag, 11. Januar 2018

Wird Carlo Langerfeld der neue Inhaber von `Elite For You´?

Zwei der drei Kinder von Robert Bock lassen nicht locker und drängen weiter auf die Einhaltung des Prozesstermins im Erbschaftsstreit um das Textilunternehmen.

Von Mathilde Krähenfuß

RONSDORF. Robert Bock und Maria Krumm, Kinder und enttäuschte Erben des verstorbenen Textilunternehmers Bernd Bock, möchten den Verkauf von `Elite For You´ weiterhin verhindern, um selbst die Geschäftsführung zu übernehmen und die Gewinne einzustreichen.

Robert Bock warf die Ronsdorfer Gazette in den Papierkorb, ohne Mathildes Artikel weiterzulesen. Von seinem Firmentelefon aus rief er seine Schwester an. Diese ging bereits nach einmaligem Schellen an ihr Smartphone.

„Morgen, Robert, nett, was diese Krähe da schreibt", sagte Maria bissig. „Die Gewinne möchten wir geldgierigen, bösen Kinder des sozial engagierten Mannes von Welt also aus purem Eigennutz einstreichen. Weißt du, dass sich bereits drei befreundete Ehepaare, allesamt Kollegen und Kolleginnen von Lutz, von uns abgewandt haben? Du bringst uns noch alle in Teufels Küche. Ich möchte rehabilitiert werden. Lutz und ich haben zum ersten Mal seit der Hochzeit ernsthaft Streit. Ob er mich und die Kinder finanziell nicht gut genug versorgen würde, schrie er mich am Morgen nach der Lektüre dieses schrecklichen Artikels an. Er habe nicht gewusst, dass seine Frau so arm dran sei, dass sie sich öffentlich zum Affen machen müsse, tobte er weiter. Mimo war ganz aufgeregt wegen unserer Auseinandersetzung. Ich konnte ihn kaum beruhigen. Der arme Schatz, wo er sich doch so behütet fühlt bei uns in der Familie." Robert hörte seine Schwester schluchzen. Er verdrehte die Augen. 'Wie sehr bin ich mit meiner Familie gestraft', dachte er. „Zum Glück waren Betty und Paula schon in der Schule. Ihnen blieb unser Streit wenigstens erspart."

„Jetzt beruhige dich", unterbrach Robert seine Schwester.

„Gar nichts werde ich", schrie Maria. „Ich werde nicht weiter klagen und das auch dieser Krähenfuß berichten. Augenblicklich werde ich eine Mail an die Redaktion der Ronsdorfer Gazette schreiben." Ohne Abschiedsworte beendete sie das Telefonat.

„Mein Bruder ist ein Teufel", sagte Rita in das schnurlose Telefon. Sie lief wie eine Löwin in ihrer Wohnung am Weinberg hin und her. Auf dem schmucklosen Tisch stapelten sich Hefter mit ausgedruckten Hausarbeiten, die sie noch Korrektur lesen musste. Doch sie konnte sich nicht konzentrieren. Der Artikel von Mathilde Krähenfuß hatte sie zu sehr aufgebracht. „Gut, dass ich gestern mit der Pressetante gesprochen habe, sonst stände ich heute auch als geldgierig gebrandmarkt in der Tageszeitung."

„Deine Schwester ist ein Schaf, sie läuft bloß hinterher", bemerkte Dietmar Wolf am anderen Ende der Leitung. „Sie braucht immer einen Leitwolf, dem sie folgen kann. Dabei ist es gleichgültig, ob das ihr Lackaffe von Ehemann oder ihr Bruder ist."

„Du weißt ja, dass ich versucht habe, Robert zu überreden, die Klage zurückzuziehen. Doch der alte Sturkopf lässt nicht mit sich reden", erwiderte Rita. „Wenn die Lage nicht so ernst wäre, könnte ich darüber lachen. Aber es geht um unsere gemeinsame Zukunft, die hier auf dem Spiel steht. Außerdem bin ich das Versteckspielen leid."

„Schatz, wir müssen das gemeinsam durchstehen", sagte Dietmar in seinem Büro in Düsseldorf. „Stell dir vor, was geschehen würde, wenn Robert und Maria von unserer Beziehung wüssten."

„Robert würde denken, dass ich ihm ˋElite For You´ nicht gönnen würde, weil ich das Beste für dich und mich herausholen möchte. Und ganz so unrecht hätte er damit nicht."

Rita spielte nervös mit dem Anhänger ihrer Lederhalskette, einer weißen Friedenstaube.

„Dein Vater wollte immer, dass du die Firma für ihn weiterführst", sagte Dietmar bestimmt. „Aber das ist, wie wir beide wissen, nichts für dich. Und Bernd sah das im Laufe der Zeit ein. Ich bin seine erste Wahl, ich gehöre zu ˋElite For You´."

„Ich muss jetzt Hausarbeiten korrigieren", erklärte Rita seufzend. „Mir fällt leider keine Lösung ein. Wenn publik wird, dass Langerfeld abspringt, ich mag nicht darüber nachdenken, was dann die anderen Bewerber machen werden. Das würde das Ende deiner großen Chance bedeuten."

„Das Ende unserer großen Chance", berichtigte Dietmar seine Freundin. „Carlo Langerfeld darf nicht abspringen."

„Das wird nicht geschehen, Julian", versuchte Vera den aufgeregten, jungen Mann zu beruhigen. Sie schenkte ihm ein Glas Whisky ein. „Trink. Das wird dich beruhigen."

Julian leerte das Glas in einem Zug.

„Wieder diese Krähenfuß", fluchte er. „Aber diesmal stimmt sie zumindest kein Loblied auf den Alten an. Ich mache mir berechtigte Sorgen, Vera." Er saß im Schneidersitz auf dem am Vormittag gelieferten und aufgebauten, weißen Ledersofa in einem Zimmer auf der ersten Etage, das zu Veras ehemaligem Wohnbereich gehörte. Sie hatte es zu einem Fernsehzimmer umgestaltet. Der neu erworbene, riesige, drehbare Flachbildschirm nahm fast die ganze gegenüberliegende Zimmerwand ein. Der Ton des Films, den Vera sich mit Julian hatte ansehen wollen, war stumm gestaltet.

„Das ist alles bereits im letzten Prozess zu unseren Gunsten geregelt worden", sagte Vera beschwichtigend. Sie schüttete ebenfalls etwas Whisky in ihr Glas. „Die Villa gehört mir. Oder besser gesagt: Die Villa gehört uns bald gemeinsam. Bernds Sohn und seine einfältige Schwester können nichts mehr dagegen machen."

„Robert Bock trau ich alles zu", entgegnete Julian. „Wer weiß, was dem noch einfällt."

Julian sprang auf und griff nach seinem Wintermantel, der über der Sofalehne hing.

„Möchtest du schon gehen?", fragte Vera überrascht. Sie erhob sich ebenfalls und ging auf ihn zu. Er war nicht besonders groß, und sie musste sich nicht recken, um ihre Arme um seinen Hals zu legen. „Es ist noch keine einundzwanzig Uhr."

„Ich bin noch in der Unikneipe auf ein Bier verabredet", erklärte Julian. Er hauchte Vera einen flüchtigen Kuss auf die Lippen und befreite sich aus der Umarmung. Vera nickte nur und ließ ihn widerspruchslos ziehen. Sie hatte sich fest vorgenommen, ihm seine Freiheit zu lassen. Er sollte sich durch ihre Beziehung nicht eingeengt fühlen. `Ich würde jeden Preis dafür zahlen, dass Julian bei mir bleibt´, dachte sie, während sie den Film zurück auf Anfang schaltete.

Montag, 15. Januar 2018

„Telefon", kreischte Peter. „Telefon, Telefon."

Mathilde saß senkrecht im Bett. Ein Blick auf den Radiowecker neben ihrem Bett verriet ihr, dass es halb fünf Uhr am Morgen war. Verwirrt kletterte sie aus dem Bett und schlüpfte in ihre Filzpantoffeln. Sie drückte alle Lichtschalter, die in Reichweite waren, und stieg die Treppe ins Erdgeschoss runter. Der Anrufer blieb hartnäckig und legte nicht auf. Das Telefon schellte weiter, und Paul stimmte in Peters Ausrufe ein. Mathilde eilte durch die winzige Diele ins Wohnzimmer zu ihrem Schreibtisch. Zu ihrer Erleichterung verstummte das Geschrei der aufgebrachten Papageien, als sie den Telefonhörer in die Hand nahm.

„Krähenfuß", murmelte sie schläfrig.

„Mathilde, entschuldige bitte die Störung, aber ich komme gerade vom Tatort zurück. Ich bin schon auf der Wache", hörte sie ihren Neffen am anderen Ende der Telefonleitung sagen.

„Tatort? Was für ein Tatort?", erkundigte sich Mathilde überrascht. Sie ließ sich auf den Drehstuhl hinter ihrem Schreibtisch fallen.

„Sitzt du?", wollte Herbert wissen.

„Ja, ich sitze, nun erzähl schon. Umsonst wirst du mich um diese Uhrzeit nicht geweckt haben", antwortete Mathilde.

„Robert Bock ist tot", sagte Herbert ruhig. „Überdosis Insulin."

„Jetzt mal bitte der Reihe nach, Herbert", bat Mathilde aufgeregt. Sie fuhr ihren Computer hoch und war schlagartig hellwach. „War Robert Bock Diabetiker?"

„Nach Aussage seiner Frau, Linda Bock, war er Typ 1 Diabetiker", berichtete Herbert Mucke.

„Meinst du, es war ein Unfall oder gar Selbstmord?", fragte Mathilde ungläubig.

„Auf gar keinen Fall", erwiderte Herbert. „Als seine Frau ihn vor wenigen Stunden fand, lag er tot im Bett. Die Insulinspritze und die Flasche mit der Injektionslösung standen auf dem Nachttisch. Linda Bock gab Auskunft, dass er seit Jahren einen Pen nutzte, um sich das Insulin zu verabreichen. Die Flasche und die Spritzen wurden nur für den Notfall im Nachttisch aufbewahrt. Außerdem hatte er rote Striemen an den Handgelenken und den Knöcheln. Jemand muss ihn ans Bett gefesselt und ihm anschließend die tödliche Dosis Insulin injiziert haben."

„Vermutliche Todesuhrzeit?", fragte Mathilde, ein neues Worddokument öffnend, das sie unter dem Arbeitstitel 'Bock Nr. 2' speicherte.

„Dr. Mathis vermutet, dass der Tod kurz vor ein Uhr heute Morgen eintrat. Eine hohe Dosis Insulin mitten in der Nacht auf nüchternen Magen gespritzt, muss relativ schnell gewirkt haben", erklärte Herbert. „Dennoch müsse Robert Bock einige Minuten in vollem Bewusstsein auf seinen Tod gewartet haben, behauptete Dr. Mathis am Tatort."

„Ich fasse zusammen, mein lieber Neffe", murmelte Mathilde, eifrig auf die Tastatur tippend. „Robert Bock wurde zunächst im Bett fixiert und dann zu Tode gespritzt. Das ist eine Hinrichtung. Grausam."

Mathilde schüttelte sich. Ein kalter Schauer lief ihr über den Rücken. ʻWas ist das für eine Familie? Was geht da bloß vor?ʼ, fragte sie sich.

„Richtig", stimmte Herbert seiner Tante zu. „Und Robert Bock muss seinen Mörder gekannt haben. Die Haustür war aufgeschlossen, als Linda und die Kinder von einem Konzert nach Hause kamen."

„Du bist der Ansicht, der junge Bock ließ seinen Mörder freiwillig ins Haus? Er muss ihm oder ihr vertraut haben, die Person gut gekannt haben", überlegte Mathilde laut. „Hat die Spurensicherung bereits erste Ergebnisse festgestellt?"

„An dem Insulinfläschchen wurden Fingerabdrücke von Robert und seiner Frau gefunden", antwortete Herbert. Er gähnte herzhaft. „Linda Bock hatte bereits im Vorfeld erwähnt, dass sie beim Säubern des Nachtschranks in Kontakt mit der Flasche und den Spritzen gekommen sei. Das erscheint mir auch glaubwürdig. Sie bot sich sogar freiwillig an, ihre Fingerabdrücke nehmen zu lassen."

„Sonst keine weiteren Hinweise?", hakte Mathilde nach.

„Leider nein, aber die beschlagnahmten Gegenstände werden eingehend untersucht", sagte Herbert bedauernd.

„Mathilde, ich möchte ausnahmsweise, dass du darüber berichtest. Bekannt wird es sowieso, und ich habe die Hoffnung, dass der Mörder einen Fehler macht, wenn er unter Druck gerät."

„Oder die Mörderin", ergänzte Mathilde. „Martha wird um neun bei mir sein, gegen zehn werde ich Linda Bock einen Besuch abstatten. Ach, im Übrigen, wo war sie mit ihren Kindern zu dieser frühen Morgenstunde an einem Montag?"

„Samira und Charles sind Musiker in einem Orchester", berichtete Herbert. „Sie spielt Geige, er Bratsche. Das Konzert in der Historischen Stadthalle dauerte bis vierundzwanzig Uhr, anschließend fand ein Umtrunk mit den Orchestermitgliedern statt. Charles muss heute nicht arbeiten, und Samira wollte später zur Universität. Unter den gegebenen Umständen werden natürlich alle drei zu Hause bleiben."

„Danke, Herbert. Ich werde mich später bei dir melden. Bis dann", verabschiedete sich Mathilde.

Nachdenklich verließ sie den Schreibtisch, zog die Rollläden hoch und ging in die Küche, um Kaffee aufzusetzen. Sie ließ Lotte kurz im Garten laufen. Die Hündin würde sie den Vormittag über in Marthas Obhut geben.

Mathilde parkte ihren Wagen vor der Tierarztpraxis an der Hainstraße. Eigentlich waren die Abstellplätze für Besucher der Praxis reserviert, doch Mathilde erhielt netterweise die Erlaubnis, Ingo dort abzustellen. Sie war wegen Lotte, Peter und Paul eine gute Kundin der Tierärztin. Die wenigen Meter bis zur Seitenstraße, die in die Wohnsiedlung ‛Am Anschlag' führte, ging sie zu Fuß durch die klare Winterluft. Die Sonne schien, und Raureif funkelte auf den Vorgärten der schmucken Häuser. Mathilde bog nach rechts ab und genoss den kurzen Fußmarsch. Sie lief direkt auf das Haus der Familie Bock zu. Es war das ganze Gegenteil des väterlichen Anwesens in Ronsdorf. Das Haus war zweistöckig und bestand vollständig aus Ziegelsteinen in verschiedenen Brauntönen. Schiefertafeln bedeckten das Dach, ein altmodischer Türklopfer war am Eingang angebracht. Dieser diente jedoch lediglich als Dekoration. Mathilde betätigte die Schelle, und es dauerte nicht lange, bis sich die Tür öffnete.

„Ja, bitte?", sagte Linda Bock.

Zu Mathildes Erstaunen wirkte die Ehefrau des Verstorbenen gefasst. Ihr rotes Haar war zu einer Banane gedreht und mit einer schwarzen, modischen Haarklammer am Hinterkopf befestigt. Sie trug einen grauen Hausanzug aus Seide.

„Mathilde Krähenfuß", stellte Mathilde sich vor. „Wir kennen uns vom Sehen. Ich war auf der Beerdigung Ihres Schwiegervaters."

Linda zuckte nur mit den Schultern.

„Sie sind die Verfasserin der Artikelreihe über Roberts Vater", stellte sie fest. „Robert war außer sich vor Zorn über Ihre Texte. Aber kommen Sie doch rein."

Mathilde hing ihren Parka an die Garderobe direkt neben dem Eingang und folgte Linda, die sie in ein einziges, sehr großes Zimmer führte. Sie registrierte, dass eine Treppe aus poliertem Holz in ein Untergeschoss mit Terrasse führte. Das Haus war wesentlich größer, als es von außen den Anschein erweckt hatte.

„Wir bleiben oben", verkündete Linda und deutete auf den glänzenden Holztisch direkt vor einem offenen Kochbereich. „Der Kaffee ist fertig, ich erwarte meine Kinder. Wir kamen sehr spät zur Ruhe. Deswegen lasse ich die beiden ausschlafen."

Mathilde schaute auf ihre Armbanduhr. Es war halb elf Uhr am Vormittag.

„Mein aufrichtiges Beileid, Frau Bock", sagte sie höflich.

„Vielen Dank", erwiderte Linda, den Kaffee einschenkend. „Es ist schrecklich, was uns in diesen Tagen geschieht."

„Frau Bock, sehen Sie es mir bitte nach, dass ich Sie so kurz nach dem furchtbaren Ereignis aufsuche", begann Mathilde vorsichtig. „Aber Sie werden verstehen, dass ein weiterer Todesfall in der Familie des Gründers von `Elite For You´ von großem öffentlichen Interesse ist."

„Vom Wupperspiegel und von den anderen Wuppertaler Zeitungen war noch niemand hier", entgegnete Linda spitz. Sie spielte mit einer Medikamentenschachtel. Mathilde las die Verpackungsaufschrift. Alprazolam war ein Wirkstoff aus der Gruppe der Benzodiazepine mit mittlerer Wirkungsdauer.

„Der Arzt von der Polizei gab mir dieses Medikament für den Notfall", erklärte Linda, die Mathildes neugierige Blicke bemerkt hatte. „Ein stark wirkendes Beruhigungsmittel."

„Sind Sie berufstätig, Frau Bock?", fragte Mathilde, die unverhohlen das Diktiergerät auf dem Tisch platzierte.

„Ich bin ausgebildete Versicherungskauffrau. Mein Mann und ich lernten uns am Arbeitsplatz kennen", erzählte Linda. „Tatsächlich übe ich seit einiger Zeit wieder eine Teilzeittätigkeit bei der ERICO Versicherung aus. Charles und Samira sind volljährig, mir fiel hier die Decke auf den Kopf. Außerdem ist es nett, Geld zur Verfügung zu haben, von dem ich für die Studiengänge der Kinder sparen kann."

„Ihr Mann unterstützte die zwei doch gewiss ebenso, nicht wahr?", wollte Mathilde wissen. Sie beobachtete ihr Gegenüber genau. Linda Bock wirkte ihrer Meinung nach zu gefasst. Sie schien weder aufgelöst noch verzweifelt zu sein und versuchte auch nicht, etwas Derartiges vorzutäuschen.

„Natürlich", erwiderte Linda. „Aber so sehr er seinen Vater auch hasste, so sehr ähnelte er ihm auch. Wie einst mein Schwiegervater Robert und seinen Geschwistern vorzuschreiben versuchte, was sie zu lernen und zu mögen hatten, so handelte mein Mann an Samira und Charles."

Linda Bock zerriss ein Stück Papier. Es schien ein Einkaufszettel zu sein.

„Wie darf ich das verstehen?", fragte Mathilde nach. Sie tunkte ein Plätzchen in ihren Kaffee. Es war ein Spekulatius Keks, ein übriggebliebener Rest vom Weihnachtsfest. Mathilde drehte ihren Kopf nach rechts und blickte von dem Essbereich auf der Empore über die Brüstung auf den unteren Wohnbereich. Dort entdeckte sie tatsächlich den noch geschmückten Weihnachtsbaum.

„Robert drängt sie", Linda brach augenblicklich ab. Sie schluckte und wirkte auf Mathilde zum ersten Mal in diesem Gespräch betroffen. Linda seufzte. „Robert drängte die Kinder dazu, bodenständige Berufe zu erlernen, beziehungsweise Studiengänge zu wählen, die seiner Meinung nach beruflichen Erfolg versprachen", fuhr sie fort. „Samira und Charles haben das künstlerische Talent ihres Großvaters geerbt. Ebenso teilen sie dessen Begeisterung für klassische Musik. Samira spielt hervorragend Geige, und Charles ist ein Virtuose an der Bratsche. Beide sind für ein Musikstudium an der Bergischen Universität Wuppertal eingeschrieben. Samira studiert bereits, Charles absolviert vorher noch ein freiwilliges, soziales Jahr in der Krankenpflege." Sie machte eine kurze Pause, griff nach einem Plätzchen und biss ein Stück davon ab. „Robert war strikt dagegen, doch sie haben meine volle Unterstützung. Daher war Robert gestern nicht mit auf dem Konzert in der Stadthalle. Er weigerte sich auch standhaft, ihnen mehr Geld als eben notwendig zukommen zu lassen. Er wollte sie damit dazu bringen, sich seinem Willen zu beugen."

„Guten Morgen, Mama", unterbrach eine männliche Stimme ihr Gespräch. Mathilde drehte sich neugierig um und erblickte Charles Bock, der die Treppe vom Obergeschoss runterkam. Der rothaarige Riese trug Bermuda Shorts und ein ausgewaschenes Shirt. Seine Haare waren noch ungekämmt. „Guten Morgen, Frau Krähenfuß", begrüßte er Mathilde. Bei den Frauen angelangt, reichte er ihr höflich die Hand. „Wie geht es dir, Mama?" Charles ging um den Tisch herum zu seiner Mutter und gab ihr einen Kuss auf die Wange. Er setzte sich zu ihnen und schenkte sich Kaffee ein. Auf Milch und Zucker verzichtete er. Eine Weile schwiegen die drei sich an. Schließlich unterbrach Mathilde die Stille.

„Hatte Ihr Mann Feinde?", wollte sie wissen.

„Nicht, dass ich wüsste", antwortete Linda, ohne zu zögern.

„Werden Sie den Prozess allein weiter fortsetzen?", hakte Mathilde nach. Sie nahm sich das letzte Weihnachtsplätzchen.

„Um Himmels willen, nein", antwortete Linda und lachte trocken. „Ich bin froh, dass dieser Kelch an mir und den Kindern vorübergeht. Der Pflichtteil genügt mir völlig. Wir reden von 200.000 Euro und einer monatliche Apanage. Was möchte ich mehr? Jetzt ist euer Musikstudium finanziert, Charles."

Charles verschluckte sich fast an seinem Kaffee. Sein Gesicht lief rot an.

„Mama, wie kannst du in dieser Situation über Geld sprechen? Papa ist tot. Er wurde ermordet. Alles erscheint mir so unwirklich, der gestrige Abend, deine Hilferufe, die vielen Polizeibeamten. Der schreckliche Anblick von Papa, wie er im Bett lag, völlig regungslos."

Charles begann am ganzen Leib zu zittern. Seine Zähne klapperten, und er begann hysterisch zu schluchzen.

„Was machen Sie hier?", schrie er Mathilde unter Tränen an.

„Charles, beruhigen Sie sich doch", sagte diese beschwichtigend. Sie schob Linda die Packung mit den Beruhigungstabletten zu. „Geben Sie ihm davon, Frau Bock. Ihr Sohn steht unter Schock. Ich werde Sie jetzt verlassen, damit Sie sich um Ihre Kinder kümmern können. Vielen Dank für das Gespräch."

Mathilde stand auf, ließ Mutter und Sohn am Tisch zurück und eilte zur Haustür.

„Puh", sagte sie, zurück in der kalten Mittagsluft. Während sie zu ihrem Wagen spazierte, hörte sie die Aufnahme des Diktiergerätes ab.

Mathilde parkte Ingo vor dem Studierendenwohnheim. Sie sehnte sich nach etwas Abwechslung. Ein Mensabesuch war jetzt genau das Richtige. Sie stieg die Stufen zum Campusgelände hoch und ging rechts weiter in Richtung der Mensa. Es war fast halb eins, und es strömten schon einige Studenten nach der Mahlzeit zurück in die Seminarräume.

„Schau an", entfuhr es ihr. Sie sah Julian Santos in Begleitung der Kommilitonin die Stufen von dem Speisesaal hochkommen. Schnell drehte sie sich zur Seite.

„Versprichst du mir das?", hörte Mathilde Sarah ernst fragen.

„Wenn ich es dir doch sage", erwiderte Julian.

Mathilde senkte den Kopf und gab vor, mit der Lektüre eines der ausgelegten Informationsblätter beschäftigt zu sein.

„Dass du mir sowas zutraust, Sarah", sagte er in entrüstetem Tonfall.

„Entschuldige bitte, Julian", erwiderte Sarah. „Vor wenigen Tagen noch wünschtest du Robert Bock die Pest an den Hals wegen des Hauses von der Mayer."

Mehr verstand Mathilde nicht. Die beiden verschwanden im Getümmel der Universität.

‚Woher wissen die zwei schon von Robert Bocks Tod?‘, wunderte sich Mathilde. ‚Mein Artikel wird erst morgen erscheinen. Ob Vera Mayer bereits informiert worden ist?‘

Spontan entschied sie, auf ein ausgiebiges Mittagessen zu verzichten. Sie ging gar nicht erst die Treppenstufen runter, sondern kaufte sich in der Cafeteria ein Laugenbrötchen und aß es auf dem Rückweg zum Auto.

„Mahlzeit, die Herren", sagte Mathilde schwungvoll.

Hans Flachs und Florian Vogel blickten überrascht von ihren Arbeitsplätzen zur aufschwingenden Bürotür.

„Frau Krähenfuß, was können wir für Sie tun?", fragte Florian übertrieben höflich. Er hatte die Ärmel hochgekrempelt und klebte Briefmarken auf Umschläge.

„Ist mein Neffe unterwegs?", fragte sie, sich neugierig umsehend.

Hans nickte. „Unterwegs in Sachen Robert Bock."

„Wo Sie ihn gerade erwähnen", begann Mathilde. Sie nahm auf Herberts Bürostuhl Platz. „Liegen Ihnen bereits Ermittlungsergebnisse vor?"

„Die Milch ist leider alle, Frau Krähenfuß", warf Florian ein.

Mathilde hatte sich Kaffee eingeschenkt, und ihre Blicke schweiften suchend über den Arbeitstisch.

„Und? Was können Sie mir berichten, meine Herren?", hakte sie ungeduldig nach.

Florian und Hans sahen sich fragend an.

„Nun zieren Sie sich nicht", sagte Mathilde, mit dem Zeigefinger auf die Tischplatte trommelnd. „Erzählen Sie mir, was Sie wissen, dann werde ich auch Ihnen meine Informationen weitergeben."

„Auf der am Tatort beschlagnahmten Bettwäsche wurden Fingerabdrücke gefunden", antwortete Florian schließlich. „Der Täter oder die Täterin war zwar sehr vorsichtig, aber ein Gummihandschuh muss bei der Aktion gerissen sein. Die Analyse liegt uns vor."

„Irgendwelche Übereinstimmungen?", fragte Mathilde mit vor Aufregung glänzenden Augen.

`Diese grünen Augen sind unheimlich´, dachte Hans. Er schüttelte den Kopf. „Das war auch nicht zu erwarten. Wir haben zudem das Problem, dass die Abdrücke nicht gut zu analysieren waren. Dennoch könnten sich die Ergebnisse gegebenenfalls als hilfreich erweisen. Wir dürfen zwar nicht willkürlich Fingerabdrücke nehmen, aber falls ein konkreter Verdacht besteht, könnte ein Vergleich einschränkend Auskunft über eine potentielle Täterschaft geben. Das Geschlecht konnte leider nicht festgestellt werden."

„Besteht trotzdem schon ein Verdacht?", wollte Mathilde wissen.

„Nein, aber es gibt zumindest eine Neuigkeit", meldete sich wieder Florian zu Wort. „Robert Bock hatte ein Verhältnis."

Mathilde fiel die Kinnlade runter. „Nein", sagte sie mit weit aufgerissenen Augen.

„Doch", entgegnete Florian. „Vor etwa einer Stunde meldete sich seine Geliebte telefonisch bei Herbert."

„Und wer ist sie?", fragte Mathilde begeistert.

„Linda Bocks Halbschwester Indra", ließ Hans die Bombe platzen. „Fünfzehn Jahre jünger als Linda und Halbinderin. Zehn Jahre nach Lindas Geburt ließ ihr Vater sich von ihrer Mutter scheiden und heiratete erneut. Mit seiner zweiten Frau, einer Inderin, bekam er fünf Jahre später Indra."

Mathilde spitzte den Mund und nickte nachdenklich.

„Und mein Neffe trifft sich in diesem Moment mit Indra?", erkundigte sich Mathilde.

„Richtig", antwortete Florian. „Sie bat im Übrigen um Diskretion. Herbert sicherte ihr Stillschweigen zu. Halten auch Sie sich bitte daran."

Mathilde nickte. „Ich werde später mit meinem Neffen telefonieren", verkündete sie fröhlich. „Und jetzt entschuldigen Sie mich bitte. Lotte und meine Papageien erwarten mich sicher bereits. Auf Wiedersehen, die Herren."

„Einen Moment, Frau Krähenfuß", sagte Hans. „Auch Sie wollten uns etwas berichten, nicht wahr?"

„Jetzt hätte ich es fast vergessen, natürlich", sagte Mathilde und schlug sich mit der flachen Hand vor die Stirn. Rasch berichtete sie den Beamten von ihrem Gespräch mit Linda Bock, von deren Aussagen bezüglich des Prozesses und des Erbes, das sie großzügig für ihre Kinder zu verwenden gedachte.

„Du liebe Güte", sagte Martha. Mathilde und sie saßen beim Abendbrot zusammen. Ein Topf mit Rotkohl stand dampfend auf dem Wohnzimmertisch. Daneben lockte verführerisch eine große Terrine mit Sauerbraten. „Zustände sind das. Einen oder zwei Knödel, Mathilde?"

Mathilde spreizte den Zeige- und Mittelfinger.

„Was hat dein Neffe gesagt?", fragte Martha neugierig. Alles an ihr war heute grün. Das Haarband, die Ohrringe, die Armbänder und das weitgeschnittene, fast bodenlange Kleid.

„Linda ist so alt wie ihr verstorbener Mann. Fünfzig. Ihre Schwester ist fünfunddreißig, also bedeutend jünger", begann Mathilde zu berichten.

„Natürlich. Ist doch immer dasselbe mit den Mannsbildern", ärgerte sich Martha. Sie schnaufte missbilligend. „Ich weiß schon, warum ich mir keinen Kerl ins Haus hole."

Mathilde musste lachen. „Jedenfalls heiratete der Vater der beiden erneut. Und zwar eine Inderin. Trotz allem pflegte er einen innigen Kontakt zu seiner Erstgeborenen. Für Linda, die ihren Vater liebte und ihm verziehen hatte, war ihre Halbschwester sowas wie eine lebende Puppe. Bis heute sind die zwei Frauen beste Freundinnen. Indra geht im Haus der Bocks ein und aus. Irgendwann geschah es, dass Indra und Robert sich ineinander verliebten. Indra erzählte Herbert, es sei ein schlimmer Gewissenskonflikt für sie gewesen. Sie habe weder ihre Gefühle für ihren Schwager unterdrücken können noch ihre Schwester verletzen wollen. Robert und sie einigten sich darauf, dass einfach jeder jeden lieben sollte. Das Verhältnis der beiden spielte sich im Verborgenen ab. Nach Indras Aussage, habe ihre Schwester nichts von der Beziehung gemerkt. Wie der Zufall es wollte, flog die Geschichte kurz nach Bernd Bocks Tod auf. Linda erlitt während eines Konzertes ihrer Kinder einen Migräneanfall. Sie kehrte vorzeitig zurück und erwischte ihren Mann und ihre Schwester in flagranti im ehelichen Schlafzimmer." Mathilde bedeckte ihre Knödel mit Soße und nahm einen Bissen von dem Fleisch. „Köstlich, Martha", murmelte sie kauend.

Martha strahlte zufrieden wegen des Lobes.

„Zunächst habe es natürlich viel Geschrei und Schuldzuweisungen gegeben, schilderte Indra Herbert. Doch nach der ersten Aufregung habe man sich zusammengesetzt und beschlossen, darüber zu schweigen und nach außen den Anschein von Normalität zu wahren, berichtete sie meinem Neffen weiter. Der Kinder wegen und auch wegen des Ansehens des Ehepaares in der Öffentlichkeit. Nach dem Tod des Vaters beziehungsweise Schwiegervaters wollte keiner der Beteiligten die Aufmerksamkeit der Öffentlichkeit. Jetzt aber sei Robert tot, und alles habe sich geändert, sagte Indra. Sie verdächtige ihre Schwester, ihren Mann aus Eifersucht umgebracht zu haben, erklärte sie Herbert. Deswegen habe sie ihn informieren müssen, gab sie an. Das ist der Stand der Dinge, Martha", sagte Mathilde. Sie beschloss, ihre Aufmerksamkeit dem Sauerbraten zu widmen. Nachdem die Teller geleert waren, sagte Martha: „Fassen wir doch einmal zusammen, was uns bis jetzt für Informationen vorliegen."

„Wir haben einen plötzlich in der Oper verstorbenen, millionenschweren Textilunternehmer und einen engagierten Nachfolger, der für ihn wie ein Sohn war. Insofern der Wunsch des Verstorbenen respektiert und das Unternehmen an Carlo Langerfeld veräußert wird, macht Wolf einen großen Sprung auf der Karriereleiter", reflektierte Mathilde. Sie nahm einen kräftigen Schluck des in der wuppertaleigenen Hofbrauerei gebrauten Dunkelbieres, das sie so liebte. „Ist sein Ehrgeiz so groß, dass er seinen Chef, der an ihm wie ein Vater handelte, ermordet hat?"

„Wenn es Mord war, wovon wir ausgehen", ergänzte Martha eifrig. „Bock hätte hundert Jahre alt werden können, so sportlich aktiv und gesund wie er war. Und mit seinen fünfundvierzig Jahren ist Wolf nicht mehr der Jüngste. Er hätte ewig auf seine Beförderung zum Geschäftsführer warten können."

„Das stimmt. Doch er wurde auch zu Lebzeiten Bernd Bocks gut bezahlt und oft begünstigt. Er genoss das vollste Wohlwollen Bocks, der ihm anscheinend vertraute", warf Mathilde ein.

„Robert Bock ärgerte Wolf bedeutend mehr mit seinem Beharren auf einen erneuten Prozess."

Martha nickte zustimmend. Sie drehte ihren Kopf um und blickte zur Vogelvoliere. Peter und Paul hatten die Köpfe zwischen die Federn gesteckt und schlummerten friedlich.

„Wolf und Robert verstanden sich nie gut miteinander, wie Rita Bock mir berichtete. Robert war wahrscheinlich eifersüchtig auf die Zuneigung, die sein Vater dem Angestellten entgegenbrachte. Bei dem bevorstehenden Rechtsstreit in einigen Wochen sollte es nicht um den Gewinn gehen, meiner Meinung nach sollte der Prozess ausschließlich dazu dienen, Wolf zu schaden", überlegte Mathilde weiter. „Rita Bock möchte nicht weiter klagen, und auch ihre Schwester teilte mir in einer Mail an die Redaktion mit, dass sie von einem weiteren gerichtlichen Vorgehen absehe."

„Damit ist Wolf jetzt aus dem Schneider", fügte Martha hinzu. Ihre dunklen Wangen wirkten noch dunkler als sonst. Sie glühte vor Aufregung.

„Irgendwas ist auch zwischen Rita und Dietmar Wolf", sagte Mathilde nachdenklich. „Sie sagte zwar, er sei ihr ein jüngerer Bruder gewesen, aber meine Intuition sagt mir, dass mehr zwischen den beiden stattfindet, als Geschwister für gewöhnlich miteinander teilen. Aber kommen wir zu Vera Mayer und Julian Santos. Welche Rolle in diesem Schauspiel übernehmen sie? Julian spielt eine Doppelrolle, dessen bin ich mir gewiss. Und diese Sarah, seine Kommilitonin, schien ihn zu verdächtigen, etwas mit Robert Bocks Tod zu schaffen zu haben. Aber das glaube ich nicht, was hat er von dessen Ableben? Sollte es der Fall sein, dass er Vera Mayer heiraten möchte, um von der Villa und dem veräußerten Inventar zu profitieren, hat er sein Ziel erreicht. Robert Bock wollte darüber nicht mehr streiten, ihm ging es ausschließlich um `Elite For You´."

„Vera Mayer ist fein raus. Doch auch sie profitiert weder vom Tod des alten noch vom Tod des jungen Bock. Die Villa gehört ihr bereits seit sechs Jahren", bemerkte Martha.

„Stimmt nicht ganz. Jetzt kann sie über Grundstück, Haus und Einrichtung frei verfügen. Und sie kann ihre Beziehung zu Julian Santos ohne Versteckspiel leben. So gesehen bringt Bernd Bocks Tod auch für sie einige Vorteile mit sich", sinnierte Mathilde. Sie schenkte sich Bier nach. „Aber ich möchte nicht recht glauben, dass sie eine kaltblütige Mörderin ist."

„Wie schätzt du Linda Bock ein, Mathilde?", fragte Martha.

„Sie schien nicht allzu sehr betroffen zu sein", antwortete Mathilde. „Auf mich wirkte sie kühl und nicht unter Schock stehend. Sie hatte ja auch einen Grund, nicht gut auf ihren Mann zu sprechen zu sein. Jedenfalls hat sie ein klassisches Tatmotiv. Doch sie war mit ihren Kindern unterwegs, als der Mord geschah. Zweiteilen kann sie sich nicht, soviel steht fest."

„Vielleicht heuerte sie einen Auftragskiller an", warf Martha begeistert ein. Sie griff nach der Bierflasche, doch Mathilde hielt sie zurück.

„Du hast vielleicht Fantasie", sagte sie schmunzelnd. „Und außerdem musst du noch fahren, oder wolltest du heute auf dem Sofa übernachten?"

Martha kicherte.

„Ich war so vertieft in diesen Kriminalfall, ich habe nicht überlegt", erwiderte sie. Gehorsam schenkte sie sich Mineralwasser ein.

„Was mir noch einfällt", sagte Mathilde, nachdenklich den Kopf ihrer Hündin kraulend. Lotte war aufgestanden und hatte den Kopf auf ihren Schoß gelegt. Langsam wurde es Zeit für ihren Abendspaziergang. „Bei der Gerichtsverhandlung hörte ich, dass Bernd Bock viele Existenzen zerstört haben soll. Und dieser Julian Santos erzählte Ähnliches, als ich ihn zum ersten Mal in der Mensa traf. Vielleicht kann er mir mehr Informationen geben. Nach der Abendrunde werde ich Prof. Dr. Mertens von der Bergischen Universität anrufen. Vielleicht gibt er mir Auskunft, wann ich diesen Santos abfangen kann."

Martha begann abzuräumen, und Mathilde zog sich den Parka und ihre Mütze an.

„Komm, Lotte", sagte sie. „Los geht's."

Dienstag, 16. Januar 2018

Das Drama um die Familie des verstorbenen Groß-unternehmers Bernd Bock geht weiter!

Erneuter, schwerer Schicksalsschlag für die Familie Bock. Robert Bock, Sohn des verstorbenen Bernd Bock, wurde gestern am frühen Morgen in seinem Haus Am Anschlag von seiner Ehefrau tot aufgefunden.

Von Mathilde Krähenfuß

ELBERFELD. War es Mord? Diese Frage stellte sich gestern Kriminalhauptkommissar Herbert Mucke von der Wupper-taler Mordkommission. Nach eingehender Untersuchung des Tatorts beantwortete er diese Frage eindeutig mit `ja´. Der Typ 1 Diabetiker Robert Bock wurde das Opfer einer Überdosis Insulin. Nach Angaben seiner Ehefrau, Linda Bock, nutzte Robert Bock seit Jahren einen sogenannten Pen, um sich das Insulin zu verabreichen. Die Polizei stellte als Tatwaffe eine Kanüle und eine Insulinflasche sicher. Herbert Mucke berichtete der Ronsdorfer Gazette, der Mör-der habe Robert Bock an Händen und Füßen ans Bett gefes-selt. Anschließend wurde er zu Tode gespritzt. Wer verübt ein derart grausames Verbrechen, das einer Hinrichtung gleicht? Der Mörder ist auf freiem Fuß. Herbert Mucke zeigte sich der Gazette gegenüber jedoch zuversichtlich. Er hoffe auf eine rasche Aufklärung des Mordfalls, sagte er.

Rita Bock räumte den Tisch ihrer winzigen Küche frei. Die Ordner und Arbeitshefte ihrer Schüler schmiss sie achtlos auf das abgewetzte Sofa, das ihr in der Nacht als Bett diente. Lange schon spielte sie mit dem Gedanken, in eine größere Wohnung umzuziehen. Doch die Hoffnung auf ein gemeinsames Zuhause mit Dietmar in baldiger Zukunft hielt sie davon ab. Sie füllte den frisch aufgebrühten Kaffee in die Thermoskanne, setzte sich an den Tisch und wartete. Als es schellte, sprang sie, wie von einer Tarantel gestochen, auf und drückte den Türöffner. Der Duft des Parfüms ʽMiss Diorʼ eilte ihrer Schwester voraus. Maria roch danach, solange sich Rita erinnern konnte. Es war derselbe Duft, den auch die verstorbene Mutter bevorzugt hatte. Maria war nie vollständig über den Tod von Hanna Bock hinweggekommen.

„Es ist bitterkalt", rief Maria pikiert aus. Sie trug einen Nerzmantel, der jeden Tierschützer zu Wutausbrüchen animiert hätte. Rita presste die Lippen zusammen und verkniff sich die gehässige Bemerkung, die ihr auf der Zunge lag.

„Es ist Januar. Was erwartest du?", sagte sie lediglich. Angewidert nahm sie den Mantel an sich und hängte ihn an die einfache Holzgarderobe direkt neben der Wohnungstür.

„Ich habe uns Croissants mitgebracht", sagte Maria, die Bäckertüte auf den Tisch legend.

Rita holte Margarine und Bio-Marmelade aus dem Kühlschrank und schenkte Kaffee ein.

„Und, was sagst du dazu? Meinst du wirklich, Robert wurde ermordet?", fragte Maria schließlich, nachdem sie einen Bissen von ihrem Croissant genommen hatte.

„Wird wohl der Fall sein", erwiderte Rita nachdenklich. „Laut dieser Krähenfuß soll die Kripo das zumindest gesagt haben."

„Wer könnte es gewesen sein?", fragte Maria mit großen Augen.

`Maria sieht aus wie eine Puppe´, dachte Rita. `Sie hat, wie wir alle, die dunklen Haare von Vater geerbt, ihre Augen sind jedoch noch so blau wie nach ihrer Geburt. Gertenschlank wie sie ist, hätte sie in der Jugend als Model arbeiten sollen, statt Kinder zu bekommen.´

„Da bin ich überfragt, liebe Maria", antwortete Rita schulterzuckend. „Wer weiß, was er in der ERICO für Sachen gemacht hat. Kann gut sein, dass er dort Feinde gehabt hat. Er war im gleichen Tennisclub wie sein direkter Vorgesetzter, vielleicht gibt es den einen oder anderen, dem Robert auf die Füße getreten ist. Und in der Politik musste er auch mitmischen. Oft hatte er Wuppertaler Politiker zu Gast. Linda meint jedoch, er habe keine Feinde gehabt. Ich sprach vor wenigen Minuten mit ihr."

„Oder vielleicht Dietmar?", überlegte Maria, die zweite Hälfte des Gebäcks dünn mit Marmelade bestreichend.

„Um Gottes willen, nein", erwiderte Rita energisch. „Er hatte nie etwas gegen Robert. Robert war derjenige, der Dietmar hasste, nicht umgekehrt.

„Ehrlich gesagt, es ist mir auch gleichgültig, wer es war", sagte Maria kauend. „Ich habe nur keine Lust mehr auf dieses öffentliche Zurschaustellen unseres Lebens. Lutz bekommt das im Krankenhaus zu spüren, und Freunde nehmen Abstand von uns. Bisher wurden Betty und Paula in der Schule in Frieden gelassen, doch ich mache mir große Sorgen um sie."

„Du denkst wie immer nur an dich", sagte Rita verächtlich. Sie biss herzhaft in ihr Croissant. „Immerhin sind unser Vater und unser Bruder tot."

„Du sitzt auch nicht in Tränen aufgelöst vor mir am Tisch, Rita", konterte Maria.

„Ich weiß nicht, was ich von allem halten soll", erwiderte Rita.

„Hast du die Sachen für mich bekommen?", wollte Maria wissen. Ihre Wangen röteten sich. „Hier ist das Geld." Sie reichte der Schwester einen zugeklebten Umschlag.

„Sicher", sagte diese. „Gebe ich dir gleich nach dem Frühstück."

Die Tür des Seminarraums öffnete sich. Gestern hatte Mathilde von Prof. Dr. Mertens erfahren, dass Julian Santos ein Seminar von ihm besuche, das Dienstag um viertel vor zwölf Uhr ende. Prof. Dr. Mertens war Historiker, doch er bot dieses Semester ein Seminar mit dem Titel ʿGeschichte der Chemieʾ an. Julian Santos studiere Chemie, hatte Mertens seine langjährige Freundin informiert. Diese musste nicht lange warten, bis Sarah und Julian den Raum verließen.

„Herr Santos", flötete Mathilde, die Lotte an der Leine mit sich führte.

Irritiert zuckte Julian zusammen, und Sarah wich unwillkürlich einen Schritt zurück. Eine Falte erschien auf ihrer blassen Stirn. Die blonden Haare wurden zum Teil von einer schwarzen Wollmütze verdeckt. Unter einem halblangen, zitronengelben Sofiamantel trug sie enge, hellblaue Jeans. Schwarze Winterstiefel rundeten ihre Gesamterscheinung harmonisch ab. ʿSie ist der bunte

Gegenpol zu Julian', dachte Mathilde, die die zwei von oben bis unten mit ihren Augen scannte. 'Aber die weiße Lederjacke von Julian kostete gewiss ebenso viel Geld wie die Anziehsachen von Sarah. Das können sich gewöhnliche Studenten selten leisten', überlegte sie weiter.

„Herr Santos", wiederholte Mathilde mit einem zuckersüßen Lächeln. „Darf ich Sie auf Ihrem Weg zur Mensa begleiten? Sie möchten doch gewiss dort zu Mittag essen?"

„Ich werde Sie wohl kaum davon abhalten können, Frau Krähenfuß", antwortete Julian unwirsch. Mit schnellen Schritten ging er den Gang auf der ersten Etage des Gebäudes 'G' entlang. Sarah blieb zu seiner Linken, und Mathilde beeilte sich, um mit Lotte an seiner rechten Seite Schritt zu halten.

„Ich möchte noch einmal auf meinen ersten Artikel über Bernd Bock nach der Beerdigung zurückkommen", keuchte Mathilde. „Könnten Sie bitte etwas langsamer gehen? Denken Sie an mein Alter." Widerwillig verringerte Julian ein wenig das Tempo. „Bei unserer ersten Begegnung ließen Sie durchblicken, Bernd Bock sei kein Engel gewesen und habe sogar Existenzen auf dem Gewissen. Wären Sie so freundlich, mir diesbezüglich konkreter Auskunft zu geben?", fragte Mathilde höflich.

Julian blieb abrupt stehen. Er drehte sich zur Seite und blickte Mathilde direkt in die Augen.

„Vor sechs Jahren zum Beispiel, da machte Bock das kleine Modegeschäft von Frau Bode platt. Sie war sehr lange mit ihrem Laden in Ronsdorf ansässig, verkaufte dort ihre selbstgemachten Einzelstücke", berichtete Julian mit funkelnden Augen. „Ihre Sachen waren extravagant und etwas Besonderes, in gewisser Hinsicht hatten sie eine Ähnlichkeit mit Bocks Kreationen. Viele gut betuchte Leute zählten zu ihrem Kundenstamm. Frau Bode ging völlig in ihrem Kunsthandwerk auf, konnte gut davon leben." Julian setzte seinen Weg fort. „Irgendwann wurde sie ein Dorn in Bocks Auge. Er wollte einen Ableger von ʼElite For Youʼ zurück nach Wuppertal Ronsdorf holen. Und den Dorn musste er entfernen", sagte er bitter. Sie waren über die Treppe ins Erdgeschoss gelangt und verließen das Gebäude. Julian zog eine Mütze aus seiner Jackentasche und setzte sie auf. Mathilde musste schmunzeln. Die Mütze war mit Sarahs identisch.

„Woher wissen Sie das alles?", hakte sie nach. „Oh nein. Das ist mir jetzt unangenehm. Hat einer von Ihnen eine Tüte zur Hand oder ein Taschentuch?" Lotte war zu dem vereinzelten Baum auf dem Hof gelaufen und hatte ihr Geschäft verrichtet. „Ich war so in unser Gespräch vertieft, Lotte hat sich freimachen können."

„Bitte, Frau Krähenfuß", sagte Sarah. Sie reichte Mathilde eine Tüte, der sie rasch einen Schokoriegel entnahm. „Ich benötige sie nicht mehr."

„Vielen Dank, Frau…?", sagte Mathilde fragend, während sie rasch Lottes Spuren beseitigte.

„Jung. Sarah Jung", sagte Sarah mit ihrer klaren Stimme.

Sie war Mathilde ganz und gar nicht unsympathisch.

„Meine Mutter war lange Jahre Stammkundin dort. Frau Bode ist ein herzensguter Mensch", nahm Julian den Faden wieder auf. „Ich…"

„Wenn wir vor der Vorlesung noch etwas essen wollen,

müssen wir uns beeilen", unterbrach ihn Sarah. „Werden Sie auch dort essen, Frau Krähenfuß?"

„Nein, ich bin gleich zum Spaziergang verabredet", erwiderte sie kopfschüttelnd.

„Dafür ist heute der richtige Tag", sagte Sarah, und der Anflug eines Lächelns huschte über ihr Gesicht. „Diese Wintertage liebe ich. Strahlendblauer Himmel und ganz viel knirschender Schnee."

„Das Wandern ist des Jägers Lust, das Wandern ist des Jägers Lust, das Wa-andern. Das muss ein schlechter Jäger sein, dem niemals fiel das Wandern ein, dem niemals fiel das Wandern ein, das Wa-andern", trällerte Elfriede Behrendt voller Inbrust. `Was für den Müller gilt, gilt für den Jäger erst recht´ war Elfriede Behrendts Begründung für ihre Interpretation des Volksliedes. Mathilde stimmte lachend ein, und sie sangen gemeinsam die nächsten zwei Strophen.

„Das war ein schöner Spaziergang, Frau Krähenfuß", sagte Elfriede kurz vor der Stelle, an der ihre Wege sich trennen würden.

„Was ich Sie fragen wollte, Frau Behrendt", sagte Mathilde rasch. „Ihre Bridge Freundinnen aus Ronsdorf, erwähnten die einmal das Modegeschäft einer Frau Bode oder eine Frau Santos?"

„Sie meinen `Bodes kleine Modewelt´?", antwortete Frau Behrend in fragendem Tonfall. „Natürlich. Die Mareike konnte sich es leisten, dort hin und wieder ein Stück zu erwerben. Schöne Sachen waren das, bunt und alles Unikate. Mir schenkte die Mareike mal einen Schal, besitze ich heute noch, muss ich Ihnen demnächst zeigen. Aber den Laden gibt es schon lange nicht mehr. Und die Frau Santos, na, die kenne ich sogar persönlich", verkündete Elfriede Behrendt stolz. „Ich kenne Frau Santos vom Ronsdorfer Wochenmarkt. Freitags gehe ich gern dort bummeln. Carlotta Santos bietet auf dem Markt spanische Tapas an und auch einige Gewürze und andere spanische Spezialitäten wie Wurst und Käse. Hübsche Frau ist das. Dass die schon Mitte fünfzig ist, sieht man ihr nicht an."

„Läuft das Geschäft auf dem Markt so gut, dass sie sich davon Sachen aus 'Bodes kleine Modewelt' leisten konnte?", wollte Mathilde neugierig wissen.

Elfriede Behrend lachte. „Du liebe Güte, nein", sagte sie und schüttelte heftig ihren Kopf. „Aber fragen Sie Frau Santos doch selbst", schlug sie vor. „So, Frau Krähenfuß, ich biege jetzt links ab. Bis zum nächsten Mal."

Gedankenverloren schritt Mathilde auf den Waldausgang zu.

Während sie die Wohnsiedlung 'Am Anschlag' durchquerte und auf Linda Bocks Haus zulief, löffelte sie die letzten Reste 'Molokhia' aus dem Tuppertopf. Martha war am Morgen nicht allein zum Haus in der Mirker Höhe gekommen. Ihre drei Jahre jüngere Schwester Farah hatte sie begleitet. Sie hätten viel zu besprechen, hatte Martha verkündet und ihr nach Mathildes Spaziergang den Topf mit Hähnchen, Reis und Molokhia, eine afrikanische Spinatvariation, in die Hände gedrückt. Mathilde hatte Glück. Linda Bock fuhr gerade ihren roten Sportwagen in die Garage, als sie das Haus erreichte. Mathilde verstaute den Tuppertopf in ihrer Handtasche und wartete. Als sie Linda Bock mit zwei gut gefüllten Einkaufstaschen von Aldi auf sie zukommen sah, musste sie schmunzeln.

„Frau Krähenfuß", sagte Linda, die Taschen zu Boden stellend und ihr die Hand reichend. „Was kann ich noch für Sie tun?"

„Ich würde das lieber drinnen mit Ihnen besprechen", erwiderte Mathilde, mit dem Kopf auf die Fenster der Nachbarhäuser deutend.

„Es spricht sowieso jeder über uns", sagte Linda bitter. „Sollen die Leute sich die Mäuler zerreißen. Ich habe genug Sorgen. Kommen Sie." Linda öffnete die Tür, und Mathilde nahm ihr eine der Tragetaschen ab. „Stellen Sie sie einfach hier am Eingang ab", sagte Linda.

„Es wird nicht lange dauern, Frau Bock", beruhigte Mathilde ihr Gegenüber. „Ich lege gar nicht erst ab. Frau Bock, Sie wissen, dass Sie ein klassisches Tatmotiv für den Mord an Ihrem Mann haben?"

„Ich?", rief Linda entsetzt aus. Sie ging vor Mathilde die Stufen runter und setzte sich auf das cremefarbene Ledersofa. Der Schmuck des Weihnachtsbaumes war abgeräumt, registrierte Mathilde. Sie öffnete den Reisverschluss ihres Parkas und nahm neben Linda Platz. Ihr Blick fiel durch die breite Fensterfront auf eine verschneite Terrasse, die scheinbar ums Haus herum gebaut war. Reckte Mathilde ihren Kopf, konnte sie auf den an den Hang gebauten Garten blicken.

„Schön haben Sie es hier", bemerkte sie, ihr Diktiergerät auspackend und kommentarlos einschaltend. Linda Bock nickte lediglich. „Ihre Halbschwester, Indra Most, informierte meinen Neffen, Kriminalhauptkommissar

Herbert Mucke, über deren Verhältnis mit Ihrem Mann. Sie berichtete ihm ebenfalls, dass die Beziehung kurz nach dem Tod Ihres Schwiegervaters aufgeflogen sei. Jetzt bezichtigt sie Sie des Mordes an Ihrem Mann", ließ Mathilde die Bombe platzen.

„Das ist eine Unverschämtheit", schrie Linda mit vor Aufregung geröteten Wangen. Sie löste die oberen Knöpfe ihrer Hemdbluse und war eindeutig aufgewühlt.

`Dieser Vorwurf lässt sie nicht kalt´, dachte Mathilde.

„Erst werde ich betrogen und belogen und jetzt so etwas", sagte Linda empört. „Das hätte ich Indra nicht zugetraut nach all den Jahren, in denen wir ein Herz und eine Seele waren. Trotz allem liebe ich meine Schwester. Diese Anschuldigung verletzt mich mehr als ihre Affäre mit Robert." Linda standen die Tränen in den Augen, und sie rang um Fassung.

„Ich selbst sprach nicht mit Ihrer Schwester", erklärte Mathilde, Linda ein Taschentuch reichend. „Jetzt beruhigen Sie sich. Ich habe nicht gesagt, dass ich Sie verdächtige, einen Mord begangen zu haben. Außerdem haben Sie ein Alibi. Es hat Sie doch außer Ihren Kindern jemand auf dem Umtrunk zur Tatzeit gesehen?"

Linda schluckte und schlug nervös die Beine übereinander.

„Natürlich", antwortete sie. „Wir waren doch in Gesellschaft der anderen, geladenen Gäste auf der internen Feier nach dem Konzert."

„Wann genau verließen Sie dieses Beisammensein?", hakte Mathilde nach. „Der Tod Ihres Mannes trat gestern um kurz vor ein Uhr am Morgen ein. Sie informierten die Polizei eine Stunde später, und das Konzert dauerte nach Angaben des Veranstalters bis vierundzwanzig Uhr. Waren Sie zwei Stunden auf dem Umtrunk der Orchestermitglieder? An einem Montag? Ganz so sicher ist Ihr Alibi nicht, doch das wird die Polizei überprüfen. Ich für meinen Teil frage Sie jetzt in meiner Eigenschaft als Journalistin direkt: Frau Bock, haben Sie gestern aus Eifersucht oder finanziellen Motiven Ihren Mann ermordet?"

„Nein", antwortete Linda flüsternd. Sie stützte den Kopf auf ihre Hände und seufzte. „Nein, ich habe meinen Mann nicht ermordet, und jetzt lassen Sie mich bitte allein."

Mathilde erhob sich und nickte.

„Ich wünsche Ihnen viel Kraft, Frau Bock", sagte sie freundlich und schritt die Stufen zum Ausgang empor. Plötzlich schellte es, und Linda sprang auf. Mathilde öffnete die Tür und blickte in das Gesicht ihres Neffen, der in Begleitung von Florian Vogel war.

„Die Adlerkralle", entfuhr es diesem, und Herbert grinste.

„Guten Tag, Tante Mathilde", begrüßte er sie. „Vielen Dank für deinen Artikel. Wollen wir hoffen, dass die Vögel aufgescheucht worden sind."

Mathilde lächelte und machte sich auf den Weg zum Auto.

Freitag, 19. Januar 2018

Mathilde stieg aus dem Berlingo und verließ den Besucherparkplatz des Rewe Einkaufcenters in Wuppertal Ronsdorf. Sie war in gehobener Stimmung. Am Morgen hatte sie dem Briefkasten endlich ihr neues Mobiltelefon entnehmen können. Es war ein BlackBerry. Mathilde hatte Freunde in den verschiedensten Organisationen. Sie würde das Wochenende über bei ihrer Schwester in Rosenthal zum größten Teil mit der Programmierung ihrer neuen Errungenschaft beschäftigt sein. Doch so geschickt sie sich der neuesten Technik bediente, so gern griff sie manchmal auf Altbewährtes zurück. Ihrer Handtasche entnahm sie jetzt ihr Fernglas. Sie stellte es scharf und suchte den Marktplatz ab. Neben einem Blumenstand gab es Backwerk, und ein Marktschreier pries seine Wurstwaren an. Den Käsestand zoomte sie näher ran und begutachtete die Auslage. Ein Stück von dem Ziegencamembert würde sie später mitnehmen, entschied sie. „Ach, das muss sie sein", murmelte sie vor sich hin. „Ja, das sind spanische Tapas, und die Frau hinter der Wagentheke ist eindeutig südländischer Herkunft." Mathilde packte das Fernglas weg und ging schnellen Schrittes auf den Marktstand von Carlotta Santos zu. `Santos Tapas´ stand schlicht auf dem am Wagendach hängenden Schild.

„Guten Tag, Frau Santos", sagte Mathilde freundlich.

„Buen dia, buena mujer", wurde sie strahlend begrüßt. Carlotta Santos war eine kleine Frau mit einem runden, glatten Gesicht. Sie wirkte lebensfroh und weiblich durch ihre temperamentvolle Art und die üppigen Kurven. „Heute habe ich als besonderes Angebot Oliven im Sardellenband und Avocado-Krabben-Schnittchen. Muy sabroso. Muy, muy sabroso."

„Ich nehme hundert Gramm von den Oliven", erwiderte Mathilde, der der Magen knurrte. Das Frühstück lag bereits einige Stunden zurück, und bis Farahs Bananenbrot zum Kaffee serviert werden würde, dauerte es noch. „Und noch zwei von den Schnitten. Doch deswegen bin ich nicht hier. Mathilde Krähenfuß von der Ronsdorfer Gazette", stellte sie sich vor.

Schlagartig veränderte sich Carlottas Gesichtsausdruck. Eine steile Falte zeigte sich auf ihrer Stirn.

„Möchten Sie über meinen Stand berichten?", fragte sie sarkastisch. „Un momento por favor", sagte sie, und Mathilde versuchte sich an ihren Spanischunterricht vor vielen Jahren zu erinnern.

„Es eilt nicht, Frau Santos", erwiderte sie rasch. „Bedienen Sie den Herrn in Ruhe."

„Buen dia senor Fuchs", begrüßte Carlotta den an Mathildes Seite getretenen älteren Herrn. Dieser tätigte einen Großeinkauf, was Carlottas gute Laune wiederherzustellen schien. Strahlend steckte sie die Geldscheine in eine Geldkassette, die mit grünen, vierblättrigen Kleeblättern bemalt war. „Gracias senor Fuchs", bedankte sie sich.

Mathilde wartete, bis der Mann auf dem Markt verschwunden war. Schließlich fuhr sie fort: „Frau Santos, ich arbeite an einem Nachruf über den kürzlich verstorbenen Bernd Bock, diesbezüglich habe ich einige Fragen an Sie."

„Para mi?", fragte Carlotta, die schokoladenbraunen

Augen entrüstet aufgerissen. „Was habe ich mit diesem Menschen zu tun?"

„Erinnern Sie sich an das kleine Geschäft in der Staasstraße - `Bodes kleine Modewelt´ - ganz in der Nähe der ERICO Versicherung?", erkundigte sich Mathilde.

„Por supuesto, natürlich", antwortete Carlotta sofort. „Ich war dort Stammkundin. Leider gibt es das Geschäft nicht mehr."

„Ich weiß, deswegen habe ich Sie aufgesucht", erklärte Mathilde.

„Und von wem wissen Sie das, wenn ich fragen darf?", erkundigte Carlotta sich spitz. Ihre dunklen, halblangen Locken waren fast vollständig von einer orangefarbenen Mütze aus Fleece bedeckt, und ihr Körper wurde von einem dicken, dunkelgrünen Walbusch-Wintermantel gewärmt. Ihr Kleidungsstil war auffällig und vor allem nicht gerade preiswert.

„Von Ihrem Sohn", klärte Mathilde sie auf. „Er möchte die ehemalige Haushälterin von Bock, Vera Mayer, heiraten, das ist Ihnen bekannt, nicht wahr?"

„El esta loco", sagte sie, aufgeregt mit den Händen gestikulierend. „Er ist absolut verrückt. Diese Person ist viel zu alt für ihn, er möchte nur …", sie brach ab. „Soll er machen, was er für richtig hält. Er ist erwachsen." Carlotta zuckte resigniert mit den Schultern. „Und Julian hat Sie zu mir geschickt?", wollte sie wissen.

Mathilde nickte. „Er meinte, Sie könnten mir mehr von dem Scheitern des Geschäfts von Frau Bode erzählen."

„Scheitern ist nicht das richtige Wort", sagte Carlotta, und Mathilde merkte ihr ihren Zorn deutlich an. „Bernd Bock hat die liebe Henrietta vertrieben. Mehr oder weniger mit Gewalt. Als Julian ein kleiner Junge war, verbrachte er viel Zeit bei ihr. Wenn ich arbeiten musste, wartete er in ihrem Geschäft auf mich. Henrietta war ihm fast eine zweite Mutter. Julian ließ sich gerne von zwei Mamas verwöhnen." Carlotta lachte. „Leider halte ich nur noch lockeren Kontakt mit Henrietta, und Julian kümmert sich gar nicht mehr um sie. Henrietta wohnt jetzt in einer kleinen Wohnung in dem Hochhaus am Domagkweg in Wuppertal Elberfeld. Ich kann Ihnen ihre Adresse notieren." Sie nahm einen Stift und einen Zettel und brachte schwungvoll die Adresse zu Papier.

„Danke, Frau Santos", sagte Mathilde und steckte den Zettel in ihre Handtasche. Sie legte das Geld auf die Theke, und Carlotta packte ihr die gewünschten Tapas ein.

„Kannten Sie Bernd Bock?", fragte Mathilde, einer spontanen Eingebung folgend. Sie registrierte ein fast unmerkliches Zucken um Carlottas Mund.

„Nicht persönlich, nur von Henriettas Schilderungen", antwortete sie hastig.

„Hm", brummte Mathilde. Sie verabschiedete sich und biss herzhaft in eine Avocado-Krabben-Schnitte. Nach einem letzten Halt am Käsewagen machte sie sich nachdenklich auf den Weg nach Elberfeld.

„Martha?", sagte Mathilde fragend in ihr iPhone.

„Mathilde, was gibt's?", erkundigte sich die Haushälterin. „Farah backt das Bananenbrot, und es ist eine Katastrophe, eine große, große Katastrophe."

„Das Bananenbrot?", fragte Mathilde erstaunt nach.

Sie stand vor der Klingelleiste des Hochhauses am Domagkweg und suchte nach Henrietta Bodes Namensschild.

„Nicht das Bananenbrot. Farah benötigte Honig, und ich sah mich gezwungen, die Garage zu betreten. Diese Rumpelkammer, dass du dich nicht schämst. Ich werde einfach alles nehmen und zur Müllverbrennungsanlage nach Cronenberg bringen."

„Dass du dich bloß unterstehst", unterbrach Mathilde Marthas Redeschwall. „Ich recherchiere, nerv mich nicht mit Belanglosigkeiten."

„Belanglosigkeiten?", brauste Martha auf.

„Martha, jetzt tu mir den Gefallen, und mach einen Spaziergang mit Lotte. Und zieh ihr bitte nicht diesen komischen Mantel an, den du ihr gekauft hast. Darin schwitzt sie nur. Hunde brauchen keine Mäntel."

Kopfschüttelnd beendete sie das Telefonat. Frau Bode ließ Mathilde zu ihrer Erleichterung bereitwillig eintreten. Fast schien sie über das Interesse einer Frau von der Zeitung erfreut zu sein. Sie wohnte in der zweiten Etage, und Mathilde brauchte nur wenige Treppenstufen zu nehmen. Henrietta Bodes Wohnungstür stand weit offen, und Mathilde trat neugierig ein. Nachdem sie einen schmalen Flur durchquert und ihren Parka aufgehängt hatte, bot sich ihr ein entzückender Anblick. Auf einem rosa Plüschsofa saßen in jeder Ecke zwei Puppen, die Festtagskleidung trugen. Ein Wandschrank war mit Büchern gefüllt, und auf der Fensterbank entdeckte sie eine Sammlung von Bonsai-Bäumen. Henrietta Bode selbst war eine grauhaarige, dauergewellte Frau, die einen schlichten, beigefarbenen Kittel trug. Henrietta deutete mit dem Finger auf das Plüschsofa, und Mathilde nahm zwischen den Puppen Platz.

„Was kann ich für Sie tun, Frau Krähenfuß?", fragte Henrietta Bode freundlich. „Möchten Sie einen Kaffee oder einen Tee?"

„Machen Sie sich bitte keine Umstände, Frau Bode", wehrte Mathilde ab. „Es genügt völlig, wenn Sie mir etwas von Ihrer Zeit schenken."

„Ich arbeite nur die ersten vier Werktage in der Woche, von Freitag bis Sonntag habe ich frei", berichtete Henrietta.

Mathilde schätzte die zierliche Frau auf Anfang bis Mitte sechzig. Entweder kurz vor der Pensionierung oder noch im Ruhestand für ein Zusatzeinkommen arbeitend.

„Wo arbeiten Sie?", fragte sie neugierig nach.

„Ganz in der Nähe an der Kohlstraße in der Spanferkelbraterei Braun", gab Henrietta bereitwillig Auskunft. „Ich kann es mir nicht leisten, nicht mehr zu arbeiten. Ich war viele Jahre selbstständig und dann sehr lange in der Evangelischen Stiftung Tannenhof in Remscheid aufgrund meiner schweren Depression."

Mathilde nickte verständnisvoll.

„Gehe ich recht in der Annahme, dass Sie den Verlust ihres Kleinkunstladens in Ronsdorf nicht verkrafteten?", wollte Mathilde wissen, und Henrietta Bode nickte. „Frau Santos gab mir Ihre Adresse."

„Ach, die liebe Carlotta, ich habe sie lange nicht mehr gesehen. Und meinen kleinen Julian ebenfalls nicht. Aber er ist erwachsen und braucht mich nicht mehr", sagte Henrietta Bode seufzend.

„Frau Santos erwähnte, dass Sie in seiner Kindheit viel Zeit mit ihm verbracht hätten", griff Mathilde den Faden auf.

„Carlotta musste immer arbeiten, und ich habe ein Herz für Kinder", erzählte Henrietta Bode leise. Sie schloss kurz die Augen. „Aber je älter Julian wurde, desto seltener besuchte er mich."

Mathilde registrierte, dass der älteren Frau die Augen feucht wurden. Sie beschloss, das Thema zu wechseln.

„Gewiss haben Sie mitbekommen, dass Bernd Bock an Herzversagen gestorben ist", stellte sie fest.

„Jetzt ist die Welt um ein Ekelpaket ärmer", sagte Henrietta bitter. Unwillkürlich nahm sie ihre Stricknadeln in die Hand und fuhr mit der Arbeit an bunten Socken fort.

„Frau Bode, kommen wir direkt zur Sache", kündigte Mathilde forsch an. „Was genau geschah damals vor sechs Jahren mit Ihrem Laden?"

„Das kann ich Ihnen erzählen", sagte Henrietta, das Strickzeug zurück auf den Holztisch legend. „Bock wollte keine Konkurrenz für seinen Ronsdorfer Ableger von ›Elite For You‹, und mein Geschäft lief gut. Ich hatte mir meinen Platz hart erkämpft, war stolz, von meiner Tätigkeit leben zu können. Meine Kunden zahlten viel Geld für meine Einzelstücke. Bock selbst bekam ich damals nicht zu Gesicht. Er rief mich einmal an und bot mir eine Ablösesumme an, die ich ausschlug. Dann ging es los. Fenster wurden eingeschlagen, maskierte Männer überfielen mich in meinem Laden, fesselten mich und schlugen alles kurz und klein. Dazu kamen anonyme Briefe, die mir mit dem Mord an meiner Person drohten, würde ich nicht klein beigeben. Ich nahm mir einen Privatdetektiv, da die Polizei nicht ermitteln konnte, wer die Täter waren. Meine Hinweise auf Bock führten ebenfalls zu keinem Ergebnis. Die Polizei hatte nichts gegen ihn in der Hand. Der Detektiv, Guido Carlsen, konnte mir zwar bestätigen, dass Bock mehrmals an meinem Geschäft vorbeigefahren war, doch auch ihm gelang es nicht, ausreichend Beweise zu sammeln. Schließlich brach ich zusammen. Ich wurde nach einem Selbstmordversuch in die Psychiatrie zwangseingewiesen. Und den Rest kennen Sie ja. Von der Inhaberin eines Kunsthandwerkgeschäfts zur Mitarbeiterin in einer Spanferkelbraterei.“

„Laut Angaben seiner Haushälterin soll Bock zu dieser Zeit ebenfalls eine Morddrohung erhalten haben, die ihn zu der Überschreibung seines Anwesens auf Vera Mayer veranlasst habe“, berichtete Mathilde beim Aufstehen.

Henrietta Bode begleitete sie zur Wohnungstür.

„Also ich war das nicht“, sagte sie, und Mathilde glaubte ihr.

„Ich danke Ihnen vielmals, Frau Bode“, sagte Mathilde und setzte ihre Schirmmütze auf.

„Schneit es?“, erkundigte sich Henrietta.

„Bisher nicht, doch im Wetterbericht wurden heftige Schneefälle in den Abendstunden angekündigt“, antwortete Mathilde, Henrietta die Hand reichend.

„Ich werde im Warmen bleiben“, sagte Henrietta. „Einen schönen Tag wünsche ich Ihnen.“

„Den wünsche ich Ihnen auch“, erwiderte Mathilde, und die Wohnungstür schloss sich hinter ihr.

„Wunderbar", sagte Mathilde, ihre Mütze auf Herbert Muckes Schreibtisch werfend. Den Parka legte sie über Florian Vogels Stuhllehne ab. „Du bist im Büro."

„Florian und Hans besuchen die Orchestermitglieder und deren Eltern, um sie bezüglich Linda Bocks Alibi zu befragen", sagte Herbert statt einer Begrüßung. „Ihre bisherigen Ergebnisse decken sich mit der Aussage von Linda Bock."

Mathilde nickte. Sie hatte nichts anderes erwartet.

„Und? Hast du es endlich?", wollte Herbert wissen.

Mathilde stutzte kurz, schließlich fiel bei ihr der Groschen.

„War heute Morgen im Briefkasten", berichtete sie begeistert. „Ich werde es am Wochenende bei deiner Mutter in Rosenthal einrichten. Jedenfalls werde ich für Ad-hoc-Nachrichten in Zukunft gut ausgerüstet sein."

Herbert lachte. „Lass dich von meiner Mutter verwöhnen", sagte er. „Dass ihr zwei euch nicht leid werdet. Fast jedes Wochenende hockt ihr aufeinander."

„Mir tut die Landluft im schönen Rosenthal gut", erwiderte Mathilde.

„Gib es zu, du genießt auch die Koch- und Backkünste meiner Mutter", sagte Herbert grinsend. „Du bist durch Martha und meine Mutter sehr verwöhnt, meine liebe Tante Mathilde."

„Apropos Roswitha", sagte Mathilde plötzlich in ernstem Tonfall. „Nur telefonieren genügt nicht, um seine Beziehung zur Mutter zu pflegen. Du könntest sie ruhig mal wieder mit Jasmin und den Kindern besuchen."

„Wir haben uns doch gerade erst gesehen", entgegnete Herbert, nervös mit der Computermaus spielend. „Sie war alle Weihnachtstage bei uns."

„Du sagst es selbst, Herbert", erwiderte Mathilde streng. „Sie besuchte euch, nicht ihr sie. Das macht einen großen Unterschied. Aber nun gut. Hör zu." Mathilde schilderte ihrem Neffen in knappen Worten die Ereignisse des heutigen Tages.

„Ich läute mal kurz bei den Kollegen vom Raub durch", sagte Herbert und griff zum Telefon. Es dauerte nicht lange, bis sich der Kollege am anderen Ende der Leitung meldete. „Frank, hier ist Herbert. Tu mir bitte einen Gefallen. Ruf die Akte von Henrietta Bode auf. - Ja genau, die mit dem kleinen Laden in Ronsdorf. – Richtig. Vor sechs Jahren. – Du denkst mit, Frank. Was waren das damals für Ermittlungen gegen Bernd Bock? – Ist ja ein Ding. – Danke. – Werde ich machen. Grüße du deine Frau auch von mir." Herbert drückte den roten Hörer auf dem Telefondisplay und faltete nachdenklich die Hände. „Merkwürdig, Mathilde", begann er zu erzählen. „Frank sagt, damals hätten alle Spuren zu Bernd Bock geführt. Zwei der angeheuerten Schläger wurden sogar verhaftet. Einer gab im Kreuzverhör zu, im Auftrag Bocks gehandelt zu haben. Er widerrief seine Aussage jedoch mit der Begründung, er habe sich von der Polizei unter Druck gesetzt gefühlt, und er müsse sich bei Herrn Bock entschuldigen. Mathilde, ich denke, dieser Fall musste wegen Mangels an Beweisen zu den Akten gelegt werden. Trotzdem könnte es einen Zusammenhang mit solchen Machenschaften Bocks und der von Vera Mayer erwähnten Morddrohung gegen ihn geben."

„Dass Henrietta Bode zu so etwas fähig ist, glaube ich nicht", warf Mathilde ein. Gedankenverloren griff sie nach Herberts halbvoller Kaffeetasse und trank sie in drei Schlucken leer. „Doch es ist gewiss nicht auszuschließen, dass er weitere Menschen ihrer Existenzen beraubt hat. Und die Frage ist, ist der Briefschreiber von damals auch der Mörder von Bernd Bock? Ruf doch die Mayer an und frag sie, ob sie noch Zugang zu dem Drohbrief hat. Vielleicht hat Bock das Dokument aufbewahrt, wer weiß? Und eine weitere Frage ist, ist Bernd Bocks Mörder auch der seines Sohnes?"

„Die beiden Tötungsdelikte haben keinerlei Gemeinsamkeiten", antwortete Herbert, mit den Fingern seinen Schnurrbart zwirbelnd. „Der Tod in der Oper, das war ganz großes Kino. Zeitgleich mit dem Tod Siegfrieds auf der Bühne verließ auch Bernd Bock unsere Welt. Das war von langer Hand geplant, inszeniert. Wenn es denn Mord war, wovon aber auch wir mittlerweile inoffiziell ausgehen. Robert Bocks Mord hingegen scheint mir eine spontane Tat zu sein, wie aus einer Notlage heraus."

Die Bürotür öffnete sich.

„Lindas Alibi ist stabil", sagte Hans Flachs, mit seinem Kollegen das Büro betretend. Seine Jacke war nass. Die für den Abend angekündigten, starken Schneefälle mussten bereits eingesetzt haben. „Sämtliche Orchestermitglieder und alle anwesenden Eltern konnten bestätigen, Linda Bock bis zuletzt in der Stadthalle gesehen zu haben. Guten Tag, Frau Krähenfuß", sagte er, Mathilde flüchtig angrinsend.

„Guten Tag, die Herren", erwiderte Mathilde mit

einem gewinnenden Lächeln. „Wann genau verließ Linda Bock die Stadthalle?"

„Um zwanzig nach eins", antwortete Florian Vogel. Er stieß einen Fluch aus. „Wir benötigen eine neue Kaffeemaschine. Läuft alles daneben."

Mathilde stand auf, ging zu der Kaffeemaschine und nahm sich ein Stück Küchenpapier. Mit wenigen Handgriffen beseitigte sie die Überschwemmung, und bald breitete sich im Büro verlockender Kaffeeduft aus.

„Damit ist Linda draußen", stellte Mathilde fest, und die drei Polizeibeamten nickten zustimmend.

„Der Tod trat vor ein Uhr am Montagmorgen ein", bestätigte Herbert.

„Was denkst du über Indra Most?", fragte Mathilde. Sie schlenderte zu ihrem Neffen und griff nach ihrer Schirmmütze. „Immerhin schwärzte sie ihre ansonsten doch so heiß geliebte Schwester an."

„Was mir beim Gespräch mit ihr auffiel, ist, dass sie ihrer Schwester das Erbe nicht gönnt. Aber wer neidet in der heutigen Zeit seinen Mitmenschen nicht irgendetwas?"

„Herbert", sagte Mathilde, während sie ihren Parka anzog. „Sprich mit Dietmar Wolf. Er profitiert am meisten von Robert Bocks Tod. Einer Zusage Langerfelds steht jetzt nichts mehr im Wege."

„Das werde ich machen", erwiderte Herbert. „Grüß Mutter, und macht euch ein schönes Wochenende."

Sonntag, 21. Januar 2018

„Weiß Martha schon von ihrem Glück?", wollte Roswitha Mucke von Mathilde wissen, während die Kellnerin den Nachtisch servierte. Äußerlich war Roswitha das komplette Gegenteil von ihrer zwei Jahre älteren Schwester. Früher mittelblond gewesen, waren ihre Haare mittlerweile vollkommen weiß. Sie hatte es beim Friseur färben lassen, so dass es jetzt rötlich schimmerte. Sie war eine kleine, rundliche Frau, und die gehaltvolle Küche der Landfrauen setzte bei ihr zu ihrem Bedauern schnell an. Roswitha teilte den guten Appetit ihrer Schwester und bewunderte Mathildes schlanke Figur.

„Damit warte ich noch eine Weile", antwortete Mathilde grinsend. „Ich werde den richtigen Moment abwarten." Sie löffelte genussvoll das Vanilleeis mit der heißen Schokoladensauce. „Sie wird sich damit abfinden müssen, dass es Zeit ist, die Vorzüge der modernen Technik zu genießen. Irgendwann wird sie es lieben, mir Fotos von ihrem iPhone zu schicken. Von ihren Schwestern und den unzähligen, afrikanischen Verwandten." Mathilde hatte beschlossen, Martha ihr iPhone zu vererben. Bisher hatte ihre Haushälterin sich strikt geweigert, etwas anderes mit ihrem altmodischen Klapphandy zu machen, als zu telefonieren. Und dieses Modell von Sony besaß sie auch nur, weil Mathilde es ihr vor drei Jahren zu Weihnachten geschenkt hatte. Martha müsse Mathilde erreichen können, hatte sie zu der das Geschenk auspackenden Martha gesagt.

„Darf es noch etwas sein?", erkundigte sich die Kellnerin des Landgasthauses ‘Rosengarten‘ lächelnd. Die Speisekarte des Rosenthaler Restaurants bot eine Auswahl italienischer und landestypischer Speisen an. Mathilde und Roswita waren Stammgäste und gern gesehen, nicht nur weil Mathilde großzügig Trinkgeld gab.

„Zwei Kaffee bitte", bestellte Roswitha.

„Mit Sahne statt Milch?", fragte die Kellnerin nach.

Mathilde und Roswitha nickten eifrig.

„Jetzt erklär mir mal dieses Berry Black, mit dem du gestern fast den ganzen Tag beschäftigt warst", forderte Roswitha ihre Schwester auf. Sie griff nach ihrer Handtasche und entnahm ihr eine Lesebrille. Ihre Augen waren besser als die von Mathilde, doch seit ein paar Jahren benötigte sie zum Lesen eine Brille. Stolz langte ihre Schwester ebenfalls nach ihrer Tasche und wühlte in ihr rum. Sie legte Fernglas, Diktiergerät, Portemonnaie und diverse andere Gegenstände auf den Tisch, bis sie schließlich das Gesuchte fand.

„Schrecklich", kommentierte Roswitha. „Kauf dir mal eine anständige Tasche mit abgetrennten Bereichen. Deine ist viel zu groß."

Mathilde äußerte sich nicht dazu, sondern drehte liebevoll ihre Neuerwerbung in den Händen.

„Das ist ein BlackBerry, kein Barry Black, meine Liebe", erklärte sie. „Sieh mal, es besitzt nicht nur alle Funktionen des iPhones, also Touchscreen, Internet und Navigation, es hat außerdem am unteren Rand des Displays eine kleine Tastatur." Mathilde zeigte auf die winzigen Tasten. „Das hat den Vorteil, dass man auch im Dunkeln sofort tippen kann. Zudem ermöglicht es mir, im Notfall durch das einmalige Drücken bestimmter Tasten eine Ad-hoc- Nachricht zu verschicken." Mathildes Wangen glühten vor Begeisterung.

„Was ist das denn?", wollte Roswita neugierig wissen. Nach kurzer Überlegung griff sie doch noch nach dem Spritzgebäck auf dem Unterteller der Kaffeetasse. `Nach dieser üppigen Mahlzeit kommt es darauf auch nicht mehr an´, dachte sie. Mathilde und sie hatten sich panierte Tintenfischringe mit Knoblauchbutter und hausgemachten Pommes Frites schmecken lassen. Dazu hatte es einen großen, gemischten Salatteller gegeben.

„Ach, Roswitha", sagte Mathilde seufzend. „Lass es mich so ausdrücken: Ich bin mit diversen Gruppen vernetzt. Diese Leute können meinen Aufenthaltsort durch mein BlackBerry ermitteln, wenn ich es wünsche."

„Du liebe Güte", sagte Roswitha zusammenzuckend.

Das BlackBerry vibrierte und brummte leise vor sich hin. Auf dem Display blinkte hektisch: `Lieblingsneffe´.

„Es ist lautlos geschaltet, Roswitha", klärte Mathilde ihre Schwester auf. „Herbert, was ist los?"

„Es gibt etwas Neues", redete Herbert ohne Begrüßung drauf los. „Vera Mayer hat den Drohbrief an Bernd Bock in einer Truhe auf dem Speicher gefunden. Anscheinend sammelte er Schmähbriefe und so ein Zeug. Darunter war auch der Brief mit der Morddrohung von vor sechs Jahren."

Mathilde pfiff durch die Zähne. „Und?", hakte sie nach. „Konntet ihr Fingerabdrücke nehmen."

„Halt dich fest", erwiderte Herbert. „Auf dem Brief sind die Fingerabdrücke von ihm selbst gefunden worden und die seiner Haushälterin. Vera ließ sich im Übrigen ohne Theater ihren Fingerabdruck nehmen."

„Ihr wusstet ja, dass Bernd Bock ihr von dem Brief berichtete", ergänzte Mathilde, die eingehend von ihrer

Schwester beobachtet wurde. „Dass er ihn ihr zu lesen gab, liegt nahe. Sie war seine Geliebte und Vertraute. Sonst noch irgendwelche Spuren auf dem Brief?"

„Auf dem Brief selbst nicht", antwortete Herbert. „Doch auf dem Briefumschlag wurden zwei weitere Abdrücke entdeckt. Einer konnte von der Spurensicherung nicht zugeordnet werden, es wird wahrscheinlich der Postbote gewesen sein. Aber der zweite Fingerabdruck ergab eine Übereinstimmung mit der Datenbank."

„Und?", fragte Mathilde ungeduldig. „Jetzt sag schon."

„Es wurden Fingerabdrücke von Robert Bock gefunden", sagte Herbert genüsslich.

„Von Robert Bock?", fragte Mathilde erstaunt. „Wie kommt ihr denn an dessen Fingerabdrücke? Ihr werdet ihm gewiss nicht auf der Totenbahre noch Abdrücke genommen haben."

„Natürlich nicht", entgegnete Herbert, und in Gedanken sah Mathilde ihn an dem Schreibtisch des Arbeitszimmers in seinem Reihenhaus in der Hermann-Ehlers-Straße sitzen, eine Zigarre rauchen und grinsen. „Er wurde tatsächlich im jungen Erwachsenenalter straffällig. Kurz vor Abschluss seiner Ausbildung zum Versicherungskaufmann randalierte er alkoholisiert beim Heimspiel des WSV im Stadion. Dank der Hilfe seines Vaters kam er mit einer Geldstrafe davon. Aber du weißt ja, wie es läuft. Ist man einmal in der Datenbank gespeichert, bleibt man auch drin."

„Er wird den Drohbrief vor sechs Jahren mit Handschuhen geschrieben und anschließend ohne Handschuhe in den Briefkasten geworfen haben", überlegte Mathilde laut.

„Und es gibt noch mehr zu berichten", fuhr Herbert fort.

„Darf ich kassieren?", wollte die freundliche Kellnerin wissen, die leise an den Tisch getreten war.

„Herbert, warte bitte einen Moment", unterbrach Mathilde ihren Neffen. „Deine Mutter und ich sitzen im Rosengarten, und ich muss zahlen."

Mathilde studierte den Kassenzettel, griff nach ihrem auf dem Tisch liegenden Portemonnaie und beglich großzügig die Rechnung. Dankbar nahm die Kellnerin das Geld an sich und verließ die Schwestern.

„Jetzt kannst du weitererzählen", forderte Mathilde ihren Neffen auf.

„Hans hat das beschlagnahmte Material aus Robert Bocks Büro in der Staasstraße untersucht", berichtete Herbert eifrig. Mathilde hörte ein Feuerzeug klicken. 'Ihm wird die Zigarre ausgegangen sein', dachte sie schmunzelnd. „In seinem Terminkalender war eine Verabredung mit Carlotta Santos notiert."

„Mit Carlotta Santos?", fragte Mathilde überrascht. „Die Mutter von Julian Santos?"

„Genau die", bestätigte Herbert zufrieden. Er freute sich, der Tante seine Ermittlungsergebnisse mitteilen zu können. „Gestern besuchte ich die gute Carlotta. Ich fühlte ihr ordentlich auf den Zahn. Ist eine nette Frau, da gibt es nichts. Ich kann den alten Bock gut verstehen."

„Wieso?", fragte Mathilde verständnislos nach.

„Julian Santos ist Bernd Bocks unehelicher Sohn, sein Bastard gewissermaßen", informierte Herbert seine Tante.

„Das darf nicht wahr sein", sagte Mathilde. Roswitha war unbemerkt aufgestanden und mit dem Parka ihrer Schwester zurückgekehrt. Ihren eigenen, schwarzen Wintermantel trug sie bereits. Ungeduldig signalisierte sie ihrer Schwester, dass diese sich anziehen und ihr zum Wagen folgen solle. „Als Carlotta zweiundzwanzig war, hatte sie eine kurze, leidenschaftliche Affäre mit dem damals zweiundvierzigjährigen Bock. Das Ganze habe nur wenige Wochen gedauert, beichtete mir Carlotta. Dennoch hatte diese kurze Zeit neun Monate später die Geburt Julians zur Folge.“

„Und mir gegenüber tat Carlotta Santos so, als ob es keine Verbindung zwischen ihr und Bernd Bock gegeben habe“, sagte Mathilde kopfschüttelnd. Sie winkte den drei Frauen an der Bar zum Abschied und ging nach ihrer Schwester durch die Ausgangstür. Tief atmete sie die frische Landluft ein. Die Temperaturen waren etwas gestiegen, das Thermometer hatte am Morgen bereits ein Grad plus gezeigt. Nebelnässe lag ihn der Luft.

„Aber es kommt noch besser“, sagte Herbert.

„Roswitha, nimm du bitte Lotte“, bat Mathilde, als sie den roten Opel Astra ihrer Schwester erreichten. Roswitha nickte zustimmend, öffnete die Hintertür, und Lotte sprang, wild mit ihrer Rute wedelnd, hinaus.

„Mathilde, hörst du mir zu?“, fragte Herbert genervt. Er brannte darauf, weiterzuerzählen.

„Sicher, deine Mutter kümmert sich um Lotte. Wir werden mit ihr einen Spaziergang durch Rosenthal unternehmen“, berichtete Mathilde. „Also, was gibt es noch?“

„Carlotta gab zu, sich ein monatliches Schweigegeld von Bernd Bock erpresst zu haben“, berichtete Herbert. „Im Gegenzug erzählte sie niemandem von Julians leiblichem Vater. Auch ihm selbst habe sie es lange Jahre verschwiegen, sagte sie zu mir. Erst vor etwa sechs Jahren sei es ihr im Streit rausgerutscht, erzählte Carlotta Santos mir weiter. Sie berichtete ebenfalls, wie enttäuscht sie sei, dass ihr Sohn die ehemalige Geliebte seines Vaters heiraten wolle."

„Das sind Zustände wie im alten Rom", entfuhr es Mathilde.

„Mit Robert Bock wollte Carlotta sich treffen, um ihn unter Druck zu setzen", erklärte Herbert.

„Und das erzählte sie dir so ohne weiteres?", wollte Mathilde ungläubig wissen.

„Ich musste schon etwas nachhelfen", erwiderte Herbert lachend. „Kurz erinnerte ich die Gute daran, dass mit dem Tod Bernd Bocks der Tatbestand der Erpressung ihrerseits nicht mit zu Grabe getragen worden sei. Diese kleine Drohung genügte, um sie zum Sprechen zu bringen." Herbert lachte erneut. „Zufällig hatte sie von Roberts Affäre mit Indra Most Wind bekommen und drohte an, die Geschichte publik zu machen, sollte Robert die Geldzuweisungen seines Vaters nicht fortsetzen."

„Wie sollte Robert das denn auf Dauer schaffen? Von seiner monatlichen Apanage und den 200.000 Euro Erbe etwa?", fragte Mathilde nach.

„Genau das habe er Carlotta gegenüber auch erwähnt, berichtete diese mir. Sie habe ihn darin bestärkt, den Erbschaftsstreit fortzusetzen und die Geschäftsführung von `Elite For You´ zu übernehmen", antwortete Herbert.

„Robert Bock stand ganz schön unter Druck", stellte Mathilde fest. „Wer weiß, was er beim nächsten Treffen mit Carlotta Santos vorhatte."

„Das werden wir leider nicht erfahren", entgegnete Herbert. „Entschuldige bitte kurz, Mathilde."

„Herbert?", hörte Mathilde die Ehefrau ihres Neffen in mahnendem Tonfall sagen. „Du weißt, dass wir in einer halben Stunde mit Helga und Karl im ʻDa Vinciʼ zum Essen verabredet sind?"

„Natürlich, Jasmin", erwiderte Herbert schnell. „Tante Mathilde ist am Telefon. Ich verabschiede mich noch und komm runter."

„Grüße Mathilde von mir, und beeile dich", hörte diese Jasmin sagen, bevor Herberts Zimmertür mit einem lauten Knall zuschlug.

„Meinst du, Robert Bock ist der Mörder seines Vaters, Mathilde?", wandte Herbert seine Aufmerksamkeit wieder der Tante zu.

„Du bist der Kriminalhauptkommissar, mein Lieber", sagte Mathilde, verschmitzt grinsend. „Und jetzt lass deine Frau nicht länger warten."

Seufzend beendete Herbert das Telefonat. Ihm war gar nicht nach einem späten Mittagessen mit den Carlsons und deren drei Kindern.

Knappe zweihundert Kilometer entfernt im südöstlich von Wuppertal gelegenen Rosenthal bemühte sich Mathilde, ihrer Schwester in groben Zügen das Gespräch mit Herbert wiederzugeben.

Dienstag, 23. Januar 2018

Ist die Zukunft des Textilunternehmens `Elite For You´ gesichert?

Linda Bock und Maria Krumm sehen von der Fortsetzung des Erbschaftsstreites ab!

Von Mathilde Krähenfuß

WUPPERTAL. Sieben Tage nach dem Mord an Robert Bock geben die Ehefrau des Verstorbenen, Linda Bock, und ihre Schwägerin, Maria Krumm, offiziell bekannt, auf ein weiteres, gerichtliches Vorgehen zu verzichten. Nach Angaben des Geschäftsführers von `Elite For You´, Dietmar Wolf, stehe einer Geschäftsübernahme von Carlo Langerfeld nichts mehr im Wege. Er berichtete der Gazette weiter, die Vertragsverhandlungen seien in vollem Gange, würden sich jedoch noch einige Zeit hinziehen.

Der noch ungewohnte Klingelton des BlackBerrys unterbrach Mathildes Begutachtung ihres heute in der Ronsdorfer Gazette erschienenen Artikels.

„Herbert, was gibt´s?“, begrüßte sie ihren Neffen und blickte zur geöffneten Tür neben der leeren Papageienvoliere. Vor etwa fünfzehn Minuten hatte Martha Peter und Paul in den kleinen Duschkäfig gelockt und war mit den aufgeregten Graupapageien im Badezimmer verschwunden. „Einen Moment, ich schließe kurz die Tür zum Flur. Martha duscht Peter und Paul.“

„Das ist nicht zu überhören“, kommentierte Herbert

die Geräuschkulisse. Er wartete einen Moment. „Ich war in Düsseldorf bei Dietmar Wolf", sagte er, als Ruhe eingekehrt war. „Gestern Abend besuchte ich ihn in seiner zweistöckigen Maisonette-Wohnung mit Garten und Terrasse in Düsseldorf-Angermund. Wolf wohnt sehr stilvoll, das muss man ihm lassen."

„Besitzt er eine Eigentumswohnung, oder wohnt er zur Miete?", erkundigte Mathilde sich neugierig. Sie fröstelte. Martha hatte am Morgen das Wohnzimmer geputzt und nach dem Lüften vergessen, die Heizung wieder anzustellen. Es dauerte, bis es wieder richtig warm wurde.

„Die Wohnung ist angemietet", antwortete Herbert. „In bester Wohngegend gelegen, wird sie Wolf monatlich eine Stange Geld kosten. Er erzählte mir, er sei erst vor kurzem von Wuppertal nach Düsseldorf gezogen. Es sei jetzt besser für ihn, in direkter Nähe der Firma zu wohnen, wegen der neuen Verantwortung, die er nach Bernd Bocks Tod habe, meinte er gestern zu mir."

„Warst du mit ihm verabredet?", erkundigte sich Mathilde.

„Es war ein Überraschungsbesuch meinerseits", erwiderte Herbert. „Dienstlich und amtlich. Die Adresse gab mir freundlicherweise die Dame an der Information von ‘Elite For You’."

„Bianca Moritz", ergänzte Mathilde.

„Und jetzt rate mal, wen ich bei Wolf angetroffen habe?", fragte Herbert schelmisch.

„Rita Bock", sagte Mathilde, wie aus der Pistole geschossen.

„Woher weißt du das jetzt schon wieder?", wollte Herbert wissen.

Mathilde musste wegen seines enttäuschten Tonfalls schmunzeln.

„Ich hege bereits länger den Verdacht, dass ihre Beziehung inniger ist als gemeinhin angenommen", gab sie fröhlich Auskunft. „Als ich mit Rita im `Wester Busch´ spazieren ging, fiel mir unter anderem ihr großes Interesse an dem Fortbestand der väterlichen Firma unter Wolfs Leitung auf."

„Mathilde", rief Martha aufgeregt von der anderen Seite der geschlossenen Tür. „Mach die Tür auf! Ich stehe hier mit Peter und Paul im kleinen Käfig. Wie soll ich jetzt die Tür öffnen? Besitze ich vier Hände?"

„Beruhige dich, Martha", rief Mathilde beschwichtigend zurück. „Ich eile dir zu Hilfe."

Mit dem BlackBerry am Ohr lief sie zur Tür und öffnete sie. Als sie Martha und den Käfig sah, lachte sie laut los.

„Mathilde?", brachte sich Herbert am BlackBerry in Erinnerung. „Was ist so komisch?"

„Martha steht hier vor mir wie ein begossener, schwarzer Pudel", erklärte Mathilde, während Martha entrüstet schnaufte und sich mit den schimpfenden Papageien zur Voliere drehte. Wenig später saßen Peter und Paul zufrieden auf ihren Stangen, und Martha ging kommentarlos zurück ins Bad, um sich umzuziehen.

„Rita und Dietmar Wolf sind tatsächlich liiert", berichtete Herbert. „Sie saßen beim Abendessen im Kerzenschein zusammen und versuchten gar nicht erst, sich zu rechtfertigen."

„Warum auch? Sie sind beide ledig und kennen sich seit vielen Jahren", sagte Mathilde. „So etwas kommt vor."

„Nach ihren Angaben weiß bisher außer Wolfs Privatsekretärin niemand von der Verbindung", ergänzte Herbert. „Es klingelt, Mathilde. Ich muss ans andere Telefon. Wir sprechen später weiter."

Mathilde legte das BlackBerry zur Seite und rückte ihre Brille zurecht, um ihren Artikel zu Ende zu lesen. Es war ein kleiner Bericht, sie hatte sich kurz gefasst. Gerade war sie mit der Lektüre fertig, als Martha erneut im Wohnzimmer erschien. Sie trug ein weites, buntes Kleid, das ihre jüngste Schwester Chica ihr letztes Jahr zum Geburtstag geschenkt hatte. Die passende Kopfbedeckung dazu verdeckte Marthas krause Haare fast ganz.

„Komm, Lotte", forderte sie die an Mathildes Füße gekuschelte Hündin auf. Ohne Mathilde auch nur im Geringsten zu beachten, griff sie nach Steppmantel und Hundeleine, durchquerte Wohnzimmer und Küche und verließ das Haus.

Eine gute Stunde später kehrte sie gut gelaunt und laut singend ins Knusperhäuschen in der Mirker Höhe zurück.

„Mathilde, das Wetter ist traumhaft heute", verkündete sie, nachdem sie den Mantel abgelegt und Lotte laufen gelassen hatte. „Nicht so kalt, die Sonne scheint, und in den Vorgärten sprießen die Schneeglöckchen."

Mathilde lächelte Martha voller Zuneigung an.

„Ich habe dir die Post mitgebracht", sagte diese. Sie legte Mathilde drei Briefe und einen Weltbild-Katalog auf den Schreibtisch. „Ich werde Waffeln für uns backen, in Ordnung?"

Mathilde nickte zustimmend. Es war kurz nach fünfzehn Uhr, und ihr an Gebäck zum Nachmittagskaffee gewöhnter Magen begann sich langsam zu melden. Sie wandte ihr Augenmerk der Post zu. Flüchtig durchblätterte sie den Buchkatalog und entschied, sich ein Buch über Giftstoffe zu bestellen. Die Telekom hatte ihr die Telefonrechnung geschickt, und ein Akustiker machte Werbung für Hörgeräte. Stirnrunzelnd warf sie den Prospekt in den Papierkorb zu ihrer Linken.

„Was haben wir denn hier?", murmelte sie, den dritten Briefumschlag studierend. Ihre Adresse war nicht handschriftlich auf das Kuvert geschrieben worden, sondern ausgeschnittene Buchstaben klebten auf dem Umschlag. Vorsichtig nahm sie den Brieföffner zur Hand und ritzte den Umschlag auf. Sie entnahm ihm eine Postkarte mit der Wuppertaler Schwebebahn als Motiv. Mathilde erstarrte, als sie die aufgeklebten Buchstaben auf der Rückseite entzifferte.

„Wenn du alte Krähe nicht deine Krallen von allem lässt, das mit Bernd Bock und ʻElite For Youʼ zu tun hat, geht es deinem Hundevieh an den Kragen. Die Töle wird sich gewiss über einen Hundekuchen der besonderen Art freuen", las sie flüsternd vor.

„Martha", schrie sie aus vollem Hals, nach ihrem Telefon greifend und zügig die Telefonnummer ihres Neffen auf der Wache wählend.

„Herr Vogel, hier ist Mathilde Krähenfuß", sagte sie hastig, nachdem Florian Vogel ihren Anruf entgegengenommen hatte. „Ist mein Neffe zu sprechen? Es ist dringend."

„Herbert ist unterwegs nach Ronsdorf zu Vera Mayer. Er möchte sich die Truhe mit den weiteren Schmähbriefen einmal genauer ansehen", gab Florian Auskunft. „Vielleicht kann ich Ihnen weiterhelfen?"

Mathilde berichtete dem Beamten aufgeregt von dem erhaltenen Drohbrief, und dieser sicherte ihr einen sofortigen Besuch von Hans Flachs und einem Kollegen von der Spurensicherung zu.

„Lassen Sie den Brief liegen, wo er jetzt ist, und warten Sie auf die Kollegen", fügte er hinzu.

„Mathilde, was ist los?", fragte Martha. Aus der Küche drang bereits der köstliche Duft des gebackenen Waffelteiges, doch der Appetit war Mathilde vergangen.

„Du hast mir einen Drohbrief auf den Tisch gelegt", stellte Mathilde fest. Rasch las sie ihrer Haushälterin den Text auf der Postkarte vor.

„Wir dürfen Lotte nicht mehr von der Leine lassen, auch nicht im 'Wester Busch'", rief Martha aufgeregt. Sorgenfalten zeigten sich auf ihrer dunklen Stirn.

Es dauerte keine zwanzig Minuten, bis die Türschelle die Ankunft der zwei Polizeibeamten meldete.

„Meine Güte, Frau Krähenfuß", sagte Hans Flachs besorgt. Er nahm seine Wollmütze ab und rieb sich den fast kahlen Kopf. „Das haben Sie jetzt von Ihrer Schreiberei."

„Es ist meine Aufgabe, die Öffentlichkeit zu informieren", verteidigte sich Mathilde. „Es war sogar Herberts ausdrücklicher Wunsch, dass ich über den Mord an Robert Bock berichte. Und über den mysteriösen Tod seines Vaters habe ich bisher kein einziges Wort verloren. Wir haben es hier mit einem oder mehreren Tätern zu tun, dem oder denen ich gerade mächtig auf die Füße trete. Vielleicht geht es gar nicht um meine Artikel. Mit Gewissheit werde ich einem der Mörder schon persönlich begegnet sein."

„Frau Krähenfuß, seien Sie bitte aufrichtig zu uns", bat Hans ernst. „Haben Sie bereits eine Vermutung, wer Robert oder seinen Vater ermordet haben könnte?"

Versonnen schüttelte Mathilde den Kopf.

„Es gelingt mir, das eine oder andere Puzzleteil zusammenzusetzen, doch meine Erkenntnisse reichen bei weitem nicht aus, um einen konkreten Verdacht auszusprechen", antwortete sie ruhig, derweil der Beamte von der Spurensicherung den Briefumschlag samt Postkarte beschlagnahmte.

„Hier", mischte Martha sich ein, die mit einem Tablett voll frisch gebackener Waffeln ins Wohnzimmer trat. „Ich möchte nicht umsonst gebacken haben. Bedienen Sie sich, meine Herren."

Hans ließ sich nicht lange bitten und griff beherzt zu. Jörg Tauben von der Spurensicherung lehnte allerdings ab. Er war ein drahtiger Mann, der in seiner Freizeit kletterte und sich sehr bewusst ernährte.

„Wären Sie so freundlich, mir zu erlauben, von Ihnen Fingerabdrücke zu nehmen?", fragte er die zwei Frauen höflich. „Sie werden mir zur Abgrenzung dienen, sollte ich weitere Abdrücke entdecken."

Jörg Tauben bat Martha, ihren Zeigefinger ganz locker zu lassen. Er selbst trug Handschuhe, während er vorsichtig ihren Finger auf das spezielle Stempelkissen drückte. Anschließend wiederholte er den Vorgang bei Mathilde.

Nachdem die Polizeibeamten das Haus verlassen hatten, setzte Mathilde sich zu Martha an den mittlerweile gedeckten Wohnzimmertisch. Sie riss ein Herz von ihrer Waffel ab, tauchte es in ihren Milchkaffee und seufzte mehrmals hintereinander. Wieder wurde sie vom Läuten des BlackBerrys aus ihren Gedanken gerissen.

„Guten Tag, Martin", begrüßte sie den Anrufer, dessen Namen sie auf dem Display gelesen hatte. „Was verschafft mir die Ehre deines Anrufs?"

Martin Marx war ein ehemaliger Kollege vom `Wupperspiegel´. Erst wenige Jahre vor Mathildes Berentung war er Mitglied des Teams geworden. Seine Aufgabengebiete beschränkten sich auf Wuppertal und Umgebung. Mathilde mochte den jungen Mann, der sehr engagiert war.

„Ich verfolge mit großem Interesse deine Berichte über die Familie Bock und das Unternehmen `Elite For You´", kam er ohne Umschweife zur Sache. „Du bist an dieser Sache dran, und ich möchte dich im Namen des Wupperspiegels um Mithilfe bitten. Würdest du mit mir gemeinsam für die am 11. Februar erscheinende Ausgabe unseres Magazins einen abschließenden Bericht über diese Angelegenheit verfassen?"

Mathilde musste lauthals lachen.

„Auf gut deutsch: Du möchtest die Lorbeeren für etwas einheimsen, das du ohne mich nicht hinbekommen würdest?", fragte sie immer noch schmunzelnd.

„Wenn du es unbedingt so ausdrücken möchtest, Mathilde", antworte Martin zerknirscht.

„Pass auf, Martin", sagte Mathilde, plötzlich voller Tatendrang. „Ich mache dir folgenden Vorschlag."

Mittwoch, 24. Januar 2018

Mathilde öffnete die Heckklappe ihres Wagens.

„Hopp", sagte sie auffordernd zu Lotte. Die jedoch blieb auf dem gefrorenen Boden sitzen und machte keinerlei Anstalten, der Aufforderung nachzukommen. „Martha hat dich verwöhnt, junge Dame", sagte Mathilde mehr zu sich selbst als zu der Hündin. Sie nahm einen Hundekuchen aus der Tasche ihres Parkas und legte ihn ins Innere des geräumigen Kofferraums. „Hopp", wiederholte sie, und Lotte sprang ohne zu zögern in den Wagen.

Nachdem Mathilde ihre Miniaturwelt verlassen hatte und auf die A 46 in Richtung Düsseldorf abgebogen war, betätigte sie einen Knopf am Lenkrad. Vergangenes Wochenende hatte sie die Freisprechanlage mit ihrem BlackBerry verbunden. Ein kleiner Knopfdruck an dem Mobiltelefon genügte, um den Rufaufbau zum Telefon ihres Neffen herzustellen. Es war zehn Uhr am Vormittag, und Mathilde war auf dem Weg nach Sonnborn zu Maria Krumm. Sie hatte sich telefonisch angemeldet und wurde erwartet.

„Guten Morgen, Tante Mathilde", wurde sie von Herbert begrüßt.

„Und?", sagte sie statt einer Begrüßung. „Was konnten die Jungs von der Spurensuche feststellen?"

„Tatsächlich wurden neben euren Fingerabdrücken zwei weitere gefunden", informierte Herbert seine Tante. „Florian gelang es gestern noch, den Postboten zu ermitteln und aufzusuchen, der bereitwillig mit auf die Wache kam, um sich den Fingerabdruck nehmen zu lassen. Somit bleibt ein nicht identifizierter Fingerabdruck über. Der Verfasser des Briefes ist männlich. Soviel konnte Jörg Tauben mir sagen."

„Ein Mann", wiederholte Mathilde. „Hm. Und wie war dein gestriger Besuch bei Vera Mayer?"

„Bernd Bock scheint mir sehr speziell gewesen zu sein", erwiderte Herbert. „Er besaß eine beachtliche Sammlung diverser Schmähbriefe. Doch ich konnte darunter nichts entdecken, das mit dem Drohbrief von vor sechs Jahren vergleichbar ist."

„Ich frage mich, warum die Mayer diese Truhe nicht entsorgt hat. Die Möbel konnte sie nicht schnell genug zu Geld machen", entgegnete Mathilde, während sie die Ausfahrt nahm und sich rechts einordnete.

„Wahrscheinlich exakt aus diesem Grund", antwortete Herbert. „Sie erschien ihr gewiss nicht wertvoll genug."

„Entschuldige mich, Herbert", sagte Mathilde, als die Ampel von gelb auf grün schaltete. „Ich habe einen Termin."

„So, Ingo, jetzt darfst du dich ausruhen", sagte Mathilde. Sie stellte ihren Wagen auf dem Aldi-Parkplatz ab und spazierte mit Lotte zu der Straße, die den Namen des kleinen Wuppertaler Stadtteils trug. Das Wahrzeichen der Stadt, die an einem Gerüst hängende Wuppertaler Schwebebahn, folgte in weiten Teilen dem Flusslauf der Wupper. An dieser Stelle jedoch verlief ihre Route exakt entlang der Sonnborner Straße. Seit Beginn des Jahres 2018 fuhr die Bahn im 2-Minuten-Takt. Die Fahrgäste konnten kleine Einblicke in die Wohnungen der Menschen erhaschen, die in den Obergeschossen dieser

Straße lebten. Zudem wurden die Anwohner von einer beständigen Geräuschkulisse beschallt. Ratternd fuhr eine Schwebebahn über Mathildes Kopf hinweg. `Die Sonnborner sind ein hart gesottenes Völkchen´, überlegte Mathilde, während sie die Abbiegung suchte, die von der Hauptstraße wegführte. `Maria und Lutz Krumm passen meiner Ansicht nach nicht hier hin´, dachte sie weiter. Zügig ausschreitend, erreichte sie mit Lotte rasch das zweistöckige Eckhaus in der Garterlaie. Hier zeigte sich Sonnborn von seiner ruhigeren Seite. Maria und Lutz Krumm wohnten Parterre. Bevor Mathilde die Schelle betätigen konnte, öffnete sich die Tür bereits. Ernst blickte Maria Krumm ihren Gast an.

„Gute Morgen, Frau Krähenfuß", sagte sie mit leiser Stimme. An ihrer linken Hand hielt sie einen kleinen, dunkelhäutigen Jungen. Maria bemerkte Mathildes Blicke und erklärte: „Das ist Mimo. Unser Adoptivkind aus Indien. Er wird im April fünf Jahre. Zweimal in der Woche besucht er eine private Kindergruppe. Den Kindergartenbesuch möchte ich ihm nicht zumuten. Schon gar nicht in dieser schrecklichen Zeit. Aber kommen Sie doch rein. Ich habe im Esszimmer gedeckt."

Mathilde hängte Parka und Mütze an die Garderobe und folgte Maria Krumm durch den elegant eingerichteten Flur in das Esszimmer. Maria war eine sehr grazile Frau und von höherem Wuchs als ihre zwei Geschwister. Eine schmalgeschnittene, silberne Hose und ein roter Rollkragenpullover betonten ihre schlanke Gestalt. Die halblangen, feinen, schwarzen Haare trug sie offen. Mathilde nahm Platz an einem Tisch mit einer altrosafarbenen Decke und bestaunte die dezent mit Blümchen gemusterten Tassen und Unterteller von Villeroy & Boch. Auf einer Glasschale lagen kandierte Früchte, Walnüsse und Mandarinen. Berliner Brot war neben einem angeschnittenen Christstollen auf einem tannengrünen Weihnachtsteller angerichtet.

„Bedienen Sie sich", forderte Maria Mathilde auf und schenkte Kaffee ein.

„Vielen Dank", erwiderte Mathilde, die sich neugierig umsah. Sie entdeckte etliche Fotografien an den Wänden. Einige waren Porträts von den drei Kindern, doch die meisten zeigten Maria. Maria in jungen Jahren mit Schlittschuhen unter dem Arm und geröteten Wangen, Maria auf einem weißen Pferd in roter Reitjacke, Maria mit Sektglas und bereits etwas älter und Maria mit Kleinkind auf dem Arm. Entweder war sie sehr selbstverliebt, oder ihr Mann vergötterte sie. `Oder beides zusammen´, überlegte Mathilde. Maria war unbestreitbar eine Schönheit.

„Ihr Mann interessiert sich für die Jagd?", erkundigte sich Mathilde. Nicht nur Fotos, sondern auch etliche Geweihe von Rotwild, ausgestopfte Hasen, Füchse und sogar der Kopf eines Ebers schmückten den Raum.

„Er hat gemeinsam mit Robert vor zwei Jahren den Jagdschein gemacht", antwortete Maria. Sie griff nach einer Mandarine und schälte sie.

„Waren Ihr Mann und Ihr Bruder befreundet?", fragte Mathilde erstaunt nach.

„Bis zum Tod meines Vaters verstanden die beiden sich prächtig", erwiderte Maria. „Hier Mimo. Das ist gesund." Sie reichte den Teller mit den Mandarinenstücken ihrem Adoptivsohn, der ruhig neben ihr saß.

„Soll das bedeuten, dass das Verhältnis der Männer

sich nach Bernd Bocks Tod verschlechterte?", wollte Mathilde wissen. Sie strich etwas Butter auf ihre Christstollenscheibe.

„Das ist noch freundlich ausgedrückt", erklärte Maria. Ihr Blick verhärtete sich, und die blauen Augen funkelten wie Eis. „Lutz wurde zunehmend von seinen Arztkollegen gemobbt, seit mein Bruder durch den Erbschaftsstreit die gesamte Familie in Verruf gebracht hatte."

„Zu Beginn waren Sie auf der Seite Ihres Bruders. Das können Sie nicht bestreiten", warf Mathilde ein.

„Muss das übrigens sein?", fragte Maria, unwillig auf das auf dem Tisch liegende Diktiergerät schauend.

„Frau Krumm", antwortete Mathilde bestimmt. „Mir ist nicht daran gelegen, Tratsch und Klatsch in der Gazette zu veröffentlichen. Mein Anliegen ist es, Klarheit in diese mysteriösen Todesfälle zu bringen. Vor mir können Sie natürlich Ihre Aussage verweigern, vor der Polizei hingegen werden Sie mit Gewissheit reden müssen."

„Wieso sprechen Sie von zwei mysteriösen Todesfällen?", erkundigte Maria sich.

„Finden Sie es nicht merkwürdig, dass Ihr sportlich aktiver und gesunder Vater derart plötzlich mitten in der Oper an Herzstillstand verstarb?", wollte Mathilde wissen.

„Was möchten Sie damit andeuten, Frau Krahenfuß", fragte Maria aufgebracht. „Mimo, geh bitte in dein Kinderzimmer. Mama holt dich später."

Gehorsam stand der Junge auf und verließ das Zimmer.

„Ich habe nichts mit dem Tod meines Vaters zu tun", sagte sie energisch.

„Beruhigen Sie sich bitte", erwiderte Mathilde beschwichtigend. „Und jetzt berichten Sie mir von der Freundschaft Ihres Mannes mit Robert."

„Lutz und Robert unternahmen viel gemeinsam in ihrer freien Zeit", begann Maria zu erzählen. „Manchmal fühlten Linda und ich uns sogar vernachlässigt. Ich mag Linda sehr gerne, sie ist mir eine Freundin geworden. Schlimm, dass Robert sie mit ihrer eigenen Schwester hinterging. All das kam erst nach Vaters Tod ans Tageslicht."

Mathilde nickte mitfühlend.

„Und wie kamen die beiden auf die Jagd?", hakte sie nach.

„Sie brauchten einen Ausgleich zu ihren beruflichen Tätigkeiten. Einige Seminare besuchten sie zusammen und fragten sich gegenseitig ab. Sogar den Waffenschein machten sie gemeinsam", fuhr Maria fort. „Im Frühjahr wollten sie sich Jagdhunde anschaffen." Kopfschüttelnd steckte sie sich eine kandierte Feige in den Mund. Eine Weile kaute sie schweigend. „Lutz und Robert haben einen Voreintrag in der Waffenbesitzkarte. Das bedeutet, sie dürfen zusätzlich zu den Langwaffen ohne Meldung zwei Kurzwaffen besitzen. Die Schießübungen machten ihnen riesigen Spaß. Warten Sie einen Moment. Ich werde Ihnen etwas zeigen." Maria erhob sich und ging zu dem Holzschrank am Ende des Raumes, der wesentlich länger als breit war. Sie kam mit einem Kissen zurück, auf dem Mathilde eine Waffe erkennen konnte. Maria legte das Kissen samt Waffe auf dem Tisch ab.

„Das ist ein Revolver Taurus 85S", erklärte sie, und ein gewisser Stolz schwang in ihrer Stimme mit. „Sehen Sie den Punkt hier am Abzug?"

Mathilde nickte staunend.

„Leuchtet er rot, ist der Revolver schussbereit, zeigt er sich weiß, ist die Waffe gesichert", erläuterte sie eifrig.

Mathilde bemerkte, dass der Punkt rot leuchtete. ʻEine gewisse Tötungsbereitschaft war also beiden Männern gegebenʼ, überlegte sie.

„Doch das Verhältnis zwischen Lutz und Robert veränderte sich grundlegend durch den Tod meines Vaters und die öffentliche Zurschaustellung unserer Familie", sagte Maria bitter.

Mathilde entging der Vorwurf nicht, der in Marias Worten mitschwang. Aber sie äußerte sich dazu nicht.

„Lutz begann meinen Bruder zu hassen", berichtete Maria weiter. „Darf Ihr Hund ein Stück Stollen?"

Lotte hatte sich aufgerichtet und den Kopf auf Marias Schoß gelegt. Die Hündin spürte die Aufregung der Frau.

„Eigentlich nicht, aber heute mache ich eine Ausnahme", antwortete Mathilde lächelnd. „Ich werde Sie jetzt verlassen, Frau Krumm. Vielen Dank für das Gespräch."

Fluchend wendete Mathilde ihren Wagen und bog langsam von der Heusnerstraße auf die Sanderstraße ab. ʻWer es hier eilig hat, ist aufgeschmissenʼ, dachte sie, einen freien Parkplatz suchend. Sie hatte nicht vor, das gebührenpflichtige, krankenhauseigene Parkhaus zu nutzen. Kurz vor der Wuppertaler Niederlassung der Evangelischen Stiftung Tannenhof entdeckte sie zu ihrer Erleichterung eine unbesetzte Parklücke. Die Schwesternschülerinnen hatten zu dieser Zeit Mittagspause und standen rauchend vor dem Lehrgebäude, als Mathilde in Richtung der HNO Abteilung des Helios Klinikums

Barmen ging. Der Boden knirschte unter ihren Füßen, und Mathilde steckte die Hände in die Taschen ihres Parkas. Kurz vor zwölf Uhr erreichte sie den Eingang der weitläufigen Krankenhausanlage. Die Dame an der Rezeption wies sie an, sich zum Haus 3 zu begeben, dort die Treppe zu nehmen und im Schwesternzimmer des EG 1 vorstellig zu werden. Dort genügte ein kurzes Vorzeigen ihres Presseausweises, und die Stationsschwester begleitete sie zum Arztzimmer 7.

„Sie haben Glück, Frau Krähenfuß", sagte Schwester Karin freundlich. „Die Visite ist gerade zu Ende, und Dr. Krumm hält sich in seinem Zimmer auf, bevor er sich in etwa einer halben Stunde in den OP-Bereich begeben wird."

Energisch klopfte Schwester Karin an die Tür.

„Ja bitte?", hörte Mathilde eine angenehme Männerstimme rufen.

Schwester Karin öffnete die Tür und sagte: „Guten Tag, Herr Dr. Krumm. Hier ist eine Frau von der Ronsdorfer Gazette, die Sie zu sprechen wünscht."

„Sie soll reinkommen", antwortete Lutz Krumm, und Mathilde trat ein.

Hier in dem kleinen Zimmer war die Beleuchtung angenehm. Nach dem grellen Schein der Stationslampen war das gedimmte Licht eine Wohltat für Mathildes Augen.

„Nehmen Sie doch an meinem Schreibtisch Platz", forderte Lutz Krumm Mathilde auf.

Er trug seinen grünen OP-Kittel und speicherte etwas auf dem Computer ab.

„Frau Krähenfuß, nehme ich an", sagte er freundlich, und Mathilde nickte.

„Guten Tag, Herr Krumm", erwiderte sie ebenso freundlich. Sie schickte sich an, das Diktiergerät aus ihrer Handtasche zu nehmen.

„Bitte keine Gesprächsmitschnitte", sagte Lutz Krumm fest. „Wir sind hier nicht auf der Polizeiwache, sondern im Krankenhaus."

Schulterzuckend ließ Mathilde das Gerät zurück in die Tasche fallen.

„Wenn Sie ablegen möchten", sagte Lutz, auf die Garderobenstange neben der Zimmertür deutend.

„Es wird nicht lange dauern", sagte Mathilde gelassen. Sie betrachtete ihr Gegenüber eingehend. `Er passt optisch hervorragend zu seiner Frau´, dachte sie. Groß, schlank und braungebrannt war der blonde Oberarzt eine eindrucksvolle Erscheinung. Unauffällig griff sie in ihre Jackentasche und drückte die Aufnahmetaste des BlackBerrys. „Herr Krumm", sagte sie ruhig. „Wo waren Sie und Ihre Frau in der Nacht zum 15. Januar?"

Lutz Krumm zögerte einen Moment.

„In der Nacht zum 15. Januar?", sagte er, sein Smartphone aus der Schreibtischschublade nehmend. Bevor er seinen Kalender aufrufen konnte, unterbrach ihn Mathilde.

„Das ist der Tag, an dem ihr Schwager ermordet wurde", half sie ihm auf die Sprünge.

Lutz Krumm schlug sich leicht mit der Hand vor die Stirn.

„Natürlich", erwiderte er. „Der Tag dieses schrecklichen Ereignisses. Hoffentlich klärt die Polizei den Fall bald auf."

„Herr Krumm, wo waren Sie in der besagten Nacht?", wiederholte Mathilde eindringlich ihre Frage.

„Normalerweise liegen meine Frau und ich um diese Uhrzeit im Bett", antwortete Lutz Krumm. Mathilde registrierte, dass er einen Bleistift in die Hand nahm, den er nervös hin und her drehte. „Doch tatsächlich war ich am Sonntag mit meiner Frau in Köln. Wir nutzten meine zwei dienstfreien Tage, um unseren Hochzeitstag nachzufeiern. Nach dem Dinner besuchten wir die Spätvorstellung im Cinedom."

„Welchen Film sahen Sie sich an, und von wann bis wann ging die Vorstellung?", hakte Mathilde nach, die Lutz Krumm wie ein Luchs beobachtete.

Schweißperlen bildeten sich auf seiner Stirn.

„Mord im Orient-Express, meine Frau liebt Agatha Christie", sagte er schnell. „Ich meine mich zu erinnern, dass die Vorstellung bis kurz nach vierundzwanzig Uhr dauerte. Vor zwei Uhr waren wir am Montagmorgen nicht zurück in Wuppertal."

„Wer kümmerte sich in dieser Zeit um ihren Adoptivsohn?", stellte Mathilde die nächste Frage.

„Was wollen Sie von mir?", fragte Lutz Krumm aufgebracht. „Wenn ich etwas von unserem Gespräch morgen in der Tageszeitung lesen werde, werde ich einen Rechtsanwalt aufsuchen. Unsere Töchter sind mit dreizehn und fünfzehn Jahren sehr gut dazu in der Lage, einige Stunden ihren Bruder zu beaufsichtigen. Und jetzt entschuldigen Sie mich bitte, ich muss in den OP."

`Er sagt mir nicht die Wahrheit´, überlegte Mathilde, während sie dem Oberarzt zum Abschied flüchtig zuwinkte und sein Dienstzimmer verließ. Sobald sie das

Treppenhaus erreicht hatte, suchte sie im Telefonbuch ihres BlackBerrys nach der Nummer von Maria Krumm. Wie sie es erwartet hatte, war die gewählte Nummer besetzt. `Maria wird mir sagen, was Lutz Krumm ihr befiehlt`, dachte sie verärgert. Die Gelegenheit, Maria nach ihrem Alibi zu befragen, hatte sie vertan. Rasch informierte sie ihren Neffen per Sprachnachricht über ihre Gespräche mit den Krumms.

Mathilde zog das Kabel aus ihrem Computer. Sie hatte die Word-Dokumente `Bock Nr.1´ und `Bock Nr.2´ extern auf ihrem BlackBerry gesichert. Jetzt fühlte sie sich wie erschlagen. Zwei Stunden saß sie bereits an ihrem Schreibtisch. Sie hatte alle Tonaufnahmen erneut abgespielt, Informationen notiert, etliches gelöscht und anderes hinzugefügt. Mittlerweile war es halb neun, und Mathilde beschloss, ein letztes Mal mit Lotte in die Kälte rauszugehen. Sie traute sich nicht, die Hündin unbeaufsichtigt im Garten laufen zu lassen. Martha hatte das Grundstück zwar nach Hundefallen abgesucht, doch Mathilde ging auf Nummer sicher. Nach dem kurzen Abendspaziergang wollte sie ein Glas Portwein trinken und früh zu Bett gehen. Mathilde reckte sich, gähnte und machte sich mit Lotte auf den Weg in die Küche. Plötzlich meldete die Türklingel einen unangekündigten Besucher. Vorsichtig schob Mathilde den Riegel zur Seite, damit sie durch ein kleines Fenster nach draußen blicken konnte.

„Rita Bock", entfuhr es ihr überrascht.

Sie schloss die Haustür auf und ließ Rita und viel eiskalte Luft ins Haus.

„Kommen Sie schnell rein, Frau Bock", sagte sie auffordernd.

„Guten Abend, Frau Krähenfuß", begrüßte diese Mathilde. „Hier, Lotte, ich habe dir ein Stück Wurst mitgebracht." Rita Bock hielt etwas Fleischwurst in der Hand, wurde von Mathilde jedoch davon abgehalten, es der mit ihrer Rute wedelnden Hündin zu geben.

„Nein", sagte Mathilde bestimmt. „Stecken Sie die Wurst bitte weg, Frau Bock. Lotte wird mir zu dick. Das ist nicht gut für ihre Gelenke. Hängen Sie Ihre Jacke einfach über die Stuhllehne. Wir machen es uns hier am Küchentisch gemütlich." Rita aus den Augenwinkeln unverwandt beobachtend, setzte Mathilde Teewasser auf. „Mögen Sie Ingwertee?", erkundigte sie sich höflich.

„Gerne. Danke", antwortete Rita, deren Wangen von der Kälte gerötet waren.

'Nach meinem Empfinden ist Rita lange nicht so schön wie ihre Schwester, aber dennoch attraktiv', überlegte Mathilde, während sie zwei Gläser, Teebeutel und Löffel auf dem Tisch platzierte. Rita hatte die Ärmel ihres Wollpullovers hochgeschoben, und Mathilde registrierte erstaunt ihre muskulösen Unterarme. Rita genauer betrachtend, stellte sie das erste Mal fest, wie durchtrainiert ihre Beine in der engen Jeanshose wirkten.

„Treiben Sie viel Sport?", wollte sie neugierig wissen. „Solche Muskeln besitzt nicht jeder."

Rita lachte.

„Seit meiner Jugend mache ich Kampfsport", erklärte sie bereitwillig. „Begonnen habe ich als junges Mädchen mit Judo, später wechselte ich zu Karate. Seit einigen Jahren übe ich eine Mischung der verschiedensten

Kampfsportarten aus. Kennen Sie die Kampfschule ganz hier in der Nähe in der Clausenstraße?"

Mathilde nickte. Tatsächlich ging sie dort häufig mit Lotte vorbei, wenn sie nicht in Stimmung für einen Plausch mit den bekannten Besuchern des ʼWester Buschsʼ war. Sie erinnerte sich an die muskelbepackten Männer, die des Öfteren mit ihren Sporttaschen auf dem Parkplatz vor der Schule standen.

„Sind dort viele Frauen Mitglieder?", erkundigte sie sich. Das Teewasser kochte, und sie ging rasch zum Herd. „Zucker oder Süßstoff?"

„Weder noch, danke", antwortete Rita. „Frauen sind in der Unterzahl, doch einige erfolgreiche Kampfsportlerinnen gibt es schon."

„Wie sieht es dort mit Anabolika aus?", fragte Mathilde, mit ihren Händen genießerisch das dampfende Teeglas umfassend.

„Über legale Steroide wird diskutiert, natürlich", erwiderte Rita ehrlich. „Ich selbst halte nichts davon."

„So, Frau Bock", sagte Mathilde, Rita direkt in die braunen Augen schauend. „Was verschafft mir die Ehre Ihres Besuchs zu dieser späten Stunde? Sie sind gewiss nicht gekommen, um mit mir über Kampfsport zu plaudern."

„Bock, Bock, Bock", beschwerte sich Paul. Die Tür zum Wohnzimmer stand offen, und die Papageien fühlten sich in ihrer Abendruhe gestört. Bevor Peter in Pauls Geschimpfe einstimmen konnte, sprang Mathilde auf und schloss eilig die Tür.

„Was war das denn?", erkundigte sich Rita.

„Einer meiner beiden Graupapageien", erklärte Mat-

146

hilde. „Anscheinend erwähne ich ihrer Meinung nach dieser Tage den Namen `Bock´ zu häufig."

„Dieser Kriminalhauptkommissar ist Ihr Neffe, habe ich Recht?", wollte Rita wissen, einen vorsichtigen Schluck des Heißgetränkes nehmend.

„Richtig", antwortete Mathilde. „Und ja, er informierte mich über Ihre innige Beziehung zu Dietmar Wolf, falls Sie das fragen wollten."

Ritas Wangen wurden noch röter.

„Es war mir bei unserem Waldspaziergang vor einigen Tagen unangenehm, davon zu sprechen", sagte Rita leise, sich an ihrem Glas festhaltend. Auf Mathilde wirkte die sportliche Frau in diesem Augenblick sehr verletzlich. „Doch jetzt nach Roberts Tod möchte ich Ihnen ein wenig mehr von Dietmar und meinem Bruder erzählen."

Mathilde spielte mit dem auf dem Tisch liegenden BlackBerry und drückte die Aufnahmetaste.

„Dietmar wollte Robert nie die Position des geliebten Sohnes streitig machen", fuhr Rita fort. „Oft berichtete er mir, er habe sich bei unserem Vater stark für Robert gemacht. Doch Robert konnte und wollte Dietmar nie akzeptieren. Sogar die Begründung, dass er selbst es doch sei, der kein Interesse an `Elite For You´ zeige, ließ er nicht gelten. Für Robert blieb Dietmar ein Eindringling. Ich habe mich damals bei unserer ersten Begegnung in Dietmar verliebt. Ich sehe ihn noch vor mir, wie er zu einem gemeinsamen Familiendinner in unserer Villa erschien. Doch an diesem ersten Abend hatte er nur Augen für Maria. Er war achtzehn, sie siebzehn und ich einundzwanzig. Sie kennen Maria und können sich sicher vorstellen, was für eine Augenweide sie in ihrer Jugend war. Selbst jetzt sieht sie noch aus wie eine Puppe."

Mathilde nickte zustimmend.

„Und erwiderte Ihre Schwester seine schwärmerischen Gefühle?", fragte Mathilde interessiert. „Vom Typ her ähneln sich Lutz Krumm und Dietmar Wolf. Beide sind groß, blond und schlank."

„Natürlich", antwortete Rita verächtlich. „Die naive Gans schmilzt heute noch beim geringsten Kompliment dahin. Aber Vater war gegen diese Verbindung und redete Dietmar zum Glück ins Gewissen. Und Dietmar war seine Karriere wichtiger als Maria. Sie blickten sich einige Monate schmachtend an, dann war der Spuk vorüber. Dietmar hatte genug Arbeit in der Firma, und Maria lernte Lutz kennen, ließ sich schwängern, und die beiden heirateten."

Rita nahm einen kräftigen Schluck ihres Ingwertees. Mathilde stutzte.

„Sie war mit siebzehn Jahren schwanger?", hakte sie erstaunt nach. „Die beiden Mädchen sind noch keine vierzehn Jahre alt. Was wurde aus Marias Erstgeborenem? Das Kind müsste jetzt etwa siebenundzwanzig sein."

„Der Junge war eine Frühgeburt und starb wenige Tage nach seiner Geburt am plötzlichen Kindstod", berichtete Rita. „Maria ist nie über den Verlust hinweggekommen. Mit Mimo hat sie sich vor einigen Jahren ihren Jungen zurückgeholt. Drei Jahre verhätschelt sie den Armen jetzt schon. Meiner Meinung nach sollte er mit fünf Jahren einen Kindergarten besuchen, statt den ganzen Tag an Marias Rockzipfel zu hängen."

„Mir erzählte sie, Mimo besuche zweimal in der Woche private Kindergruppen", warf Mathilde ein.

„Das ist mehr ein Treffen verwöhnter Arztgattinnen, die miteinander tratschen und Kuchen essen", sagte Rita augenverdrehend.

„Wie kam es, dass Dietmar sich Ihnen zugewandt hat, Frau Bock?", erkundigte sich Mathilde. Lotte war aufgestanden und stupste sie auffordernd an. „Gleich, Lotte", sagte sie, die Hündin liebevoll hinter den Ohren kraulend.

„Das mit uns läuft erst seit einigen Monaten", erzählte Rita, und ihre braunen Augen leuchteten. „Im August letzten Jahres hat es endlich auch bei ihm gefunkt. Ich habe mein ganzes bisheriges Leben darauf gewartet. Dieses Leben bestand lediglich aus der Kirchengemeinde, meiner Lehrtätigkeit und meinem Engagement für den Umweltschutz."

„Aber Dietmar Wolf hatte gewiss Beziehungen zu Frauen, oder?", wollte Mathilde wissen. Sie trank ihren Tee aus und räumte die leeren Gläser in die Spülmaschine ein.

„Er hatte eine Schwäche für Frauen, die er nicht haben konnte", entgegnete Rita bitter. „Tatsächlich hatte er lange Jahre ein Auge auf Indra Most geworfen. Er lernte sie auf einer großen Party meines Vaters mit vielen berühmten Gästen kennen. Die arme Linda brachte ihre Halbschwester gerne mit zu solchen Veranstaltungen. Sie wollte Indra etwas von dem Luxus gönnen, der ihr vorenthalten war. Natürlich wies Indra Dietmar ab. Jetzt wissen wir, warum. Sie war ja in Robert verliebt."

`Was für ein Durcheinander´, dachte Mathilde kopf-schüttelnd. Ein Blick auf die Küchenuhr verriet ihr, dass es schon fast zweiundzwanzig Uhr war.

„Jedenfalls nahm Dietmar Anfang August an einem Halbmarathon in Köln teil", berichtete Rita weiter. „Mein Vater und ich liefen den Wettkampf ebenfalls mit. Anschließend fand ein Umtrunk statt, und seitdem sind Dietmar und ich ein Liebespaar."

„Frau Bock, ich unterbreche Sie nur ungern, doch Lotte muss dringend ihren Abendspaziergang unterneh-men", sagte Mathilde, stand auf, nahm den Parka von der Stuhllehne und schlüpfte hinein. Während sie ihre Schirmmütze aufsetzte, sagte sie: „Ich begleite Sie ein Stück Ihres Heimweges. Sie wohnen schließlich nicht weit von hier entfernt."

Draußen erwartete die Frauen klirrende Kälte. Der Boden war gefroren. Tagsüber hatte es geregnet, nach dem starken Temperaturabfall zur Nacht hin mussten sie jetzt sehr vorsichtig sein, um nicht auszurutschen. `Ich werde gleich Granulat streuen müssen´, überlegte Mathilde.

„Frau Krähenfuß", sagte Rita eindringlich, als sie an der Stelle angekommen waren, die die Mirker Höhe von dem Rest der Welt trennte. „Glauben Sie mir, Dietmar ist ein guter Mensch. Er hat weder mit dem Tod meines Vaters noch mit dem meines Bruders etwas zu tun. Es ist purer Zufall, dass er davon profitiert."

„Nichts für ungut, Frau Bock", erwiderte Mathilde. „Das wird die Kriminalpolizei ermitteln."

Sie verabschiedete sich und ging grübelnd zurück zu ihrem Haus.

Trotz der späten Stunde setzte sie sich mit der Portwein-flasche und einem Glas an den Computer im Wohnzim-mer. Sie öffnete ein Worddokument und notierte: `Sehr verdächtige Person!´ Sie schloss ihr BlackBerry an, um die neue Information darauf zu sichern.

Anschließend schrieb sie eine lange Mail an ihren Nef-fen. Schließlich verfasste sie eine weitere Nachricht, die sie an Prof. Dr. Mertens sendete.

„Was für eine Mischung", seufzte sie. Sie schenkte sich Portwein nach.

„Mischung", sagte auch Peter.

„Mischung, Mischung", wiederholte Paul.

„Mischung", rief Mathilde und lachte.

Sie nahm einige Briefumschläge aus der Schreibtisch-schublade, einen Füllfederhalter und Briefpapier. Zufrie-den gähnend stand sie eine Dreiviertelstunde später auf und ging zurück in die Küche, um die geschriebenen Briefe in ihrer Handtasche zu verstauen. Noch hatte sie nicht vor, sie abzuschicken.

Donnerstag, 25. Januar 2018

Mathilde zog die Schirmmütze soweit wie möglich ins Gesicht. Etwas aufgeregt war sie jetzt schon. Gestern Abend unter der Wirkung des Portweins hatte sie sich das Unterfangen, das sie heute in die Tat umzusetzen gedachte, einfacher vorgestellt. Freundlicherweise hatte Prof. Dr. Mertens ihre gestrige Mail augenblicklich be-antwortet und Mathilde über die genaue Adresse von Julian Santos informiert. Dieser hatte vor drei Jahren um eine Sondergenehmigung gebeten, die ihm aufgrund seiner guten Leistungen gewährt worden war. Er bewohnte gemeinsam mit seiner Kommilitonin Sarah Jung drei Zimmer im Studierendenheim in der Albert-Einsteinstraße etwa fünf Minuten Fußweg von dem Hauptcampus entfernt. Für gewöhnlich wurden diese 3-er Wohngemeinschaftsappartements an drei verschiedene Parteien vermietet. Die Bewohner mussten sich Küche und Bad teilen, und jedem von ihnen wurde ein Zimmer zum Arbeiten und Schlafen zugewiesen. `Ob Vera Mayer ihn manchmal dort besucht?´, fragte sich Mathilde, während sie den Berg von der Unihalle, der größten Mehrzweckveranstaltungshalle im Bergischen Land, in Richtung Universität herunterlief. Sie hatte bewusst abseits des Universitätsgeländes geparkt. Zu ihrer Erleichterung schneite oder regnete es nicht. Es galt, möglichst wenig Spuren zu hinterlassen, die vernichtet werden müssten. Lang dauerte es nicht, bis Mathilde das gesuchte Gebäude erreichte. Prof. Dr. Mertens hatte ihr nicht nur Julians Hausnummer verraten, sondern sie ebenfalls über dessen Teilnahme an einem Seminar über Analytische Chemie zwischen zehn und zwölf Uhr informiert. Außerdem hatte er geschrieben, dass Sarah Jung gleichfalls eine Teilnehmerin dieses Seminars sei. Glücklicherweise war die Haustür nicht abgeschlossenen. Julian und Sarah wohnten in der ersten Etage, und Mathilde brauchte nur wenige Treppenstufen hochzusteigen. Das Appartement der beiden lag am Ende des Flurs. Mathilde griff in ihre Tasche und fand den Dietrich ausnahmsweise auf Anhieb. Zuhause hatte sie das kleine Werkzeug vorsorglich mit einem Gummiband an ihr Fernglas gebunden. Zufrieden sah sie sich im Flur um. Sollte jemand auftauchen, wollte sie vorgeben, eine Verwandte von Sarah Jung zu sein. Entschlossen ging sie ans Werk. Mathilde machte das zwar nicht zum ersten Mal, trotzdem war sie froh, am Morgen fleißig an der eigenen Haustür geübt zu haben. Das Türschloss war einfach zu knacken. Zwei drei kräftige Bewegungen mit dem Dietrich genügten, und Mathilde trat rasch ein. Sobald die Tür hinter ihr ins Schloss gefallen war, begann sie mit der fieberhaften Untersuchung des Appartements. Auf dem Küchentisch standen zwei Becher mit Kaffeeresten, eine Packung Cornflakes, Marmelade, ein Frühstücksbrett und eine Müslischale. Sarah und Julian schienen es eilig gehabt zu haben. ›Sie schlafen gewiss gern lang‹, dachte Mathilde. Die linke Wand der geräumigen Küche war komplett verglast. Durch eine schmale Tür konnte man auf einen vergitterten Balkon treten, der einen weiten Blick auf das Universitätsgelände bot. Auf der Fensterbank standen verschiedene, leicht zu pflegende Kakteen. Ordentlich war es in der Küche nicht. Überall lagen Illustrierte und Fachzeitschriften herum. Neben der Psychologie Heute entdeckte Mathilde den Wupperspiegel, die Ronsdorfer Gazette und ein Magazin, das sich mit Botanik beschäftigte. Die Küchenregale waren mit Alltagsgegenständen gefüllt, und auch sonst konnte Mathilde nichts Auffälliges bemerken. Das erste Zimmer, das sie betrat, schien Sarahs zu sein. Auch hier herrschte Unordnung. Bunte Hosen und Oberteile lagen auf der Schlafcoach, die noch nicht hochgeklappt war. ›Ob sie hier geschlafen hat?‹, fragte sich Mathilde, vorsichtig an der Bettwäsche unter den

Anziehsachen riechend. Frisch roch diese nicht, doch es hing kein Schlafgeruch in dem Stoff. Mit wenigen, hastigen Griffen riss sie Schränke und Kommode auf. Sie hatte sich heute nicht nur der Kälte wegen für das Tragen ihrer dicken Winterhandschuhe entschieden. Sie war sich zwar der Unterstützung ihres Neffen gewiss, dennoch wollte sie keine unnötigen Spuren hinterlassen. Sarah Jung war eine ungewöhnliche, junge Frau. Mathilde hatte im kleinen Bad zwar Kosmetikartikel und Parfüm-Flakons entdeckt, aber hier in Sarahs privatem Zimmer traf sie nicht auf typisch weibliche Accessoires. Ein Hantelpaar lag neben einem Medizinball auf dem Boden. Auf dem Schreibtisch stand ein hochgefahrener Laptop, und Mathilde bewegte langsam die daran angeschlossene Computermaus. Sarah war heute Morgen im Internet gewesen und musste etwas bei Amazon bestellt haben. Ihr Postfach blinkte, doch Mathilde wagte nicht, die Nachricht zu öffnen. Sie warf nur rasch einen Blick auf einige gelesene Mails, hauptsächlich Korrespondenz mit ihrer in Berlin lebenden Familie. Nachdem Mathilde den Ausgangszustand wiederhergestellt hatte, beschloss sie, die weiteren Zimmer unter die Lupe zu nehmen. Julians Zimmer war im Gegensatz zu den bisher untersuchten Räumen aufgeräumt. Das Bett war gemacht, und Mathilde registrierte eine schwarze Bettdecke, ein weißes und ein rotes Kissen. `Die machen mir nichts vor´, dachte sie grinsend. `Wenn Sarah und Julian kein Liebespaar sind, bin ich Queen Elizabeth.´ Rasch warf sie einen Blick auf die Armbanduhr. Es war mittlerweile fast elf Uhr, und ihr lief die Zeit davon. Zu ihrer Enttäuschung beherbergte Julians Schrank lediglich seine

Hosen, Jacken und Oberteile. `Was hast du eigentlich geglaubt zu finden?´, fragte sich Mathilde, weiter sorgfältig ihre Augen schweifen lassend. Plötzlich zuckte sie erschrocken zusammen. Es hatte heftig an der Tür geklopft.

„Julian? Sarah?", rief eine ihr unbekannte Frauenstimme. „Wo seid ihr denn? Wir wollten uns doch um elf bei euch treffen." Mathilde hörte, wie die Türklinke runtergedrückt wurde. „Ich habe die Kartoffeln", sagte die Stimme weiter. Die Frau hantierte in der Küche. Mathilde reagierte sofort. Ein Blick verriet ihr, dass unter dem Bett genug Platz für sie war. Gerade war sie darunter verschwunden, als sich auch schon die Tür öffnete. „Keiner hier", sprach die Frau weiter. „Vielleicht viel Betrieb in der Stadt. Ich werde Sarah eine Textnachricht schreiben." Wenig später klingelte ein Telefon. „Alles klar, Sarah", sagte die Stimme. „Dann gehe ich noch kurz in die Bibliothek. Wir sehen uns ungefähr in einer halben Stunde. Ich freu mich auf das gemeinsame Kochen. Ist mal was anderes als das Mensaessen. Haben wir ein Glück, dass der Schuhmann schon wieder krank ist."

Sobald Mathilde die Wohnungstür zuschlagen hörte, kletterte sie unter dem Bett hervor. Sie hatte ihre Beine anwinkeln müssen, da etwas Hartes gegen ihre Füße gestoßen war. Eigentlich hatte sie keine Zeit mehr, jedoch konnte sie nicht widerstehen, sich den Gegenstand unter dem Bett anzusehen. Hastig zog sie ihn raus. Es war eine Truhe, die mit einem Riegel verschlossen war. Schnell zog sie ihn zur Seite.

„Das darf nicht wahr sein", rief sie überrascht aus. Das war keine Truhe, sondern ein Schrein. Ohne zu zögern machte sie mit ihrem BlackBerry Fotos von dem Truheninhalt. Die Aufnahmen leitete sie an ihren Neffen weiter. Sie drückte auf die Mikrophon-Taste und sagte: „Herbert, sieh dir das genau an. Diese Truhe habe ich unter Julian Santoś Bett in seinem Zimmer gefunden. Und spar dir bitte die Nachfrage, wie ich in die Studierendenwohnung reingekommen bin." Sie versendete die Sprachnachricht, schob die Truhe zurück unters Bett und beeilte sich, die Wohnung zu verlassen. Sie hatte gerade die Tür wieder mit dem Dietrich verschlossen, als sie unten die Haustür aufgehen hörte. Sie rannte, so schnell sie es vermochte, zur Treppe und hastete in die zweite Etage hoch. Heftig atmend wartete sie dort, bis Sarah und Julian, schwer bepackt mit Einkaufstaschen, das Treppenhaus in der ersten Etage verließen.

„Florian, Hans, das müsst ihr euch ansehen", forderte Herbert Mucke seine Kollegen auf. Die drei Beamten hatten gerade das Helios Klinikum verlassen und waren auf dem Weg zu ihrem Dienstwagen. „So langsam wird es spannend", fuhr Herbert fort. „Scheinbar haben wir zwei Tatverdächtige. Lutz Krumm und Julian Santos."

„Lutz Krumm war jedenfalls merkbar angespannt bei unserer Befragung", ergänzte Hans Flachs.

„Ihm stand der Schweiß auf der Stirn", fügte Florian Vogel bestätigend hinzu.

„Er hat uns angelogen, da besteht kein Zweifel", erklärte Herbert. „Auch seine Frau war vorhin schrecklich nervös."

„Ich glaube nie und nimmer, dass die zur Todeszeit Robert Bocks in Köln waren", sagte Florian, Herberts

Smartphone an sich nehmend. Er pfiff durch die Zähne. „Was haben wir denn hier?"

„Sollen wir Tauben schicken, damit er Krumms Fingerabdruck nimmt?", fragte Hans, mit dem Autoschlüssel den Dienstwagen entriegelnd.

Herbert schüttelte den Kopf. „Erstmal müssen wir zum Restaurant ʻKandinskyʼ fahren und die Möglichkeit ausschließen, dass das Personal sich an die Krumms erinnert", bestimmte Herbert. „Im Zweifel für den Angeklagten, so ist das hier in Deutschland", brummte er. „Das bedeutet, wir werden uns die Mühe machen müssen, im Cinedom zu ermitteln. All das wird einige Tage dauern."

„Gib mal bitte das Telefon, Florian", sagte Hans und öffnete die Fahrertür. „Das hat die Adlerkralle unter dem Bett von Julian Santos gefunden? Wäre Bernd Bock eine Frau gewesen und Julian Santos nicht sein Sohn, sähe das für mich aus wie ein klassischer Fall von Stalking. Was für eine bemerkenswerte Sammlung von Berichten über Bock, dessen Familie und seine Firma. Dazu diese unzähligen Fotos von ihm und seinen Kindern."

„Alles nach Jahren und Monaten sortiert", ergänzte Herbert.

„Was gedenkst du zu tun?", wollte Hans wissen. Er gab seinem Chef das Smartphone zurück und startete den Wagen.

„Wir werden jetzt als erstes der guten Tante Mathilde einen Besuch abstatten", erklärte Herbert. „Julian Santos hat sich aufgrund des Sammelns frei zugänglicher Dokumente nicht strafbar gemacht. Das Fotografieren kann man ihm ebenfalls nicht verbieten. Und wir können auch nicht erklären, wie wir diese Truhe ohne Durchsuchungsbefehl zu Gesicht bekommen konnten, Jungs. Außerdem besteht offiziell immer noch kein Verdacht auf Mord im Todesfall Bernd Bock. Ich wünschte mir, wir könnten den guten Mann aus der Erde buddeln und erneut obduzieren. Irgendwas muss Dr. Mathis übersehen haben, dessen bin ich mir sicher." Herbert räusperte sich. „Aber interessant ist das, sehr interessant."

„Was ist denn hier los?", entfuhr es Mathilde. Sie trat auf die Bremse, und der Berlingo kam vor der Garagenauffahrt zum Stehen. Aufgeregt mit ihrer Rute wedelnd, lief Lotte auf den Wagen zu. Mathilde stieg rasch aus und packte die Hündin im Nacken. „Du sollst nicht frei draußen rumlaufen", sagte sie verärgert. „Was denkt Martha sich dabei?" Gebückt eilte sie zur Haustür. Sie verfluchte ihre Handtasche und kippte deren Inhalt vorsichtig auf die Fußmatte. `Hier wohne ich!´ stand auf der Matte unter einem Foto von Lotte geschrieben. Diese Kreation war das Geschenk ihrer Schwester vom letzten Weihnachtsfest, das sie alle gemeinsam bei Herbert und seiner Familie in dessen Reihenhaus in der Hermann-Ehlers-Straße verbracht hatten. Nachdem Mathilde bis auf den Schlüssel wieder alles in der Tasche verstaut hatte, öffnete sie die Tür. `Ich hätte den Dietrich nehmen sollen, das wäre schneller gegangen´, überlegte sie noch, bevor sie entsetzt aufschrie. „Martha", rief sie und rannte los. In Windeseile schnappte sie sich ein Küchenmesser von der Anrichte und befreite ihre auf dem Boden sitzende, geknebelte und gefesselte Haushälterin von den Stricken.

„Eine Unverschämtheit ist das", schrie Martha. „Jesus, Maria und Josef und alle afrikanischen Geister. Der soll mir zurückkommen, ich werde ihm eins mit der Bratpfanne überziehen." Umständlich rappelte sie sich auf. Mathilde hakte die aufgeregte Frau unter und geleitete sie zum Sofa im Wohnzimmer. Peter und Paul saßen eng aneinander gekuschelt auf Peters Stange in der Voliere. Sie sagten kein Wort.

„Mein Gott, der Schreibtisch", flüsterte Mathilde entgeistert. Der Einbrecher schien ein bestimmtes Ziel verfolgt zu haben. Das Wohnzimmer selbst war noch im gleichen Zustand wie am Morgen. Doch auf dem Schreibtisch herrschte heilloses Chaos. Der Mülleimer war auf dem Boden ausgeleert worden. Anscheinend hatte der Einbrecher dessen Inhalt untersucht. Der an den Computer angeschlossene Monitor war intakt, doch der auf dem Boden liegende Computer selbst war komplett zerstört. Einige Schleifspuren auf dem Parkettboden ließen vermuten, dass der Einbrecher versucht hatte, den Computer mitzunehmen. Anscheinend hatte er es mit der Angst zu tun bekommen und sich darauf beschränkt, das Gerät zu demolieren.

„Zum Glück habe ich gestern alle Daten auf das BlackBerry kopiert, Martha", sagte sie zu der vor sich hin schimpfenden Haushälterin. ʹUnd die Briefe sind in meiner Handtascheʹ, dachte sie erleichtert.

„Jetzt schellt es schon wieder, Mathilde", kommentierte Martha die Geräusche der Türklingel.

„Hilfe", schrie Peter und legte einen Flügel um Paul.

„Hilfe", echote dieser.

„Hat der Einbrecher geschellt?", erkundigte sich Mathilde, die sich auf den Weg zur Haustür machte.

„Sonst hätte ich ihm nicht geöffnet", erwiderte Martha. Wieder voller Energie erhob sie sich, um das Chaos auf Tisch und Boden zu beseitigen.

„Du sollst vorher durch das Sichtfenster blicken", sagte Mathilde ärgerlich.

Was Martha daraufhin entgegnete, hörte sie nicht mehr. Sie entriegelte das kleine Türfenster und sah zu ihrer Freude ihren Neffen in der Begleitung von Hans Flachs und Florian Vogel.

„Ihr kommt genau richtig, meine Lieben", sagte sie beim Öffnen der Tür.

„Guten Tag, Tante Mathilde", begrüßte Herbert sie. „Wieso kommen wir genau richtig? Ich möchte mit dir über den Einbruch sprechen."

„Gerne", antworte Mathilde. „Dafür besteht Bedarf. Folgt mir zum Tatort."

Sie kehrte den drei sprachlosen Beamten den Rücken zu und ging zurück ins Wohnzimmer.

„Warte mal, Mathilde", sagte Herbert entrüstet, seine Tante am roten Strickpullover festhaltend. „Der Tatort ist das Studierendenwohnheim, meine Liebe."

„Herbert, hör bitte auf mit dem Quatsch", erwiderte Mathilde, sich aus Herberts Griff befreiend. „Bei mir ist eingebrochen worden. Gestohlen wurde nichts, aber mein Computer ist hinüber."

„Martha, was machen Sie?", rief Herbert ungläubig.

Mathilde schlug die Hände vor das Gesicht.

„Martha, du kannst doch nicht alle Spuren beseitigen", sagte sie fassungslos.

Die Haushälterin hatte bereits aufgeräumt und wischte mit einem feuchten Lappen über den Schreibtisch.

„Der Einbrecher trug sowieso Handschuhe", entgegnete sie gleichmütig.

„Martha, jetzt setzten Sie sich zu mir an den Wohnzimmertisch", befahl Herbert energisch. „Hans, Florian, ihr untersucht das gesamte Haus. Und einer von euch ruft Jörg Tauben an. Vielleicht entdeckt er trotz Marthas Aufräumaktion etwas Hilfreiches."

Leicht beleidig folgte Martha der Anweisung des Kriminalhauptkommissars.

„Jetzt berichten Sie mir Ihr Erlebnis bitte von Anfang an", forderte er die stirnrunzelnde Haushälterin auf.

„Wie ich bereits Mathilde erzählt habe, schellte es um kurz nach zehn Uhr heute Vormittag an der Haustür", begann diese ihren Bericht. „Ich erwartete den Bauern mit den Eiern und blickte vor dem Öffnen der Tür nicht durch das Sichtfenster."

„Martha, heute ist Donnerstag", warf Mathilde kopfschüttelnd ein. „Die Eier werden freitags geliefert."

„Jedenfalls sah ich direkt in den Lauf einer Pistole", fuhr Martha ungerührt fort. „Ich erschrak mich zu Tode."

„Sie leben noch, Martha", stellte Herbert fest, und Martha schnaubte. „Wie sah die Waffe aus?"

„Kurzläufig und schwarz", gab Martha Auskunft. „Mehr kann ich dazu nicht sagen."

„Lutz Krumm besitzt einen Taurus 85S, Herbert", warf Mathilde aufgeregt ein. „Auf den passt diese Beschreibung."

„Der Einbrecher sprach kein Wort mit mir, doch als ich um Hilfe rief, stieß er mir warnend mit der Waffe vor die Brust. Ich traute mich nicht, weiterzuschreien ", erzählte Martha weiter. „Anschließend machte er mir durch Gesten klar, dass ich mich mit dem Rücken zum Küchentisch auf den Boden setzen sollte. Aus seinem Rucksack – der war übrigens so schwarz wie der Rest seiner Kleidung – nahm er die Stricke und die Tücher, mit denen er mich fesselte und knebelte. Wenig später hörte ich Peter und Paul um `Hilfe´ krächzen und mehrere laute Geräusche. Die Papageien machten so einen Lärm, dass der Eindringling nur wenig später an mir vorbei durch die Küche ins Freie lief. Der Rest der Geschichte ist Ihnen bekannt, Herr Mucke.“

„Herbert“, sagte Jörg Tauben, der am Tatort erschienen war.

„Was gibt es, Jörg?“, wollte der Angesprochene wissen.

„Ich werde die Reste des Computers mitnehmen und im Labor untersuchen lassen“, stellte der Beamte von der Spurensicherung fest. „Frau Krähenfuß, ist der Rechner passwortgeschützt?“

Mathilde nickte zustimmend.

„Wir werden dich jetzt verlassen“, kündigte Herbert an. „Wirst du zurechtkommen, Tante Mathilde?“

„Ich habe mich soeben entschieden, für drei Tage mit Lotte zu deiner Mutter nach Rosenthal zu verreisen“, erwiderte diese. „Martha, kümmere dich bitte um die Vögel. Ich werde in etwa zwei Stunden das Haus verlassen.“

Herbert erhob sich, um Hans und Florian zum Dienstwagen zu folgen. An der Tür hielt er inne, überlegte kurz und sagte schließlich: „Danke für die Fotos, Tante Mathilde. Und pass auf dich auf.“

Samstag, 27. Januar 2018

Maria Krumm ging am Klärwerk Buchenhofen vorbei.
Der Geruch, der in der Luft lag, war sehr unangenehm.
Das war nicht immer so. Es gab Tage, da roch die Luft
in dieser Gegend frisch. Anscheinend hatte sie einen
schlechten Tag erwischt. Maria langte in die Tasche des
Nerzmantels und entnahm ihr den `Miss Dior´-Flakon,
den sie vor ihrem Aufbruch vorsorglich eingesteckt hatte.
Sie sprühte etwas davon auf die Handgelenke und die
Halsbeuge. Am frühen Morgen hatte das Thermometer vier Grad angezeigt, und bis jetzt war es windstill
und niederschlagsfrei geblieben. Mimo war daheim im
Warmen und in der Obhut einer Studentin, die sich etwas Geld dazu verdienen wollte. Sarah Jung war heute
bereits zum zweiten Mal in der Eigentumswohnung
in Sonnborn. Maria schätzte ihre Bescheidenheit. Die
junge Frau gab sich erstaunlicherweise mit sieben Euro
fünfzig die Stunde zufrieden. Am Mittwochabend hatte
sie zum ersten Mal auf Mimo aufgepasst. `Sarah zeigt
Einsatz. Das machen heutzutage die wenigsten jungen
Menschen´, überlegte Maria, während sie endlich das
Klärwerk hinter sich ließ und auf einen steil anstei-
genden Weg in Richtung des Waldes abbog. Sarah Jung
hatte erzählt, Marias Adresse im Telefonbuch gefunden
zu haben. Sie hatte auf gut Glück nach Arbeit gefragt.
`Mir gefällt Sarah. Ihr vertraue ich Mimo gern an´,
dachte sie weiter. Trotz der Kälte geriet sie bei dem steilen Aufstieg ins Schwitzen. Anstrengende, körperliche
Betätigung war sie nicht gewöhnt. Atemlos erreichte sie
schließlich das Arboretum. Das Arboretum Burgholz

war mit einer Fläche von rund 250 Hektar und etwa hundert verschiedenen Laub- und Nadelbaumarten aus fast allen Kontinenten dieser Welt das flächenmäßig größte Anbaugebiet mit fremdländischen Baumarten in Deutschland. Maria liebte diesen Teil von Wuppertal, und die Ruhe hier war ihr die Anstrengung wert. Eine Weile ließ sie ihre Gedanken schweifen und genoss den Anblick der Natur. Plötzlich seufzte sie. Was sie vorhatte, lag ihr wie ein Betonklotz auf der Brust. Lange hatte sie mit sich gerungen, das Für und Wider gegeneinander abgewogen. Doch bevor sie das Telefonat würde führen müssen, das ihr Leben verändern könnte, benötigte sie eine Stärkung. Im Stillen dankte sie Gott, dass Rita sie immer wieder mit diesem Geschenk des Himmels versorgte. Den Joint hatte sie bereits zu Hause zusammengebaut, sie brauchte ihn nur noch anzuzünden. Tief inhalierte sie den süßlichen Rauch. Mit jedem Zug wurde sie sicherer, dass ihr Vorhaben gerechtfertigt war. Mimo und sie waren das Wichtigste auf der Welt. Diesen einzigen Schatz, den sie besaß, galt es unter allen Umständen zu schützen. Tief drang sie in den dichten Wald ein. Riesige Bäume säumten den Waldweg. Die immergrünen Nadelbäume wechselten die Farben, der Schnee erschien ihr silberblau. Der Zeitpunkt war gekommen, um die gespeicherte Nummer zu wählen. Sie war froh, dass Mathilde Krähenfuß von der Ronsdorfer Gazette ihre Telefonnummer hinterlassen hatte.

Mathilde saß neben Roswitha auf dem Beifahrersitz, als sich ihr BlackBerry lautstark bemerkbar machte. Sie griff nach ihrer auf der Rückbank liegenden Handtasche, zog sie eilig auf den Schoß und wühlte in ihrem Inneren. Als sie ihr Telefon endlich in den Händen hielt, war es verstummt.

„Ich sage dazu nichts, Mathilde", meinte Roswitha grinsend. Sie und ihre Schwester waren auf dem Weg zum historischen Rathaus in Frankenberg.

„Ich auch nicht", erwiderte Mathilde und drückte auf die Rückruftaste.

„Maria Krumm", meldete sich diese nach wenigen Sekunden. „Guten Tag, Frau Krähenfuß. Danke für ihren Rückruf."

„Frau Krumm?", sagte Mathilde erstaunt. „Was kann ich für Sie tun?"

Maria inhalierte ein letztes Mal, schmiss den glimmenden Rest des Joints auf den Boden und trat fest mit dem Fuß darauf.

„Ich werde Ihnen jetzt die Wahrheit erzählen", begann sie tapfer. „Es stimmt, dass wir am Sonntagabend vor Roberts Tod nach Köln fahren wollten, um dort unseren Hochzeitstag nachzufeiern. Wir waren auch dorthin unterwegs, als es zum Streit zwischen Lutz und mir kam. Natürlich ging es wieder einmal um Robert. Lutz regte sich fürchterlich über seine Hartnäckigkeit in Bezug auf ʻElite For You' auf. Er schrie mich sogar an, und ich begann heftig zu weinen. Er beschimpfte mich, sagte, ich sei eine Heulsuse und eine feige Kuh, die nichts dagegen unternehme, dass ihr Bruder öffentlich durchdrehe. Frau Krähenfuß, was konnte ich denn dafür, dass Robert nicht aufgeben wollte? Ich verteidigte mich, erwiderte, dass ich doch ausgestiegen sei und nichts für das Verhalten meines Bruders könne. Doch Lutz hatte sich in

Rage geredet, er nahm die Ausfahrt und fuhr einfach wieder zurück nach Wuppertal. Er setzte mich vor der Haustür ab und fuhr kommentarlos davon. Erst spät in der Nacht kehrte er zurück."

„Wann genau kam ihr Mann zurück?", unterbrach Mathilde Maria.

„Um kurz vor drei Uhr am Montagmorgen", antwortete diese leise. „Er war alkoholisiert, und ich traute mich nicht, ihn zu fragen, wo er gewesen sei. Nachdem nicht nur Sie mich besuchten, sondern auch die Kriminalpolizei zur Befragung bei uns daheim erschien, kann ich nicht weiter schweigen. Ich habe Angst mich mitschuldig zu machen, falls Lutz…." Maria verstummte. „Ich muss doch an Mimo und mich und natürlich die Mädchen denken. Was soll aus ihnen werden, sollte ich ins Gefängnis müssen, weil ich gelogen habe?"

„Jetzt beruhigen Sie sich, Frau Krumm", sagte Mathilde beschwichtigend. „Ich werde ein gutes Wort für Sie bei meinem Neffen einlegen. Machen Sie sich keine Sorgen. Es ist gut, dass Sie mir die Wahrheit gesagt haben."

„Das habe ich gehofft, Frau Krähenfuß", erwiderte Maria, und Mathilde vernahm die Erleichterung, die in ihrer Stimme mitschwang. „Und ich habe eine Bitte."

„Die wäre?", fragte Mathilde.

„Könnte meinem Mann verschwiegen werden, dass ich gegen ihn ausgesagt habe?", wollte sie hoffnungsvoll wissen.

„Sie werden Ihre Aussage gegenüber der Polizei wiederholen müssen", antwortete Mathilde ehrlich. „Daraus werden rechtliche Konsequenzen entstehen. Es ist unvermeidlich, dass ihr Mann davon erfahren wird."

Maria schluckte. Damit hatte sie gerechnet.

„Ich wünsche Ihnen viel Kraft, Frau Krumm", sagte Mathilde ruhig. Sie beendete das Telefonat, und Maria machte sich zitternd auf den Heimweg. Es galt, sich auf den Besuch der Kriminalpolizei vorzubereiten.

„Wichtige Neuigkeiten?", erkundigte sich Roswitha neugierig, während sie ihren roten Opel Astra zum unmittelbar neben dem historischen Rathaus in der Frankenberger Altstadt gelegenen Parkhaus lenkte.

Mathilde lachte.

„Schwesterherz", antwortete sie, „in dieser seltsamen Familie denkt jeder nur an sich. Eine Frau klagt ihre Halbschwester an, deren Mann ermordet zu haben, was sich nicht bestätigt hat. Jetzt verdächtigt eine weitere Frau ihren Ehemann, ihren Bruder um die Ecke gebracht zu haben. Meine Aufgabe wird es sein, deinen Sohn zu informieren. Lassen wir den Dingen ihren Lauf. Würdest du mich bitte aussteigen lassen, bevor du einen Parkplatz suchst? Ich möchte kurz mit Herbert telefonieren und anschließend endlich diesen wunderbaren Wochenmarkt der Landfrauen besuchen."

Nachdem Mathilde ihrem Neffen Bericht erstattet und dieser sich auf den Weg zu den Krumms gemacht hatte, betrat sie mit Roswitha das historische Rathaus. Jeden Samstag fand hier dieser entzückende, kleine Markt der Landfrauen statt. Zielstrebig schritt Mathilde zu ihren drei Lieblingsständen, während ihre Schwester einen Plausch mit der Marmeladenfrau hielt. Am ersten Stand kaufte sie ihre Lieblingswurst, die Ahle Wurscht, die es nur im Hessenland gab. Anschließend füllte sie ihren mitgebrachten Weidenkorb mit etwas Schafswurst. Zuletzt langte sie kräftig am Ziegenkäse-Stand zu. Trotzdem war sie dieses Wochenende unruhig. Sie beschloss, noch diesen Nachmittag nach Wuppertal zurückzufahren.

Montag, 29. Januar 2018

Dringend Tatverdächtiger im Mordfall Robert Bock sitzt in Untersuchungshaft!

Der Ehemann von Robert Bocks Schwester, Dr. Lutz Krumm, wurde am Samstagabend von der Kriminalpolizei in der Sonnborner Familienwohnung festgenommen.

Von Mathilde Krähenfuß

SONNBORN. Völlig unerwartet gab die Ehefrau des Verdächtigen und Schwester des Ermordeten, Maria Krumm, am Samstag der Polizei den ausschlaggebenden Hinweis, der zur vorläufigen Festnahme von Lutz Krumm geführt hat. Der leitende Oberarzt der HNO-Abteilung des Barmer Helios Klinikums steht unter dem Verdacht, seinen Schwager ermordet zu haben. Nach Angabe von Kriminalhauptkommissar Herbert Mucke wird er ebenfalls in Zusammenhang mit einem bewaffneten Raubüberfall in der Mirker Höhe gebracht. Laut Aussage der Haushälterin der Geschädigten, Martha Awolowo, deckt sich die Tatwaffe mit dem Revolver des Verdächtigen. Dieser besaß aufgrund

168

seines Jagdscheins und einer Sondergenehmigung die Er-
laubnis, außer Langwaffen zusätzlich noch zwei Kurzwaf-
fen zu besitzen. Das genaue Motiv ist noch unklar. Die
Polizei schließt Mord aus Angst vor öffentlicher Ächtung
nicht aus. Die Ronsdorfer Gazette wird weiter über den
Verlauf des Geschehens berichten.

„Der Gang erinnert mich an einen Schulflur", sagte Mathilde zu ihrem Neffen, als sie in Begleitung eines Ge-
fängnisbeamten den schmalen, hell erleuchteten Gang
auf der ersten Etage der JVA in Wuppertal Vohwinkel
durchquerten.

„Nur die bunten Bilder fehlen", stellte Herbert fest.
„Und kein Schüler ist unterwegs zur Toilette."

„Wie war die Festnahme von Krumm?", erkundigte
Mathilde sich.

„Selten habe ich so ein Drama erlebt", gab Herbert
Auskunft. „Nachdem ich allein mit Maria Krumm
gesprochen hatte, kamen Hans und Florian mit Lutz
Krumm hinzu. Er tobte, schrie, wie seine eigene Frau
ihn des Mordes bezichtigen könne. Und das nach allem,
was er für sie getan habe. Sogar ein indisches Balg habe
er ihr gekauft. Das sei jetzt der Dank dafür, keifte er."

„Gekauft", wiederholte Mathilde kopfschüttelnd.
„Seine Sprache sagt viel über ihn aus. Und so jemand
ist Oberarzt im Krankenhaus."

„Wir sind da", mischte der Justizvollzugsbeamte sich
ein. „Ich werde vor der Zellentür auf Sie warten." Er
klopfte kurz und heftig an die blaue Zellentür und sagte:
„Herr Krumm, Sie werden jetzt von der Polizei vernom-
men."

„Guten Morgen, Herr Krumm", begrüßte Herbert den auf seiner Pritsche sitzenden Mann.

Im Gegensatz zu ihrer letzten Begegnung erschien Lutz Krumm Mathilde unter seiner gewiss aus dem Solarium stammenden Bräune blass. Man hatte ihm seine private Kleidung gelassen, doch er wirkte zerknittert und niedergeschlagen.

„Guten Morgen", echote er verächtlich. „Ich habe nichts, wirklich gar nichts mit dem Tod meines Schwagers zu tun. Warum bitte sitze ich hier? Und warum bringen Sie diese Frau mit? Sie ist doch an allem Schuld. Mussten Sie unser Leben derart öffentlich breittreten?" Wütend funkelte er Mathilde an.

„Drangen Sie deshalb in das Haus meiner Tante ein und versetzten die arme Frau Awolowo in Todesangst?", wollte Herbert wissen.

Lutz runzelte überrascht die Stirn.

„Wer ist Frau Awolowo? Wozu beschuldigen Sie mich denn noch alles?", fragte er böse.

Mathilde zog den schlichten Stuhl unter dem kleinen Schreibtisch neben dem Waschbecken und der Toilette hervor und setzte sich. Lutz Krumms Zelle war so schmal wie ihr Badezimmer.

„Martha Awolowo ist meine Haushälterin", klärte sie den aufgebrachten Häftling auf.

„Sie bedrohten sie mit Ihrem Revolver, schon vergessen?", fragte Herbert sarkastisch. „Und jetzt der Reihe nach, Herr Krumm. Was haben Sie uns bezüglich der Aussage Ihrer Frau heute zu sagen? Bedenken Sie, wenn Sie weiter lügen, machen Sie für sich selbst alles nur noch schlimmer."

Lutz Krumm seufzte tief.

„Was denken Sie, warum ich Ihnen nicht die Wahrheit gesagt habe?", fragte er leise.

„Weil die Wahrheit Sie in Verdacht gebracht hätte", antwortete Mathilde.

„Ich habe schlicht und ergreifend kein stichfestes Alibi für die Tatzeit", fuhr Lutz fort. „Nachdem ich Maria vor unserer Wohnung abgesetzt hatte, fuhr ich zur nächsten Tankstelle, besorgte mir etwas Starkes zu trinken und fuhr in Richtung Vohwinkel zur Ehrenhainstraße, dahin, wo früher das Schwimmbad war."

„An welcher Tankstelle hielten Sie und wann genau?", hakte Herbert nach. Er hatte einen Block in der Hand und schrieb eifrig mit. Mathilde verkniff sich die Bemerkung, dass ihr BlackBerry auf Tonaufnahme geschaltet war.

„Ich war aufgeregt. So genau erinnere ich mich nicht, wann ich die Aral-Tankstelle Am Westring erreichte", erwiderte Lutz Krumm, sich die Haare raufend. „Ich denke, es wird gegen neun Uhr gewesen sein."

„Wir werden überprüfen, ob es eine Videoaufnahme davon gibt, und ob sich jemand an Sie erinnern kann", erklärte Herbert bestimmt. „Doch was machten Sie anschließend?"

„Ich fuhr zu dem Parkplatz an der Ehrenhainstraße, schaltete den Motor aus und betrank mich mit dem zuvor gekauften Schnaps", erzählte Lutz Krumm. „Anschließend fehlen mir etliche Stunden. Ich muss wohl eingeschlafen sein. Noch betrunken fuhr ich kurz vor drei Uhr am Montagmorgen in Richtung Heimat. Darauf bin ich als Arzt nicht gerade stolz, wie Sie verstehen werden."

„Hat Sie irgendjemand gesehen, der das bezeugen könnte?", fragte Herbert weiter.

Lutz Krumm schüttelte den Kopf.

„Nicht, dass ich wüsste", erwiderte er betreten. „Und jetzt muss ich erleben, dass Maria mir den Mord an Robert in die Schuhe schieben möchte. Dass sie mir so etwas überhaupt zutraut, ist eine Frechheit."

„Vielen Dank erstmal, Herr Krumm", sagte Herbert. „Nur eine Frage noch. Wie erklären Sie sich, dass Ihre Waffe in den Händen eines Vermummten im Haus meiner Tante auftauchte, wenn Sie selbst angeblich nicht der Einbrecher waren?"

„Es gibt gewiss noch mehr Revolver dieser Art in Wuppertal", sagte Lutz Krumm. „Wer weiß denn, was diese Awolowo überhaupt gesehen hat?"

„Wir werden alles eingehend untersuchen, Herr Krumm", sagte Herbert und gab Mathilde das Zeichen zum Aufbruch.

„Hätte mir Maria damals bloß kein Kind untergejubelt", sagte Lutz Krumm, während Herbert an die Zellentür klopfte, um von dem draußen wartenden Beamten rausgelassen zu werden. „Hätte ich gewusst, dass sie es verlieren würde, hätte ich mich nicht zur Ehe drängen lassen und in diese schreckliche Familie eingeheiratet."

„Magst du noch einen Kaffee trinken?", erkundigte sich Herbert auf dem Besucherparkplatz.

Mathilde schüttelte den Kopf.

„Ich werde einen ausgiebigen Spaziergang mit Lotte unternehmen und nachdenken", erwiderte sie. „Die Luft ist angenehm klar, und die Sonne scheint. Ein Ausflug in den Wald wird mir gut bekommen. Was ist mit den Fingerabdrücken? Tauben hat welche auf der Bettwäsche Robert Bocks gefunden. Sind sie mit denen von Lutz Krumm kompatibel?"

„Das Problem sind die Minutien", erklärte Herbert bedächtig. „Bei Nichterkennbarkeit des Grundmusters kann ein Abdruck erst ab zwölf Minutien Übereinstimmungen als eindeutiger Beweis verwendet werden. Bei Erkennbarkeit des Grundmusters genügen acht Minutien. Wir haben jedoch mit sieben Minutien und Nichterkennbarkeit des Grundmusters deutlich weniger Übereinstimmungen vorgefunden. Ein Geständnis wäre mir also lieb."

„Was genau muss ich mir unter Minutien vorstellen?", fragte Mathilde interessiert nach.

„Minutien sind kleinste Verzweigungen", erklärte Herbert. „Kein Fingerabdruck ist mit einem anderen identisch, dennoch gibt es oftmals einander ähnelnde Abdrücke. Eltern und ihre Kinder haben mitunter sehr viele Übereinstimmungen in den Fingerabdrücken. Tauben konnte noch nicht mal mit Gewissheit sagen, dass der Täter männlich ist."

„Also ist seine Täterschaft somit ausgeschlossen?", wollte Mathilde wissen.

„Ganz und gar nicht", sagte Herbert. „In diesem Fall genügt jedoch der Vergleich der Fingerabdrücke nicht. Wir benötigen mehr Beweise oder ein Geständnis." Er schüttelte sich und nahm den Autoschlüssel aus der Manteltasche. „Mir ist kalt. Ich werde erstmal versuchen, von der Wache aus die Häufigkeit angemeldeter Revolver der Marke Taurus 85S zu überprüfen. Der von Lutz Krumm liegt bei Tauben auf dem Tisch."

Dienstag, 30. Januar 2018

Die Luft war heute deutlich milder als gestern. Es taute und war stellenweise sehr matschig. Deswegen trug Mathilde ihre Gummistiefel, als sie mit Lotte von der Kirchhofstraße in die Garterlaie abbog. Sie hatte einen mehrstündigen Fußmarsch hinter sich. Spontan hatte sie sich auf ihrer Wanderung dazu entschlossen, Maria Krumm einen Überraschungsbesuch abzustatten. Ein Blick auf ihre goldene Armbanduhr verriet ihr, dass es mittlerweile kurz vor zwölf Uhr war.

`Kann gut sein, dass ich Glück habe und Maria Krumm um diese Uhrzeit zu Hause ist´, überlegte sie gut gelaunt. Vor sich hin summend, öffnete sie nach einem raschen Blick über ihre Schulter den Deckel einer am Straßenrand stehenden Mülltonne und ließ die Plastiktüte mit Lottes Geschäft hineinfallen. Wenige Minuten später erblickte sie in der Ferne das Eckhaus, in dem die Krumms wohnten. Eine Gestalt vor der Tür beugte sich nach unten. Es wirkte auf Mathilde, als ob die Person ein Tier streicheln würde. Neugierig schritt sie kräftig aus. Jetzt erhob die Person sich, die, wie sie mittlerweile erkennen konnte, eine enge, rosafarbene Hose trug. Eine Mütze in derselben Farbe bedeckte den Kopf der Frau, ein blonder Zopf fiel ihr über den Rücken.

„Frau Jung", rief Mathilde überrascht aus. „Was machen Sie denn hier?"

Sarah Jung zuckte erschrocken zusammen. Mathilde den Kopf zuwendend, erwiderte sie: „Guten Tag, Frau Krähenfuß. Das Gleiche könnte ich Sie fragen." Sie hatte sich schnell gefangen und schenkte Mathilde ein gewinnendes Lächeln.

„Frau Krähenfuß?", sagte Maria Krumm erstaunt, die, Mimo an der Hand haltend, auf die Straße trat.

„Guten Tag, Frau Krumm", erwiderte Mathilde freundlich. „Ich hoffe, ich störe Sie nicht. Zufällig bin ich gerade mit meiner Hündin hier vorbeispaziert und sah Frau Jung vor Ihrer Haustür stehen."

„Sie kennen sich?", wollte Maria neugierig wissen.

Sarah warf Mathilde einen Blick zu, und diese zögerte. Schließlich antwortete sie nur: „Frau Jung und ich kennen uns flüchtig vom gemeinsamen Essen in der Mensa. Dort speise ich ab und an."

„Ach so ist das", entgegnete Maria. „Frau Jung ist seit kurzer Zeit meine Babysitterin. Rita und ich waren eben gemeinsam in der Stadt, um Geburtstagsgeschenke für Mimo zu kaufen. Er wird am sechzehnten Februar sechs Jahre alt."

„Ist Frau Bock anwesend?", fragte Mathilde nach.

„Wir haben uns Matjes aus der Stadt mitgebracht", antwortete Maria nickend. „Dazu frisches Schwarzbrot. Aber kommen Sie doch rein, Frau Krähenfuß. Auf Wiedersehen, Frau Jung. Ich werde mich wieder bei Ihnen melden."

Mathilde folgte Maria in den Flur.

„Warten Sie bitte einen Augenblick. Ich werde Ihnen ein Handtuch für Ihren Hund bringen", kündigte Maria an.

„Es hat ganz ausgezeichnet geschmeckt", sagte Mathilde anerkennend, während sie sich mit der Serviette den

Mund abwischte. „Vielen Dank, aber das wäre nicht notwendig gewesen." Sie saß gemeinsam mit den Schwestern und dem kleinen Jungen am Esszimmertisch. Verstohlen blickte sie zu dem Schrank, dem Maria bei ihrem letzten Besuch das Kissen mit dem Revolver entnommen hatte.

„In der Gazette schrieben Sie von einem Einbruch. Inwiefern hängt dieses Verbrechen mit Roberts Tod zusammen?", fragte Rita, die im Schneidersitz auf ihrem Stuhl saß. Ihre Schultern wurden von einem bunten Fransentuch bedeckt, ihren Hals zierte die Kette mit der Friedenstaube.

„Tatsächlich wurde vergangenen Donnerstag bei mir eingebrochen", berichtete Mathilde. Sie betrachtete die beiden ungleichen Schwestern genau. Keine der zwei wirkte betroffen von dem Verlust des älteren Bruders oder aufgewühlt wegen der Inhaftierung von Marias Ehemann. „Anscheinend wollte der Einbrecher Einsicht in meine auf dem Computer gespeicherten Dokumente nehmen. Laut Information der Polizei gelang es ihm in der kurzen Zeit nicht, mein Passwort zu knacken", fuhr sie fort. ʽKein Wunder, wer kommt schon auf Rumpelstielzchenlottchen88ʼ, dachte sie schmunzelnd. „Der Versuch, meinen Rechner zu entwenden, misslang ebenfalls, so dass der Täter seine Wut an dem Gerät ausließ und ihn zerstörte."

„Wie schrecklich", rief Maria aus. „War das auch Lutz?"

„Meine Haushälterin beschrieb die Waffe, mit der sie bedroht wurde", erklärte Mathilde. Sie blickte Maria fest in die blauen Augen. „Diese Beschreibung traf auf den Revolver Taurus 85S Ihres Mannes zu. Sie werden gewiss verstehen, dass der Verdacht auf eine Verbindung des Einbruchs mit dem Mord an Ihrem Bruder nahe liegt."

„Wie ist denn der Stand der Ermittlung?", erkundigte sich Rita hastig. „Hat Lutz bereits gestanden?"

„Bisher leugnet er die Tat", antwortete Mathilde.

„Aber auch ohne Geständnis wird man ihn verurteilen, nicht wahr?", fragte Rita nach.

„Um Himmels willen", warf Maria aufgeregt ein. „Nicht auszudenken, er wäre es nicht gewesen. Dass ich ihn ausgeliefert habe, wird er mir nie verzeihen."

„Ohne Geständnis und weitere Beweise wird es gewiss zur vorläufigen Freilassung Ihres Mannes kommen", erwiderte Mathilde. Sie blickte aufmerksam auf Rita, die nervös an ihrer Kette nestelte. „Die Fingerabdrücke, die am Tatort gefunden wurden, sind mit den seinen nicht kompatibel." Mathilde verschwieg, dass die gefundenen Abdrücke nicht gut zu analysieren waren. „Machen Sie sich keine Sorgen, die Polizei wird den Fall aufklären. Verlassen Sie sich darauf!"

Mathilde registrierte, dass schlagartig die Farbe aus Rita Bocks Wangen wich.

„Fingerabdrücke?", fragte diese nervös. „Der Täter trug Handschuhe, wie konnte er trotzdem Fingerabdrücke hinterlassen?"

Mathilde atmete tief durch.

„Frau Bock", sagte sie, langsam mit der Hand in ihre Hosentasche fassend. Vorsorglich trug sie ihr BlackBerry seit dem Wochenende griffbereit am Körper. Das ständige Suchen in ihrer Handtasche konnte ihr sonst noch zum Verhängnis werden. „Woher wissen Sie, dass der Täter oder die Täterin Handschuhe trug? Mir scheint, der Mord wurde aus einer Notlage heraus begangen und war nicht wohl überlegt." Vorsichtig zählte sie beim Abfühlen der Tasten bis drei. „Vielleicht vergaß der Täter einfach, Handschuhe überzustreifen?"

„Wer würde so dämlich sein?", entgegnete Rita. Sie schlug die Beine auseinander, und ihre Füße schlugen laut auf dem Boden auf. Die fahle Gesichtsfarbe war einer ungesunden Röte gewichen. „Was wollen Sie, Frau Krähenfuß? Wen möchten Sie hier provozieren?"

Als Mathilde die richtige Taste gefunden hatte, atmete sie tief aus und drückte eine Ad hoc-Nachricht zur Polizeiwache. Dort würde augenblicklich Alarm ausgelöst und ihr Standort übermittelt werden.

„Die Beamten von der Spurensuche fanden auf Robert Bocks Bettwäsche Fingerabdrücke", berichtet Mathilde ruhig, die Aufnahmetaste des BlackBerrys drückend. „Geht es Ihnen nicht gut, Frau Bock? Sie sind ganz rot im Gesicht."

Rita Bock begann am ganzen Leib zu zittern.

„Rita, was ist los?", erkundigte sich Maria besorgt. „Ist dir der Matjes nicht bekommen?"

„Warum gab er auch keine Ruhe?", platzte es aus Rita raus.

„Wer gab keine Ruhe, Rita?", fragte Maria verständnislos.

„Na unser lieber Bruder natürlich", sagte Rita böse. „Er konnte es Dietmar nicht gönnen, dass dieser einen großen Karrieresprung machen würde." Rita griff nach dem scharfen Messer, mit dem sie die Köpfe von den Fischen abgeschnitten hatten. „Wegen meiner gemeinsamen Zukunft mit Dietmar musste ich etwas dagegen unternehmen." Sie sprang mit der Geschmeidigkeit der ausgebildeten Kampfsportlerin auf. Panisch stieß sie ihren Stuhl um und griff nach dem Arm des kleinen Jungen.

„Tante Rita", wimmerte dieser, dem die verzweifelte Frau das Messer an die Kehle hielt. „Beweg dich nicht, Mimo", befahl Rita hart. „Keiner bewegt sich."

„Rita", schrie Maria.

„Frau Bock, haben Sie Ihren Bruder Robert durch die Gabe einer Überdosis Insulin vorsätzlich ermordet?", fragte Mathilde. Sie blickte auf die Wanduhr. Es galt, Zeit zu schinden. „Haben Sie ihn am späten Abend in seinem Haus Am Anschlag besucht und ihn überredet, Ihnen irgendetwas in seinem Schlafzimmer zu zeigen?"

Das Messer in Ritas Hand zitterte.

„Haben Sie ihn mit gezielten Kampfsportgriffen überwältigt, ans Bett gefesselt und schließlich eiskalt zu Tode gespritzt?", fragte Mathilde weiter.

„Ich habe es aus Liebe getan", ereiferte sich Rita. „Mit Carlo Langerfeld an der Seite wird Dietmar endlich sein ganzes Potential entfalten können. Er hat es verdient, Anerkennung zu bekommen. Und ich habe mein Leben lang darauf gewartet, mit ihm zusammmen sein zu dürfen. Das ist alles, was zählt."

„Meinst du etwa, Dietmar liebt so ein hässliches Entlein wie dich?", schrie Maria. „Wenn du mich ansiehst, erblickst du die Frau, nach der er sich immer noch sehnt."

„Hilfe, Mama! Tante Rita, du tust mir weh", sagte Mimo, dessen Augen vor Angst weit aufgerissen waren.

„Frau Bock", sagte Mathilde eindringlich. „Wenn Sie den Jungen verletzen, wird alles nur noch schlimmer für Sie werden."

„Wenn ich schon ins Gefängnis muss und das Liebste verlieren werde, das ich habe, soll es Maria ebenso gehen", sagte Rita hasserfüllt.

'Einer Frau, die voller Berechnung ihren Bruder hinrichtet, der ist alles zuzutrauen. Sie ist nicht bei Sinnen', dachte Mathilde entsetzt. Sie musste eingreifen. Die Beamten würden gewiss noch auf sich warten lassen. In Mathildes Gehirn ratterte es. „Frau Bock, es ist noch nicht alles aus", sagte sie beschwichtigend. „Sie haben es doch geschafft. Carlo Langerfeld und Wolf handeln bereits die Verträge aus."

„Was habe ich noch davon?", rief Rita theatralisch aus. „Ich werde Mimo mit in den Tod nehmen."

Marias gellender Schrei machte Mathilde bewusst, dass sie nicht länger zögern durfte. Rita meinte ernst, was sie androhte. Es galt, Mathildes Joker auszuspielen. Sie setzte ihn nicht gern ein, doch jahrelanges, intensives Training hatte sie auf diesen Moment vorbereitet.

„Lotte", rief sie. „Die", Mathilde zeigte auf Rita. „Fass!"

Wie eine Rakete schoss die ansonsten so sanftmütige Lotte auf Rita zu. Diese richtete das Messer auf die Hündin. Lotte jaulte schmerzerfüllt auf. Blut floss, und sie warf Rita auf den Rücken. Die Fänge an ihrer Kehle saß sie knurrend auf ihrer Brust. Plötzlich ging alles ganz schnell. Die Tür krachte auf, und Herbert stürmte in Begleitung mehrerer, bewaffneter Polizeibeamten die Wohnung.

„Lotte", rief Mathilde, und Tränen liefen über ihr Gesicht. Der Teppichboden war rot vor Blut, Lottes Blut. Rita und Mimo waren unverletzt. Durch den Tränenschleier hindurch sah Mathilde Maria Krumm, die ihren

Jungen fest an sich drückte. Rita Bock waren Handschellen angelegt. Sie wurde von zwei Polizeibeamten abgeführt.

„Tante Mathilde, ist alles in Ordnung mit dir?", erkundigte sich Herbert besorgt.

Mathilde schüttelte den Kopf. Sie riss die Tischdecke herunter und störte sich nicht an dem Geräusch der zu Boden fallenden Gedecke. So schnell, wie sie es vermochte, schnitt sie den Stoff zurecht und machte Lotte einen Druckverband. „Herbert, du wirst mich zur Tierklinik nach Haan fahren müssen. Lotte hat eine tiefe Schnittwunde. Ich muss fest gegen drücken, sonst verblutet sie mir. Mach bitte schnell. Lotte hat dem Jungen das Leben gerettet", sagte sie tränenüberströmt. Herbert hatte seine Tante noch nie so aufgelöst gesehen. Er gab seinem Team letzte Kommandos und fuhr mit Mathilde davon.

Mittwoch, 31. Januar 2018

Lutz Krumm saß im Esszimmer am Tisch und starrte an die Wand. Sämtliche Bilder von Maria und Mimo hatte er abgenommen, lediglich einige wenige Aufnahmen seiner Töchter hingen noch zwischen seinen Jagdtrophäen. Nachdem man ihn gestern aus der Untersuchungshaft entlassen hatte, war er lange mit dem Wagen durch die Gegend gefahren, bevor er sich auf den Weg nach Sonnborn gemacht hatte. Dort hatte er sich frische Anziehsachen besorgt und war für die Nacht zu Linda Bock gefahren. Diese hatte verstanden, dass er Marias Gesellschaft nicht ausgehalten hätte. Von dort aus hatte er mit seiner Ehefrau telefoniert, ihr seinen Scheidungswunsch verkündet und ihr unmissverständlich klar gemacht, dass sie die auf seinen Namen laufende Wohnung zu verlassen habe. Die Hälfte des während der bestehenden Zugewinngemeinschaft geerbten Geldes ihres Vaters könne sie ihm nicht nehmen, die Apanage werde er ihr zugunsten der Kinder überlassen. Heute Vormittag war es ruhig in der Wohnung. Maria war mit den drei Kindern verschwunden.

Kain und Abel in Wuppertal!

Dramatische Wendung im Mordfall Robert Bock!

Von Mathilde Krähenfuß

SONNBORN. Die achtundvierzigjährige Schwester des Ermordeten, Rita Bock, gestand gestern am frühen Nachmittag in der Wohnung ihres zuvor als tatverdächtig inhaftierten Schwagers, Lutz Krumm, der Polizei den Mord an ihrem Bruder. Laut der Aussage von Kriminalhauptkommissar Herbert Mucke gab sie an, aus Angst um den Fortbestand des väterlichen Unternehmens 'Elite For You' unter der Führung Dietmar Wolfs den Bruder zum Schweigen gebracht zu haben. Dessen beharrlicher Versuch, sich in die väterliche Firma einzuklagen, habe die Verhandlungen mit Carlo Langerfeld nicht nur verzögert, sondern zudem dessen Zusage in Frage gestellt. Sie habe den Mord ihrem Lebensgefährten, Dietmar Wolf, zuliebe begangen, dem sie mit ihrer Tat seine Position in dem Familienunternehmen sichern wollte.

Mathilde wurde von Martha bei der Lektüre ihres soeben erschienenen Artikels unterbrochen.

„Es ist fast elf Uhr", sagte diese leise. „Du kannst jetzt in der Klinik anrufen."

Mathilde seufzte tief.

„Ich habe Angst, Martha", flüsterte sie.

„Komm weg von dem Schreibtisch, und setz dich hier zu mir auf das Sofa", forderte Martha bestimmt.

Mathilde nahm das Telefon aus der Ladestation und kam Marthas Aufforderung nach. Mit zittrigen Fingern wählte sie die Nummer der Tierklinik.

„Schönen Guten Tag, Frau Jansen, Krähenfuß am Apparat", begrüßte sie die Tierarzthelferin am anderen Ende der Leitung. „Ich rufe wegen des gestrigen Notfalls an, der Mischlingshündin Lotte. – Danke, das wäre nett." Es dauerte eine gefühlte Ewigkeit bis die Stimme des diensthabenden Tierarztes die Warteschleife ablöste. Er informierte Mathilde, dass Lotte die Operation gut überstanden habe, bereits erwacht sei und am Nachmittag abgeholt werden könne. Weiter sagte er zu Mathildes großer Erleichterung, dass die Wunde längst nicht so tief sei wie zu Beginn angenommen.

„Also ist sie außer Lebensgefahr. Was für ein Glück", sprach sie aufatmend in den Telefonhörer. „Ich werde Lotte gegen sechzehn Uhr abholen. Auf Wiederhören, Herr Doktor."

„Siehst du, Mathilde", sagte Martha, die im Stillen gleichzeitig allen afrikanischen Tiergeistern und der Jungfrau Maria dankte. „So leicht gibt sich unser Lottchen nicht geschlagen. Ich bin sehr stolz auf sie."

Verstohlen wischte Mathilde mit ihrem Zeigefinger eine

Träne der Erleichterung weg. Sie schüttelte sich, um die verkrampften Schultern zu lockern, straffte den Rücken und sagte: „Ich werde mich jetzt zur JVA begeben. Dort werden Herbert und ich ein Gespräch mit Rita Bock führen. Wir sehen uns am Nachmittag mit Lotte, Martha."

Mathilde legte ihren Arm um die zitternde Rita Bock. Trotz allem, was geschehen war, hatte sie Mitleid mit ihr. Sie saß neben ihr auf der Pritsche, Herbert hatte auf dem Schreibtischstuhl der Zelle Platz genommen.

„Frau Bock", sagte Mathilde behutsam. „Was soll ich auf Ihre Frage antworten? Wem steht es zu, darüber zu urteilen, ob Sie ein guter oder schlechter Mensch sind? Fest steht, Sie haben Ihren Bruder auf grausame Art und Weise ermordet, es zugelassen, dass Ihr Schwager dafür in Untersuchungshaft kam, Mimo mit dem Tod gedroht und meine Hündin schwer verletzt. Soll ich Sie dafür jetzt loben?"

Rita schluchzte laut und verbarg das Gesicht hinter den Händen. Ihre Schultern zuckten, und es dauerte, bis sie schließlich antwortete: „Nachdem Maria gesagt hatte, ich sei ein hässliches Entlein, und Dietmar würde in Wahrheit immer noch sie lieben, brannte bei mir eine Sicherung durch."

„Ich verstehe nicht, wie eine religiöse Frau wie Sie, die sich im Tierschutz engagiert und in der Gemeinde die Senioren betreut, derart abhängig von der Gunst eines Mannes sein kann. Sicher werden Sie Ihren Seelsorger zu sprechen bekommen, und er wird Ihnen die Beichte abnehmen, aber ist es damit für Sie getan?", fragte Mathilde kopfschüttelnd.

„Natürlich verstehen Sie das nicht, Frau Krähenfuß", erwiderte Rita mit leichtem Trotz in der heiseren Stimme. „Sie leben in Ihrer kleinen Puppenhausidylle mit Ihren Vögeln, dem Hund und Ihrer Haushälterin. Nebenbei spielen Sie in Ihrer Freizeit Miss Marple und veröffentlichen jeden Mist in der Zeitung. Was für Rücksicht nehmen Sie? Wen hatte es zu interessieren, wer von uns Geschwistern nicht mit dem Pflichtteil zufrieden war? Mein Vater war kein Engel, Frau Krähenfuß. Keiner von uns wusste, dass wir so wenig bekommen würden. Das Einzige, was ich von Dietmar wusste, war, dass er als Geschäftsführer fungieren sollte, falls meinem Vater etwas geschehen würde. Mehr war auch Dietmar nicht bekannt. Die Mayer, ja die wusste natürlich von ihrem Glück. Sie hatte es schließlich schriftlich, dass sie Eigentümerin des Grundstücks und der Villa in Ronsdorf ist. Die gesamte Gemäldesammlung dem Museum zu stiften, zu schenken, unverschämt. Wissen Sie, um welche Werte es geht? Wir reden von Millionen Euro, nicht über ein paar läppische zweihunderttausend." Rita holte tief Luft, und Mathilde signalisierte ihrem Neffen, dass er ihr das gefüllte Wasserglas auf dem Schreibtisch anreichen sollte. Dankbar nahm Rita ein paar Schlucke. „Doch ich konnte mich mit den zweihunderttausend Euro und der Apanage bescheiden, gemeinsam mit Dietmar in dessen gehobener Position hätte unserem Glück nichts im Wege gestanden. Ich musste Robert aufhalten, damit Langerfeld nicht abspringt."

„Das ist er im Übrigen, Frau Bock", sagte Mathilde mit geschürzten Lippen.

„Wie bitte?", fragte Rita erschrocken.

„Es waren ihm zu viele Verbindungen der Firma zu einem Gewaltverbrechen", antwortete Mathilde ruhig. „Erst wird Ihr Schwager festgenommen, jetzt haben Sie den Mord gestanden. Damit wollte er nicht weiter in Zusammenhang gebracht werden. Durch Ihre Tat haben Sie das Gegenteil von dem bewirkt, was Sie erreichen wollten."

„Woher wissen Sie das?", wollte Rita wissen.

„Herr Wolf hat mich um einen Gesprächstermin am Donnerstag gebeten", antwortete Mathilde. „Dabei erwähnte er diese Neuigkeit. Morgen wird er mir ausführlicher berichten."

„Frau Bock", mischte Herbert sich ein. „Meine Aufgabe Ihnen gegenüber ist erfüllt. Alles Weitere wird der Richter entscheiden. Werden Sie Ihr Geständnis bei der Verhandlung wiederholen?", fragte er ernst.

Eine Weile schwieg die Angesprochene.

„Ich werde nicht widerrufen", versprach sie schließlich. „Etwas möchte ich Ihnen noch erzählen, Frau Krähenfuß."

„Bitte sehr", erwiderte diese.

„Als ich vierzehn war und Robert sechzehn, hatte ich ein schreckliches Erlebnis mit ihm, von dem ich niemandem berichtete", sagte Rita leise. Sie seufzte und schloss die Augen. „Meine Eltern waren ohne uns verreist, nur Maria war mit ihnen unterwegs. Robert hatte Freunde eingeladen, sie betranken sich fürchterlich. Irgendwann kamen sie in mein Zimmer und …" Rita brach ab und holte tief Luft. „Sie verlangten von mir, mich auszuziehen, fingen an, mich zu betatschen. Einer der Jungen bedrohte mich mit einem Messer."

„Sie wurden vergewaltigt?", fragte Mathilde entsetzt.

„Nein", sagte Rita kopfschüttelnd. „Nach einer Weile lachten sie, taten das Ganze als Scherz ab. Für sie mag es das gewesen sein, ein Scherz. Für mich war es etwas ganz Schreckliches. Seit dieser Zeit trage ich mein Haar kurz, und Dietmar war der erste Mann in meinem Leben. Vielleicht verstehen Sie mich nun etwas besser, Frau Krähenfuß."

Mathilde schüttelte langsam den Kopf. „Aber was können ein kleiner Junge und meine Hündin dafür? Hätten Sie als Akademikerin und vor allem gläubige Katholikin nicht eine andere Lösung für Ihre Probleme finden müssen?"

„Über eines möchte ich Sie noch in Kenntnis setzen", sagte Herbert, der aufbrechen wollte und an die Zellentür geklopft hatte. „Ich habe mittlerweile offiziell den Verdacht geäußert, dass auch Ihr Vater das Opfer eines Gewaltverbrechens wurde. Zwar konnte bei der Obduktion kein Hinweis darauf gefunden werden, doch inzwischen bin ich davon überzeugt, dass Bernd Bocks Tod nicht mit rechten Dingen zuging. Sollten Sie uns dazu etwas mitteilen wollen, haben Sie jetzt die Möglichkeit dazu."

„Dazu möchte ich mich nicht weiter äußern", erklärte Rita. „Ich jedenfalls habe mit dem Tod meines Vaters nichts zu tun."

„Was darf's sein?", fragte die Frau an der Verkaufstheke der McDonald's Filiale in der Uellendahler Straße.

Herbert wählte einen McRib Bacon, und Mathilde entschied sich für einen Double Cheese'n Beef. Dazu bestellten sie zwei große Portionen Pommes Frites. Herbert bezahlte, und Mathilde trug das Tablett zu einem freien Platz am Fenster.

„Du sagtest auf der Fahrt in die Tierklinik, du habest die Ad-hoc-Taste gedrückt, nachdem sich Rita Bock darüber gewundert hatte, dass auf der Bettwäsche ihres Bruders Fingerabdrücke gefunden wurden", bemerkte Herbert nachdenklich, den Burger zwischen seinen Händen begutachtend. „Was hat dich daran in Alarmbereitschaft versetzt? Deine Reaktion war richtig, das steht außer Frage. Aber warum hattest du Rita in Verdacht? Ich muss leider zugeben, dass ich weiter Lutz Krumm im Visier hatte."

Mathilde schluckte ihren Bissen runter und entgegnete: „Du hättest die Veränderung an ihr erleben müssen, Herbert. Sie war schrecklich nervös und wusste, dass der Täter Handschuhe getragen hatte. Zudem hatte ich Rita schon seit einigen Tagen in Verdacht, doch ich hatte keinerlei Beweise. Als ich sie zum ersten Mal im `Wester Busch´ traf, sagte sie mir unter anderem, ihr Bruder und ihre Schwester hätten Dietmar Wolf gehasst. Bei einem späteren Gespräch hingegen berichtete sie mir, dass Maria und Wolf eine Schwärmerei verbunden habe. Eine erste Liebe sozusagen, die von Bernd Bock jedoch unterbunden wurde. Und immer wieder betonte Rita, dass Dietmar es verdient habe, Geschäftsführer des Unternehmens zu werden. Sie versicherte mir, er habe weder mit dem Tod von Robert noch dem seines Vaters etwas zu schaffen. Als sie gestern zitternd an Marias Tisch zusammenbrach, wusste ich, dass eine Frau vor mir saß, die glaubte, nichts mehr zu verlieren zu haben. Ihr fehlte die Kraft, die Tat weiter zu leugnen. Dessen war sie sich bewusst und entschied, dass Angriff die beste Verteidigung sei."

„Jedenfalls ist der Mordfall Robert Bock aufgeklärt", stellte Herbert zufrieden fest. Er stopfte das Papier in die Burger-Box und griff nach den kleinen Plastikverpackungen, riss sie nacheinander auf und presste Ketchup und Mayonnaise auf seine Pommes. „Befassen wir uns also weiter mit dem Gott der Familie. Der tapfere Held, der vor nicht allzu langer Zeit von etwas Tödlichem getroffen wurde."

„Du kannst den Rest aufessen", erklärte Mathilde, ihre halbleere Pommes Frites-Schale über den Tisch schiebend. „Tatsächlich verdächtigte ich eine Zeit lang Robert, seinen Vater ermordet zu haben. Schlicht und einfach aus finanziellen Motiven. Er hatte mit einem deutlich höheren Erbe gerechnet. Menschen morden aus weit niederen Motiven."

„Du meinst wegen seiner Fingerabdrücke auf dem Drohbrief aus dieser Truhe, in der sein Vater die Schmähpost aufbewahrte?", fragte Herbert mit vollem Mund.

„Als sich das herausstellte, war mein Verdacht ihm gegenüber bereits erloschen", erklärte Mathilde. „Robert war eine dieser Personen, die bellen aber nicht beißen. Jemand, der sich einen Anwalt nimmt, der für die unangenehmen Sachen zuständig ist. Außerdem war er ein Mensch, der sich mit seiner Frau und deren Halbschwester darauf einigte, wegen ihres Ansehens in der Öffentlichkeit über das Auffliegen seines Ehebruchs zu schweigen, ein Feigling. Und Feiglinge morden nicht. Zudem war er kein Künstler, hatte nichts mit feinen Kompositionen im Sinn. Der Mord an Bernd Bock wurde von einem mutigen Mann begangen, von einem, der wollte, dass Bernd Bock im letzten Augenblick seines Lebens an seiner schwächsten Stelle getroffen wurde. Und das in seinem vollsten Bewusstsein."

„Morgen werde ich Florian zu Henriette Bode schicken", sagte Herbert, mit der kleinen, roten Plastikgabel die letzte Pommes pickend.

„Donnerstags arbeitet sie in der Spanferkelbraterei Braun", informierte Mathilde ihren Neffen. „Das Geschäft in der Kohlstraße ist in unmittelbarer Nachbarschaft ihrer Wohnung am Domagkweg. Freitags hat sie frei, vielleicht schickst du Herrn Vogel besser an diesem Tag." Mathilde erhob sich und schlüpfte in ihren Parka. Sie setzte ihre Schirmmütze auf, bedankte sich bei Herbert für die Essenseinladung und machte sich auf den Weg nach Haan zur Tierklinik. Sie hielt kurz an der Filiale der Deutschen Post, nahm die Briefe aus ihrer Handtasche und warf sie lächelnd in den Briefkasten. Zufrieden fuhr sie am Aldi vorbei den Weinberg hoch in Richtung der Autobahn.

Mathilde drückte kräftig auf die Hupe. In ihrer Garageneinfahrt parkte ein Porsche Cayman, wie sie beeindruckt feststellte. Die Haustür öffnete sich, und Martha eilte auf sie zu.

„Mathilde, du kannst hier heute nicht parken", sagte sie, und die Angesprochene zog fragend die Augenbrauen hoch. „Sie ist ganz traurig, die arme, hübsche Frau. Ich habe gerade eine große Kanne heiße Schokolade für sie und die Kinder gekocht", berichtete die Haushälterin aufgeregt. Ihr gelbes Kleid mit den grünen Punkten leuchtete in der spätnachmittäglichen Dämmerung. Die Temperaturen waren stabil geblieben, und der Schneematsch löste sich zunehmend auf.

„Jetzt mal ganz langsam", sagte Mathilde. „Für wen genau hast du heiße Schokolade gekocht?"

„Na für Maria Krumm", antwortete Martha, als sei dieser Besuch das Selbstverständlichste der Welt. „Sie wartet seit fast zwei Stunden auf dich."

„Warum hast du mich nicht angerufen?", wollte Mathilde kopfschüttelnd wissen. „Dafür hast du doch das Nokia."

„Du bist nicht an dein Telefon gegangen", erwiderte Martha. „Ich habe bestimmt dreimal versucht, dich anzurufen."

Mathilde nahm ihre Handtasche vom Beifahrersitz und sah nach ihrem BlackBerry.

„Entschuldige bitte, Martha", sagte sie zerknirscht. „Mein Handy scheint mir aus der Tasche gefallen zu sein, es liegt im Fußraum."

„Wolltest du es nicht in die Hosentasche stecken?", fragte Martha nach.

„Meine Liebe, das ist jetzt nicht wichtig", erwiderte Mathilde bestimmt. „Als Erstes müssen wir Lotte ins Haus tragen. Anschließend fahre ich Ingo zum Opphof und stelle ihn ausnahmsweise dort ab."

Wenig später lag die Hündin auf einer dicken Wolldecke im Wohnzimmer zu Füßen von Maria Krumm, deren Töchtern und Mimo. Ein Plastiktrichter war um ihren Nacken gebunden, um ein Lecken an der Wundnaht zu verhindern.

„Und jetzt erzählen Sie", forderte Mathilde Maria auf, deren Augen rot und geschwollen vom Weinen waren.

„Lutz wird die Scheidung einreichen, Frau Krähenfuß", schluchzte sie. Martha saß neben ihr und hielt ihre Hand. Sie behandelte sie wie ein kleines Kind. „Wir können nicht zurück in unsere Sonnborner Wohnung."

„Warum nicht?", fragte Mathilde, aus den Augenwinkeln Betty und Paula beobachtend, die nun neben Lotte auf dem Fußboden saßen und die Hündin vorsichtig streichelten. Die beiden Teenager waren ihrer Mutter wie aus dem Gesicht geschnitten, doch Paula hatte die hellen Haare ihres Vaters geerbt.

„Die Wohnung gehörte schon vor unserer Hochzeit Lutz", erklärte Maria. „Seine Eltern unterstützten ihn finanziell während des Studiums. Lutz stammt aus einer Arztfamilie, müssen Sie wissen. Jedenfalls steht mir kein Wohnrecht zu, und wir sitzen auf der Straße."

„Jetzt übertreiben Sie, Frau Krumm", entgegnete Mathilde, die sich ein Schmunzeln nicht verkneifen konnte.

„Meine Schwester sitzt im Gefängnis, mein Bruder ist tot und meine ach so tollen Freunde werden mit Gewissheit auf der Seite meines Mannes sein", erklärte Maria betrübt. „Linda gewährte Lutz sogar für eine Nacht Obdach, obwohl sie eigentlich meine Freundin ist. Meine Eltern weilen ebenfalls nicht mehr unter den Lebenden, wie Sie ja bekanntlich wissen."

„Wissen Sie was, Frau Krumm?", fragte Mathilde, ihre Brille zurechtschiebend. Sie stand auf, um das Telefon aus dem Ladegerät auf ihrem Schreibtisch zu nehmen. „Was halten Sie von ein paar Tagen Abstand von allem? Ich werde meine Schwester Roswitha in Rosenthal, das liegt im Hessenland, anrufen und fragen, ob sie Sie für einige Zeit aufnimmt."

„Rosenthal", keifte Paul empört.

„Roswitha, Roswitha", schrie Paul.

Die zwei Mädchen kicherten, und Martha versuchte die aufgebrachten Graupapageien davon zu überzeugen, dass Mathilde nicht vorhatte, ihre Schwester zu besuchen.

Donnerstag, 01. Februar 2018

Es war noch ausreichend Zeit, um sich weiter im Hauptsitz von `Elite For You´ umzusehen. Wie bei ihrem letzten Besuch wurde Mathilde von klassischer Musik berieselt und von gleißendem Licht geblendet. Ihren Parka und die Mütze hatte sie an der Information einer strahlenden Bianca Moritz zur Aufbewahrung gegeben. Auch ansonsten war von schlechter Stimmung nichts zu spüren. Das Geschäft war schon zu dieser frühen Uhrzeit gut besucht. Es war kurz nach zehn, und die Händler auf der Königsallee in Düsseldorf hatten soeben erst ihre Türen geöffnet. Mathilde war um viertel vor elf Uhr mit Dietmar Wolf zum Gespräch in seinem Büro verabredet. Auf der Autobahn war ausnahmsweise ein gutes Durchkommen gewesen, was erstaunlich war, reihte sich auf der A46 doch eine Dauerbaustelle an die andere. Sie nahm den Aufzug in die dritte Etage und staunte nicht schlecht, als sie erste Stücke der Kinderkollektion `Elite For Kids´ auf schwarzen Kinderschaufensterpuppen entdeckte.

`Dafür, dass Langerfeld abgesprungen sein soll, weht

hier viel frischer Wind', dachte sie überrascht. Das Design der Kindermode unterschied sich deutlich von den von Bernd Bock entworfenen Erwachsenenkollektionen. Die kleinen Anzüge, Kleider und Sportoutfits zeigten Dietmar Wolfs Handschrift. Er hatte es Mathildes Meinung nach geschafft, den Wiedererkennungswert von `Elite For You' bei der Kinderkollektion zu erhalten und trotzdem neue Akzente zu setzen. Gleich geblieben war die für Mathilde ungewohnte Dominanz der bunten Farben bei den Roben für festliche Anlässe. `Mädchen in pinken Kleidern kann ich mir noch vorstellen, aber Jungen in orangefarbenen Anzügen?', dachte Mathilde kopfschüttelnd. Dietmar Wolf hatte viel Lederkonfektion im Sortiment. `Das hätte Rita Bock nicht gefallen, ob sie davon wusste?', überlegte Mathilde weiter. Die Sportbekleidung für die Kinder gefiel Mathilde wesentlich besser. Graue, braune und schwarze Stoffe waren auffällig geschnitten und wirkten dennoch bequem. Neu war, dass jedes Einzelstück in drei verschiedenen Varianten angeboten wurde.

„Kann ich Ihnen behilflich sein?", erkundigte sich eine junge Verkäuferin nach einer Weile. „Suchen Sie etwas für Ihr Enkelkind?"

„Nein, junge Frau, ich suche gar nichts, sondern sehe mich lediglich interessiert um", erklärte Mathilde freundlich. „Ich habe in wenigen Minuten einen Termin mit Herrn Wolf und werde mich jetzt zum Aufzug begeben."

In der fünften Etage angekommen, verließ sie den Fahrstuhl. Der Flur war menschenleer. Sie langte in die Tasche ihrer Cordhose und nickte zufrieden. Das Black-

Berry war griffbereit. Zu ihrer Überraschung stand die Tür des Zimmers 5.3 weit offen.

„Danke, Frau Schramm", hörte sie Dietmar Wolf sagen.

Wenige Augenblicke später trat eine Frau, die Mathilde auf Mitte dreißig schätzte, durch die Bürotür.

„Frau Krähenfuß?", sagte diese in fragendem Tonfall. Mathilde nickte.

„Ihre Jacke und die Mütze hängen bei Herrn Wolf am Regal", informierte die Frau sie eifrig. Auf dem Namensschild, das an ihrer weißen Bluse befestigt war, stand: 'Monika Schramm'. „Sie werden nach dem Gespräch nicht erneut zur Information müssen."

„Vielen Dank, Frau Schramm", erwiderte Mathilde höflich. „Das ist sehr freundlich von Ihnen."

„Wir hoffen, der Rundgang durch unser Geschäft hat Ihnen gefallen. Meine Kollegin, Frau Moritz, kündigte uns Ihre verfrühte Ankunft an", sagte Monika Schramm lächelnd. Sie deutete mit ihrer Hand ins Innere des Büroraums. „Herr Wolf erwartet Sie."

Wie bei ihrer ersten Begegnung hatte Dietmar Wolf einen der drei Computermonitore zur Seite gedreht, um freie Sicht auf seine Gesprächspartnerin zu haben.

„Guten Tag, Frau Krähenfuß", wurde Mathilde von dem gut gelaunten Geschäftsführer begrüßt. „Eigentlich sollte ich Sie verfluchen, aber nehmen Sie doch Platz, dann können wir alles besprechen."

Mathilde tat wie ihr geheißen und registrierte, dass statt der weißen Tassen mit den japanischen Schriftzeichen heute rote Porzellantassen neben den Kannen, die mit Kaffee und Tee gefüllt waren, standen. 'Anscheinend stimmt er das Gedeck auf seine Kleidung ab', überlegte

Mathilde und unterdrückte ein Schmunzeln. Dietmar Wolf trug einen knallroten Anzug, in dem Mathilde noch nicht mal zu Karneval auf die Straße gehen würde. ʻWer solch ungewöhnliche Kreationen entwirft, wird diese auch selbst gern tragenʼ, dachte sie weiter.

„Sie dürfen unsere Unterhaltung aufzeichnen", kommentierte Dietmar Wolf Mathildes Suchen in ihrer Handtasche. „Obwohl ich der Meinung bin, Sie verfolgen ein anderes Ziel, als einen Nachruf über Bernd Bock zu verfassen."

„Ich bin Journalistin", entgegnete Mathilde gelassen, ihre auf die Nasenspitze gerutschte Brille zurückschiebend. Sie musste dringend zum Optiker am Weinberg, um sie richten zu lassen. „Mein Interesse entwickelt sich mit der Geschichte, an der ich dran bin."

„Und an welcher Geschichte sind Sie jetzt dran, Frau Krähenfuß?", erkundigte Wolf sich, ihr Kaffee einschenkend.

„Diesmal waren Sie es, der mich um einen Gesprächstermin gebeten hat, schon vergessen?", stellte Mathilde statt einer Antwort die Gegenfrage.

„Schon gut, natürlich", erwiderte Wolf gutmütig. Er hielt ihr den Teller mit Mon Cherie hin.

ʻRotʼ, dachte Mathilde. ʻPassend zum Gedeck und zum Outfit.ʼ Sie nahm drei Stück entgegen und packte eins aus. „Was möchten Sie heute von mir?"

„Ist Ihnen eigentlich bewusst, dass Sie mir mit Ihrem gestrigen Artikel in der Gazette fast den Todesstoß versetzt haben?", fragte er ernst.

„Herr Wolf, nicht mir, sondern Rita Bock haben Sie meinen Artikel zu verdanken", rechtfertigte sich Mathilde. „Hätte sie ihren Bruder nicht ermordet, wäre über die Straftat kein öffentlicher Bericht erschienen. Doch bevor wir über Ihre Freundin sprechen, möchte ich Sie bitten, mir mehr von dem zu erzählen, was Sie bei unserem gestrigen Telefonat angedeutet haben."

„Ich erzähle Ihnen davon, weil ich mir erhoffe, dass Sie darüber berichten werden", sagte Wolf ehrlich. „Von Carlo Langerfeld bekam ich gestern am frühen Morgen telefonisch seine Absage. Mit Mord wolle er nicht in Zusammenhang gebracht werden, erklärte er knapp. Und einen Geschäftsführer, dessen Lebensgefährtin diesen Mord begangen habe, damit er, also Langerfeld, bei ʻElite For Youʼ bleibe, werde er nicht unterstützen, fuhr er fort. Damit war die Angelegenheit für ihn erledigt, und für mich brach eine Welt zusammen." Er schluckte hart. „Doch wie das Leben so spielt, erreichte mich nur eine knappe Stunde später ein weiterer Anruf", berichtete er weiter, und der Glanz kehrte in seine Augen zurück. „Ich glaubte zunächst, nicht recht zu hören. Doch als mein Gesprächspartner seinen Namen wiederholte, wurde mir bewusst, dass ich tatsächlich mit Wolfram Roop telefonierte." Mit Schwung setzte er seine Teetasse ab und sah Mathilde triumphierend in die Augen.

„Wolfram Roop?", fragte diese erstaunt. „Sie haben bisher nicht erwähnt, dass er ebenfalls ein Anwärter auf die Firmenübernahme sei."

„Er war kein Anwärter darauf", bestätigte Wolf, akkurat das Papier einer verspeisten Kirschlikör-Praline faltend. „Mir sagte er, schon seit langer Zeit begeistert von ʻElite For Youʼ zu sein. Doch mit Carlo Langerfeld habe er nicht konkurrieren wollen, erklärte er weiter. Jetzt sei dieser freiwillig aus dem Rennen ausgestiegen, und die Situation habe sich verändert, meinte er zu mir."

Mathilde atmete tief aus.

„Woher wusste er derart schnell vom Absprung Langerfelds?", wollte sie wissen.

„Ehrlich gesagt, ich weiß es nicht", antwortete Wolf schulterzuckend.

„Heißt das, Sie werden mit ihm in Verhandlungen treten?", hakte Mathilde nach.

„Die Sache ist viel besser, Frau Krähenfuß", berichtete Wolf stolz. „Am Samstag wird er mit seinem Lebensgefährten von Potsdam nach Düsseldorf fliegen. Die Verträge werde ich bis dahin vorbereitet haben, am Sonntag werden wir sie unterzeichnen."

„Herzlichen Glückwunsch, Herr Wolf", erwiderte Mathilde. Innerlich bedauerte sie, die Zeit nicht um einige Tage vorstellen zu können.

„Vielen Dank", erwiderte Dietmar Wolf lächelnd. „Dennoch gibt es auch eine schlechte Nachricht."

„Die da wäre?", wollte Mathilde wissen.

„Roop möchte die Filiale in Wuppertal Ronsdorf aufgeben. Damit wird Bernd Bocks Vermächtnis jeglichen Bezug zu Ihrer Heimatstadt verlieren", sagte Wolf bedauernd.

„Das ist schade", erwiderte Mathilde. „Dennoch wird die Marke 'Elite For You' immer mit Wuppertal in Verbindung gebracht werden. Irgendwann verlassen die Götter den Olymp. Doch der Olymp vergisst seine Götter nicht."

Dietmar Wolf zuckte leicht zusammen.

„Finden Sie nicht auch, dass der Tod Ihres Chefs nahezu tragisch war? Mitten in seiner Lieblingsinszenierung, mitten in der ʻGötterdämmerungʻ?", fragte Mathilde ruhig.

Verlegen langte Wolf nach einer weiteren Praline.

„Ich vermisse ihn", sagte er leise. „Obwohl ich mich als Geschäftsführer freier entfalten kann und in meiner neuen Position aufgehe, denke ich oft an unsere Unterhaltungen über klassische Musik. Die wenigsten kannten seine weiche Seite." Scheinbar in seinen Erinnerungen versunken, faltete er das Papier wieder auseinander. „Er hatte sich so nach einer vollständigen Inszenierung von Wagners ʻGötterdämmerungʻ gesehnt. Der Premiere des dritten Aktes im Wuppertaler Opernhaus fieberte er regelrecht entgegen. Gerne hätte er mich an diesem Abend an seiner Seite gesehen. Er hatte mir sogar eine Premierenkarte besorgt."

„Apropos", unterbrach Mathilde Wolfs Redefluss. „Wo waren Sie am Abend des 16. September 2017?"

„Wo ich war?", fragte Dietmar Wolf. Offensichtlich wunderte er sich über Mathildes Frage. „Was wollen Sie damit andeuten?"

„Gar nichts", erwiderte diese gelassen. „Wo waren Sie an dem besagten Abend?"

„Ich war mit Indra Most in Tinoʼs Piano-Bar und Restaurant in Düsseldorf", antwortete Wolf nach kurzem Zögern. „Linda Bocks Halbschwester und ich sind seit einigen Jahren befreundet. Mir vertraut sie sich an, wenn sie Probleme hat. Damals gab es Schwierigkeiten zwischen ihr und Robert. Ich versuchte, sie zu überzeugen, Abstand von ihm zu nehmen, nicht zuletzt ihrer Schwester wegen. Machen Sie mir jetzt bitte keinen Vorwurf. Rita gegenüber musste ich schweigen. Sie wäre nicht begeistert gewesen von meinem Dinner mit Indra. Rita neigt zur Eifersucht."

Mathilde nahm sich vor, die gewonnene Information ihrem Neffen weiterzuleiten, damit dieser das Alibi überprüfen konnte.

„Verzeihen Sie mir die persönliche Frage, aber wie wird es mit Ihnen und Frau Bock weitergehen?", erkundigte sie sich neugierig.

„Wie es mit uns weiter gehen wird?", wiederholte er Mathildes Frage. Er lachte bitter. „Mit einer Mörderin möchte ich nichts zu tun haben. Ich werde mit Roop und `Elite For You´ Wuppertal und die Vergangenheit hinter mir lassen. Werden Sie in Ihrem Abschlussbericht die Öffentlichkeit über den Fortbestand der Firma und die Übernahme durch Roop informieren?"

„Ja", sagte Mathilde. Sie schaltete ihr Diktiergerät aus. „Aber Sie werden noch einige Tage darauf warten müssen."

Freitag, 02. Februar 2018

`Eine Einladung ins `Haus Marianne´´, wunderte sich Lutz Krumm. Er schob die Kaffeetasse beiseite und nahm sein Smartphone zur Hand. Es dauerte nicht lange, bis Maria in Rosenthal das Gespräch entgegennahm.

„Guten Morgen, Lutz", begrüßte sie ihren Mann verhalten.

„Guten Morgen, Maria", sagte dieser. „Wie geht es den Kindern?"

„Gut, danke der Nachfrage", erwiderte Maria bitter.

„Mimo genießt die schöne Winterlandschaft, und wir werden von der guten Frau Mucke verwöhnt."

„Du sollst mich doch Roswitha nennen", machte sich im Hintergrund eine Frauenstimme bemerkbar.

„Maria, darf ich fragen, wo du bist?", fragte Lutz irritiert.

„Ich halte mich mit den Kindern in Rosenthal auf. Nach deinem Rauswurf sind wir jetzt heimatlos", antwortete Maria pikiert. „Frau Mucke – Roswitha ist Frau Krähenfuß' Schwester."

„Du bist bei der Schwester dieser Krähenfuß untergeschlüpft?", entfuhr es Lutz entsetzt. „Wie auch immer, am 11. Februar, das ist ein Sonntag, wirst du in Wuppertal sein müssen."

„Warum?", wollte Maria wissen.

„Wir haben eine Einladung zum Brunch bekommen", berichtete Lutz. Er blickte auf das Schreiben und las vor: „Sehr geehrte Familie Krumm, die Redaktion des Wupperspiegels lädt Sie recht herzlich am 11. Februar zum Brunch ins ʻHaus Marianneʼ ein. Für unseren Bericht in der Mitte Februar erscheinenden Ausgabe des Wupperspiegels über Bernd Bock und das renommierte Textilunternehmen ʻElite For Youʼ benötigen wir ein Gruppenfoto." Lutz brach ab. „Und so weiter und so weiter."

„Du möchtest dort hingehen?", sagte Maria fassungslos. „Ausgerechnet du mit deiner Angst vor der Öffentlichkeit?"

„Stell dir bitte vor, wie es auf die Leute wirken würde, wenn ich als einziger nicht auf diesem Foto zu sehen wäre", erwiderte Lutz entrüstet. „Meine Kollegen würden denken, ich wäre ein Feigling. Den Mordverdacht an deinem Bruder bin ich zum Glück losgeworden. Das werde ich dir nie vergessen." Er hörte Maria schlucken. „Ich würde dir raten, auch dort zu erscheinen, wenn dir was an dem Wohlergehen unserer Kinder liegt." Wütend drückte er den roten Hörer auf dem Display.

Das gedämpfte Licht schimmerte violett und blau, und die Gäste des Düsseldorfer Szene-Restaurants `Tino's Piano-Bar und Restaurant´ saßen in roten und goldenen Clubsesseln. Julian Santos' Blick fiel auf den Schrank mit Glasfenstern hinter Dietmar Wolfs Rücken. Dieser war mit einer reichhaltigen Auswahl an erlesenen Schnäpsen und Likören gefüllt. Julian trank genüsslich seinen Martini Bianco, den er zum Aperitif gewählt hatte.

„Darf ich euch die Vorspeise servieren?", fragte die junge Kellnerin, Julian tief in die Augen blickend. Wie immer genoss er die Aufmerksamkeit der Frauen. Augenzwinkernd lächelte er sie an.

„Lass´ es dir schmecken, Junge", sagte Wolf kumpelhaft.

„Oktopus-Carpaccio zu Oliven-Kaviar mit Pinienkernen habe ich noch nie gegessen", bemerkte Julian. Vorsichtig pikte er ein Stück des dünn geschnittenen Tintenfischs auf seine Gabel. Er konnte trotzdem noch Reste von den Tentakeln erkennen.

„Du musst den Oktopus in den Kaviar tauchen und zu jedem Bissen einen Pinienkern essen", erklärte Dietmar lachend. „Dass ich eingeladen bin, ist selbstverständlich", sagte er kauend. „Aber warum sollst du mit auf das Gruppenfoto?"

„Ich fürchte, Mucke wird der Presse gesteckt haben, dass ich Bernd Bocks unehelicher Sohn bin", erwiderte Julian. „Er war bei meiner Mutter, um sie auszuquetschen. Und die naive Kuh hat das Geheimnis ausgeplaudert."

„Sie ist deine Mutter, Julian, verzeih mir, dass ich schlecht über sie spreche", sagte Dietmar, die letzten Pinienkerne in den Mund steckend. „Aber Carlotta stellt nur Unfug an. Zum Glück ist Robert tot. Der kann nichts mehr unternehmen. Deine Mutter versuchte, ihn mit seiner Affäre mit Indra zu erpressen. Sie wollte sich weiterhin ihr Geld erbetteln. Auf meine Kosten sollte das gehen. Du hättest Carlotta nicht davon erzählen sollen, Julian."

„Du hast recht", erwiderte Julian zerknirscht. „Zumindest habe ich meine Mutter eindringlich gebeten, Vera bis zu unserer Trauung nicht zu erzählen, dass ich Bocks Sohn bin. Zum Glück werden wir bis zu dem Brunch im Haus Marianne verheiratet sein. Nicht, dass Vera vor Schreck die Hochzeit platzen lässt."

„Spätestens am 11. Februar wird die Stunde der Wahrheit schlagen und Vera erfahren, dass sie den Sohn ihres ehemaligen Liebhabers und Gönners geheiratet hat und zeitweilig sogar gleichzeitig mit Vater und Sohn, na ja, gewisse Dinge teilte," bemerkte Dietmar grinsend. „Sorge dich nicht. Die gute Vera ist verrückt nach dir. Der ist doch alles egal. Hauptsache, du kraulst ihr den entzückenden Rücken. Wie hast du es geschafft, so schnell einen Termin auf dem Standesamt zu ergattern?"

„Eine Freundin von Sarah arbeitet bei der Stadt", erklärte Julian, das Besteck auf seinem leeren Teller ablegend. „Außerdem hatte ich Glück. Aufgrund eines

Todesfalls ist der Termin am Dienstag um neun Uhr dreißig im Barmer Rathaus freigeworden."

„Wer wird als Trauzeuge fungieren?", wollte Dietmar wissen.

„Meine Mutter natürlich und eine Freundin von Vera", antwortete Julian. „Das sieht aber gut aus!" Er strahlte die Kellnerin an, die zwei riesige Teller servierte. Bei näherem Betrachten allerdings fiel ihm enttäuscht die Kinnlade runter. Neben einem kaum Handteller großen Stück des Rinderfilets in Kräuterkruste zierte lediglich ein kleiner Klecks Trüffelpüree den Teller.

„Julian, du hattest bereits eine Vorspeise", neckte Dietmar den Jüngeren. Gelassen schnitt er das Fleisch entzwei, und mit einem Bissen war die halbe Portion verschwunden.

„Und falls Sie mehr Hunger haben", grinste die Kellnerin, die mit einer Platte und einer Schüssel zurückgekehrt war, die vor Fleisch und Beilage fast überquollen. „Guten Appetit."

Die beiden Männer prusteten los.

„Du wusstest das", stellte Julian fest, scherzhaft dem Älteren mit dem Zeigefinger drohend.

Eine Weile widmeten sie sich schweigend ihrem Abendessen.

„Wirst du an diesem Fotobrunch teilnehmen?", erkundigte Julian sich.

„Sicher, warum nicht?", antwortete Dietmar. „Hätte Roop an diesem Wochenende nicht einen wichtigen Termin in Berlin, hätte ich ihn sogar gebeten, mich zu begleiten. Er und ich sind schließlich diejenigen, die `Elite For You´ am Leben halten werden. Ein schöner, großer Artikel im Wupperspiegel ist eine wunderbare

Wertschätzung für unseren Neuanfang. Die Krähenfuß hat mir im Übrigen ebenfalls versprochen, etwas über Roop und mich in der Gazette zu veröffentlichen."

„Ich werde nächsten Sonntag nicht kommen", erklärte Julian. „Mein Leben lang spielte ich die zweite Geige, warum soll jetzt mein Foto im Zusammenhang mit dieser Familie in der Zeitung erscheinen?"

„Julian, du musst am Sonntag anwesend sein", sagte Dietmar plötzlich sehr ernst. „Oder möchtest du mit der Schlagzeile im Wupperspiegel stehen: 'Unehelicher Sohn von Bernd Bock blieb dem Fototermin leider fern!'? So erweckst du erst recht das Interesse an deiner Person. Geh dahin, lächle, iss was, und lass dich hinterher von einer Frau trösten. Vielleicht sogar von deiner, wenn sie sich von ihrem Schrecken erholt hat."

„Danke übrigens für deine Essenseinladung", sagte Julian. Er wischte den letzten Rest Rotweinsauce mit einer Weißbrotscheibe auf. „Es war fantastisch."

„Gerne geschehen, du hast etwas Luxus verdient", antwortete Dietmar augenzwinkernd. „Du brauchst gleich nicht die S-Bahn nach Wuppertal zu nehmen, sondern kannst mit mir fahren. Heute werde ich in Wuppertal übernachten."

„Bei Rita im Gefängnis?", fragte Julian grinsend. „Oder nutzt du die Gunst der Stunde und tröstest die verlassene Maria? Alte Liebe rostet nicht."

Ein Schatten fiel über das Gesicht des Älteren.

„Maria hatte zu Lebzeiten ihres Vaters nicht den Mut, zu ihren Gefühlen für mich zu stehen, daran wird sich auch durch die Trennung von Lutz nichts ändern", sagte er bitter.

„Warum war mein Vater eigentlich gegen diese Verbindung?", erkundigte Julian sich vorsichtig.

„Ich hätte dir nichts davon erzählen sollen, du nervst", erwiderte Dietmar. Er zückte sein Portemonnaie und legte das Geld auf die Rechnung, die die Bedienung bereits gebracht hatte.

„Hast du aber, nun erzähl doch", forderte Julian neugierig.

„Tatsächlich wollte er für mich eine bessere Partie, eine intelligentere Frau", sagte Dietmar schließlich.

„So eine wie Rita", ergänzte Julian.

„Das wäre wohl sein Traum gewesen", entgegnete Dietmar nickend. „Rita mit mir verheiratet und wir beide gemeinsam ein Teil von `Elite For You´."

„So hat der Alte posthum fast noch seinen Willen bekommen", sagte Julian sarkastisch.

„Lass´ gut sein, Julian", erwiderte Dietmar unwirsch. „Bernd war immer gut zu mir."

„Bis auf dass er dir deine große Liebe genommen hat", blieb Julian hartnäckig.

„Was ist schon Liebe?", sagte Dietmar, während er den Clubsessel zurückschob und aufstand. „Schöne Frauen gibt es genug auf der Welt."

„Und eine davon wird dir heute die Nacht versüßen?", fragte Julian grinsend.

„Sei nicht frech, Kleiner", scherzte Dietmar. „Das geht dich gar nichts an."

„Hab ich´s dir doch gesagt, Martha", flüsterte Mathilde, obwohl die zwei Männer, die in diesem Augenblick das

Szene-Restaurant verließen, sie aus dieser Entfernung auf keinen Fall hören konnten.

„Reich mir bitte das Fernglas", wisperte Martha begeistert. Sie hatte schon immer einmal Detektivin spielen wollen und war froh, Mathilde bei ihrem spätabendlichen Einsatz begleiten zu dürfen. „Ich sehe zwei Personen", kommentierte sie aufgeregt. „Ein großer, blonder Mann und ein dunkelhaariger, der nicht so groß ist. Das ist gewiss dieser Julian Santos, habe ich recht?"

„Jawohl, mit der Vermutung liegst du richtig", antwortete Mathilde lächelnd. „Und er ist in Begleitung von Dietmar Wolf."

„Das darf nicht wahr sein, Mathilde", entgegnete Martha aufgeregt. „Das ist der Geschäftsführer von ˋElite For Youˊ."

„Exakt", sagte Mathilde zufrieden. Sie startete den Berlingo, fuhr einige Meter rückwärts, wendete schließlich und fuhr in Richtung Autobahn davon. Sie hatte genug gesehen und war froh, ihrer Intuition gefolgt zu sein und das Restaurant beobachtet zu haben. „Bereits am heutigen Abend waren wir erfolgreich. Das erspart uns viel Zeit, die wir besser werden nutzen können."

Samstag, 03. Februar 2018

„Was sagt ihr dazu?", fragte Henrietta Bode ihre zwei Puppen, in deren Mitte sie auf ihrem rosafarbenen Plüschsofa saß. Gerade war sie vom Einkaufen zurückgekehrt und sortierte nun ihre Post. Zwischen einer Ausgabe der Wuppertaler Rundschau und einer der Ronsdorfer Gazette hatte sich ein einzelner Briefumschlag versteckt. Der trug als Absender die Adresse des Wupperspiegels. „Wie kommen die bloß auf mich?", wunderte sich Henrietta laut. „Gruppenfoto mit Dame, was? Na, das können die haben. Denen werde ich wohl mitteilen, was ich von Bernd Bock halte." Henrietta riss den Brief wütend in Stücke. `Ich weiß zwar nicht, wie die auf mich gekommen sind nach all den Jahren, aber ich werde die Gelegenheit nutzen und sagen, was Bock mir angetan hat´, dachte sie, einen Schluck Wasser trinkend und nach ihrem Strickzeug greifend.

„Schön, dass Sie gekommen sind", sagte Mathilde zu Sarah Jung, die ihren Ledermantel ordentlich über die Stuhllehne hängte.

Im `Café Extrablatt´ an der Grabenstraße in Wuppertal Elberfeld war es an diesem Samstagmittag brechend voll. Die meisten Gäste saßen hier beim Wochenendbrunch zusammen.

„Warum nicht? Ich wollte sowieso mit Ihnen sprechen", antwortete Sarah, die Speisekarte aufklappend. Eine kurze Zeit lang studierten die zwei Frauen das reichhaltige Angebot.

„Ich habe eine Einladung für Sie", sagte Mathilde nach einer Weile, den letzten Brief aus der Handtasche ziehend. „Sehen Sie sich das Schreiben bitte an."

Sarah legte die Speisekarte beiseite und wandte ihr Augenmerk dem Briefumschlag zu. Dieser war nicht zugeklebt und ließ sich leicht öffnen. Nach kurzer Lektüre sagte Sarah überrascht: „Was habe ich mit Bernd Bock zu tun?"

„Im Grunde genommen gar nichts", erwiderte Mathilde ruhig.

„So, ihr zwei, was darf's sein?", wurden sie von der lächelnden Bedienung unterbrochen.

„Ich nehme die Pizza 'Crudo' mit Ruccola, Parmesankäse und Schinken und ein Glas Chardonnay", bestellte Mathilde hungrig.

„Für mich bitte den Salat 'Livorno' und ein Mineralwasser", ergänzte Sarah, die immer noch erstaunt ihre Einladungskarte in der Hand hielt.

„Gerne", sagte die Bedienung, nahm die Speisekarten an sich und verschwand im Getümmel.

„Frau Jung, lassen Sie uns ehrlich zueinander sein", forderte Mathilde eindringlich. „Machen Sie mir nicht vor, nicht genau über Julian Santos´ Vater Bescheid zu wissen."

„Gut, ja, ich weiß, dass Bernd Bock Julians leiblicher Vater ist", gab Sarah zu. „Trotzdem nochmal die Frage, was habe ich mit Bernd Bock zu tun?"

„Offiziell nichts, da stimme ich Ihnen zu", erwiderte Mathilde. „Von daher überreiche ich Ihnen persönlich den Brief meines Kollegen Martin Marx´ vom Wupperspiegel. Ich gebe zu, ihm von Ihnen berichtet zu haben. Sie möchte ich als meinen persönlichen Gast dabei haben, wenn Herr Marx von den anderen das Foto macht und mit ihnen seinen geplanten Artikel bespricht."

„Warum? Außerdem wird Vera Mayer zugegen sein", entgegnete Sarah abweisend. „Danke, vielen Dank." Sie lächelte die Kellnerin an. „Das ging schnell."

„Alles Routine", erwiderte die Bedienung. „Lasst es euch schmecken."

„Stört Sie die Anwesenheit von Frau Mayer?", fragte Mathilde mit hochgezogenen Augenbrauen. Sie hob ihr Weinglas an die Lippen und nahm einen Schluck. „Natürlich stört Sie das", beantwortete sie ihre Frage selbst. „Sie lieben Julian, nicht wahr?"

Sarah drehte den Kopf zur Seite, und ihre blonden Haare fielen wie ein Vorhang über ihr blasses Gesicht. Sie nickte langsam.

„Ja, es stimmt, ich liebe Julian", sagte sie leise. „Und Julian liebt mich."

„Und dennoch wird er Vera Mayer heiraten", stellte Mathilde fest.

„Und das bereits kommenden Dienstag", erwiderte Sarah betrübt.

„Ich verstehe, dass Sie von Julian fasziniert sind", sagte Mathilde, ihre Pizza anschneidend. „Er sieht blendend aus, ist intelligent und bald auch noch wohlhabend. Sein einziger Makel ist Vera Mayer."

„Verstehen Sie doch, Frau Krähenfuß", sagte Sarah, vorsichtig Dressing auf den Salat tröpfelnd. „Seit seine Mutter ihn vor einigen Jahren darüber aufgeklärt hat, wer sein Vater ist, hat sich Julian verändert. Früher war er mit seinem Leben zufrieden. Ich habe ihn während des Studiums kennengelernt. Uns verbindet die Liebe zur Chemie, zu den unzähligen kleinen Teilchen und Atomen, aus denen das Leben und unsere Welt bestehen. Plötzlich war mein fröhlicher Julian verbittert. Er neidete seinen Halbgeschwistern den Luxus, in dem sie schwelgten. Er half sogar einmal auf dem väterlichen Anwesen als Gärtner aus und bandelte mit der Mayer an, um etwas vom Leben seines Vaters zu erfahren." Sarah hielt einen Moment inne, um sich ein Stück Hähnchen-brust in den Mund zu schieben. „Durch die Heirat mit der Mayer wird er Zugriff auf den Erlös von dem Verkauf des Mobiliars bekommen und endlich in der Villa leben können. Seine Seele wird dadurch ihren Frieden finden."

„Und wo bleiben Sie?", wollte Mathilde wissen. „Sie sagten, er erwidere Ihre Liebe. Werden Sie beide Ihre Gefühle aufgeben? Verkaufen Sie Ihr Glück?"

„Natürlich nicht", antwortete Sarah kopfschüttelnd. „Wir werden immer einen Weg finden, uns zu sehen. Irgendwann werden wir gemeinsam in der herrschaft-lichen Villa leben und uns ganz der Chemie widmen können." Sarahs Augen glänzten fiebrig.

„Frau Jung", sagte Mathilde. „Werden Sie mir am Sonntag den Gefallen tun und dabei sein? Vielleicht wird Julian sich freuen, Sie dort zu sehen. Sagen Sie ihm aber bitte vorher nichts davon, damit er sich nicht aufregt."

„Er wollte zunächst nicht hingehen, hat dann jedoch plötzlich seine Meinung geändert", sagte Sarah. „In Ord-nung, Frau Krähenfuß. Ich werde am Sonntag anwesend sein. Anschließend wird Frieden einkehren und das Le-ben wieder seinen gewohnten Gang gehen. Ich kann gut verstehen, dass der Wupperspiegel berichten muss. ʼElite For Youʼ ist zu groß, um übergangen zu werden. Man kann über Bernd Bock sagen, was man möchte, eins ist sicher: Seine Mode ist großartig. Ich habe immer davon geträumt, genügend Geld zu verdienen, um mir ein Teil aus einer seiner Kollektionen leisten zu können."

„Möchten Sie etwas von der Pizza?", erkundigte sich Mathilde schmunzelnd. Ihr war Sarahs neidvoller Blick auf die italienische Nationalspeise nicht entgangen. „Sie können es sich leisten, davon zu kosten, Frau Jung."

Sarah lachte.

„Also gut", erwiderte sie. „Sie haben mich durchschaut."

Die beiden Frauen teilten die Reste ihrer Speisen untereinander auf.

`So ein nettes Mädchen´, dachte Mathilde bedauernd. `Schade, schade.´

„Frau Krähenfuß", sagte Sarah kauend. „Ich spiele mit dem Gedanken, mir nach dem Studium ein Haustier anzuschaffen."

„Einen Hund?", wollte Mathilde wissen. „Ein Hund braucht die Gesellschaft seines Menschen, überdenken Sie das gut."

Sarah schüttelte den Kopf.

„Ich möchte Graupapageien erwerben", erwiderte sie. „Und weil Sie welche besitzen, dachte ich, Sie könnten mir Tipps geben."

Mathilde legte das Besteck auf ihrem Teller ab.

„Graupapageien", wiederholte sie langsam. „Ja, ich besitze zwei Graupapageien."

Nach einem kurzen Vortrag über die Intelligenz der Graupapageien und die Notwendigkeit, diese zu vergesellschaften, stellte sie eine letzte Frage: „Wie kamen Sie eigentlich an Maria Krumms Adresse? Und erzählen Sie mir bitte nicht, es sei ein Zufall, dass Sie den Adoptivsohn von Bernd Bocks Tochter hüten."

„Ich möchte ehrlich zu Ihnen sein", sagte Sarah, deren blasse Wangen sich leicht gerötet hatten. „Julian gab mir den Rat, dort vorstellig zu werden. Er weiß viel von der

Mayer über die Familie Bock. Und die Krumms sind nicht arm. Ich versprach mir gutes Geld von dieser Arbeit. Jetzt ist Frau Krumm allerdings verschwunden."

Mathilde nickte zustimmend.

„Ich weiß", erwiderte sie nur. Sie nahm sich vor, später ein Telefonat mit ihrer Schwester zu führen.

Dienstag, 06. Februar 2018

Fröstelnd wartete Mathilde im Nieselregen. Sie ärgerte sich über Martha, die gestern Abend ohne ihr Wissen ihre Handtasche aufgeräumt hatte. Darunter hatte die Haushälterin verstanden, alles aus der Tasche zu entfernen, und diese nur mit dem absolut Notwendigen wieder zu bestücken. Anscheinend hatte Mathildes Knirps nicht zu ihrer Auswahl gehört. Genervt blickte Mathilde auf ihre Armbanduhr. „Mensch Meier, das fehlt mir noch", fluchte sie. Nach dem gestrigen Telefonat mit ihrer Schwester war sie aufgeregt gewesen. Sie hatte ihre Aufzeichnungen um einige weitere Informationen ergänzt und vergessen, ihre Uhr aufzuziehen. Gerade wollte sie ihr BlackBerry aus der Hosentasche nehmen, als sich zu ihrer grenzenlosen Erleichterung die Rathaustür öffnete. Vier Gestalten, versteckt unter zwei großen Regenschirmen, kamen die Treppe herunter. Carlotta Santos entdeckte Mathilde als erste.

„Frau Krähenfuß", rief sie erstaunt aus. „Was machen Sie denn hier?"

„Ich wollte das frisch getraute Brautpaar persönlich beglückwünschen", antwortete Mathilde. Sie wandte sich den zweien unter dem anderen Schirm zu und sagte: „Alles Gute zur Hochzeit wünsche ich Ihnen, Herr und Frau Santos."

„Vielen Dank", erwiderte Vera trocken. „Ich heiße jetzt im Übrigen Vera Mayer-Santos."

Julian murmelte irgendetwas, das wohl eine Antwort auf Mathildes Gruß darstellen sollte.

„Wir wollten gerade zu mir fahren und auf die Hochzeit anstoßen", erklärte Carlotta strahlend.

`Bei unserer letzten Begegnung war die gute Carlotta weit weniger von dieser Verbindung angetan', wunderte sich Mathilde im Stillen.

„Begleiten Sie uns doch", fuhr diese begeistert fort. „Tienes que celebrar los festivales mientras caen. In meinem Heimatland werden die Feste gefeiert, wie sie fallen!"

„Mamá, tiene que ser así?", mischte sich Julian verärgert ein. Zur Feier des Tages hatte er seine Haare mit Gel gebändigt, er sah ungewohnt erwachsen aus.

`Er wird um die dreißig sein', überlegte Mathilde.

„Ja, Julian, das muss sein", erwiderte Carlotta.

„Woher wissen Sie überhaupt etwas von diesem Termin?", wandte sich Julian fragend an Mathilde.

„Vor einigen Tagen begegnete ich zufällig Ihrer Kommilitonin, Sarah Jung", erklärte Mathilde. „Sie berichtete mir davon."

Aus den Augenwinkeln betrachtete sie Vera Mayer-Santos, auf deren Gesicht ein Schatten gefallen war.

„Ach, die liebe Sarah", sagte Carlotta überschwänglich. „Nichts gegen dich, Vera, aber sie tut mir leid. Ich bewundere sie, dass sie Julian verzeihen konnte, dass er sie für dich verlassen hat."

„Chemisch sind Sarah und ich ein gutes Team", sagte Julian unwirsch. „Ich profitiere sehr von ihren Studien."

„Wenn ich mir eine Bemerkung erlauben darf", machte Mathilde sich bemerkbar. „Ich bin pitschnass."

Der Nieselregen war stärker geworden. Langsam stiegen die Temperaturen in Wuppertal, und nach den heftigen Schneefällen im Januar zeigte sich der beginnende Februar regnerisch und trüb.

„Kommen Sie zu Carlotta unter den Schirm", sprach eine unbekannte Frau Mathilde an, die ihren Arm bei Carlotta Santos eingehakt hatte. „Ich werde euch jetzt verlassen, ich muss zurück zur Arbeit." Sie ließ Carlotta los, drehte sich zu Vera und hauchte ihr ein Kuss auf die Wange. „Macht's gut." Sie zog ihre Kapuze über und ging davon.

„Julian", sagte Carlotta zu ihrem Sohn. Sie reichte ihm ihren Autoschlüssel. „Fahre du bitte mit Vera mein Auto zur August-Bebel-Straße. Ich werde mit Frau Krähenfuß fahren und ihr den Weg weisen."

Carlotta Santos lebte in einer Altbauwohnung in der Nähe der Hauptfeuer- und Rettungswache der Feuerwehr Wuppertal. Sie hatte in der Küche für vier Personen gedeckt. Bunte Kacheln, Fischernetze und gerahmte Bilder mit Motiven aus Spanien erweckten mediterranes Flair. Neben einer traditionellen spanischen Vanilletorte mit einem Hochzeitspaar aus Schokolade obendrauf standen natürlich Tapas auf dem Tisch. Dazu gab es Brot und eine Auswahl von Käse und Wurst. Auf Vera

Mayer-Santos' Gesicht war der Glanz zurückgekehrt. Die beiden Frischvermählten saßen auf ihren Stühlen eng aneinander gerückt, so dass ihre Körper sich berührten. Vera wirkte sehr jung. Ihre blonden Haare umrahmten das herzförmige Gesicht. Mathildes Meinung nach gab Julian nicht nur vor, Gefallen an seiner Frau zu finden. 'Er führt ja bereits seit vielen Jahren diese Beziehungen zu Sarah Jung und seiner jetzigen Ehefrau', überlegte Mathilde. 'Für ihn könnte es gewiss ewig so weiter gehen. Doch die beiden Frauen werden auf der Strecke bleiben. Martha regt sich furchtbar darüber auf.'

„Nein danke", sagte sie zu der gut gelaunten Carlotta, die ihr ein mit Sekt gefülltes Glas anreichen wollte. „Ich muss noch fahren."

„Aber, aber, Frau Krähenfuß", sagte Carlotta Santos energisch. „Ein Schlückchen in Ehren kann niemand verwehren."

Mathilde lachte gutmütig und sagte: „Nun gut. Aber zunächst werde ich von diesen Köstlichkeiten probieren."

„Como, con gusto, agarras", erwiderte Carlotta begeistert. „Greifen Sie nur tüchtig zu."

Das ließ sich Mathilde nicht zweimal sagen. Mit gewohnt gutem Appetit füllte sie ihren Teller.

„Wissen Sie eigentlich, dass Ihre Kollegen vom Wupperspiegel jetzt auch einen Bericht über Bernd Bock schreiben werden?", fragte Carlotta nach einer Weile des genussvollen Schweigens.

„Sicher, sicher", antwortete Mathilde mit einem Seitenblick auf Vera Mayer-Santos. „Lange Jahre war ich dort im Politik-Ressort tätig. Erst seit meiner Berentung schreibe ich für die Ronsdorfer Gazette. Herr Marx informierte mich über die Veranstaltung im 'Haus Marianne'. Soweit ich weiß, plant er ein Gruppenfoto mit der Familie Bernd Bocks."

„Ich bin dazu eingeladen, Frau Krähenfuß", sagte Carlotta munter, sich Sekt nachschenkend. „Stellen Sie sich das vor."

„Was hast du denn mit Bernd Bock zu tun, Carlotta", wollte Vera stirnrunzelnd wissen.

„Mamá, silenciosamente", zischte Julian verärgert.

Seiner Mutter stieg die Röte ins Gesicht. Trotzdem sie jahrelang ihre kurze Affäre mit dem Verstorbenen geheim gehalten hatte, war sie von ihrer Natur her keine gute Lügnerin.

„Julian", sagte sie deswegen. „Irgendwann wird Vera es sowieso erfahren." Temperamentvoll leerte sie in einem Zug ihr Sektglas. „Vor vielen Jahren hatte ich eine relatión de amor mit Bernd, Vera. Julian ist sein Sohn. Aber das macht dir doch nichts aus, meine Liebe? Mein Julian ist ein buen chico. Er wird dir ein wunderbarer, ein buen marido sein."

Mathilde registrierte, dass alle Farbe aus Veras Wangen wich. Ihre Hände krallten sich in die Festtagsserviette, und ihre Lippen waren zu schmalen Strichen zusammengepresst.

„Vera", rief Julian besorgt aus. Er legte den Arm um die bebende Frau. „Du musst mir glauben, ich wollte es dir immer erzählen, doch ich konnte nicht. Ich hatte solche Angst, dich zu verlieren."

Vera sagte kein Wort. In ihren Ohren begann es zu rauschen, und Erinnerungen überwältigten sie. Sie sah sich mit Bernd zu Beginn ihrer Beziehung lachend durch den Regen laufen, sah Bernd, der ihr Blumen mitbrachte, Bernd unter der Bettdecke mit einem Glas Wein in der Hand. Die erste Träne rann aus ihren geschlossenen Augen. Ihre Gedanken schweiften zu dem Tag vor etlichen Jahren, an dem sie festgestellt hatte, nichts mehr für Bernd Bock zu empfinden als Mitleid. Sie erinnerte sich an ihren Entschluss, die Beziehung trotzdem unter allen Umständen aufrechtzuerhalten. Schließlich erreichten ihre Gedanken den Sommertag, an dem sie Julian zum ersten Mal begegnet war. Veras Tränen flossen. Sie hörte die drei Menschen an dem Tisch auf sie einreden, als sie zusammenbrach. Bevor sie das Bewusstsein verlor, blitzte ein Bild von Julian hinter ihren geschlossenen Lidern auf: Julian mit freiem Oberkörper, eine Tasse Kaffee in der Hand haltend und ihr zulächelnd.

„Diese arme Frau", rief Martha mitleidig aus, während sie Mathilde ein weiteres Stück ihrer selbstgemachten Pizza mit Meeresfrüchten auf den Teller legte. Sie saßen in der Küche, weil Peter und Paul in der mit einem Tuch abgedeckten Voliere im Wohnzimmer annehmen sollten, dass es bereits Schlafenszeit sei. Die Papageien seien an Schnupfen erkrankt und sollten möglichst viel ruhen, hatte die Tierärztin gestern zu Mathilde gesagt. Netterweise war sie zum Hausbesuch erschienen, und Mathildes gefiederten Freunden war ein Praxisbesuch erspart geblieben. Bei Lotte würden in einer Woche die Fäden gezogen werden.

„Mussten wir doch tatsächlich den Krankenwagen rufen", berichtete Mathilde der entrüsteten Martha weiter.

„Julian war ehrlich besorgt um seine Frau, dessen bin ich mir sicher."

„So ein gemeiner, südländischer Macho", regte sich Martha weiter auf. Ihre gelben Kreolen wippten hin und her. „Wenn die arme Frau jetzt auch noch erfährt, dass Julian mit dieser Sarah nicht nur das Chemiebuch teilt, wird für sie die Welt zusammenbrechen."

Nachdenklich aß Mathilde ihre Pizza. Sie überlegte, ob sie Martha über das Ergebnis ihrer Recherchen informieren sollte. Sie entschied, dass nichts dagegen spreche.

„Martha", begann sie ruhig. „Du wirst jetzt die Ehre haben, als erste die Wahrheit über den Tod von Bernd Bock zu erfahren."

Nachdem Mathilde mit ihrem Bericht fertig war, fasste Martha sich mit den Händen an den Kopf und raufte sich die Haare.

„Meine Liebe, findest du dein Vorhaben nicht etwas gewagt?", erkundigte sie sich besorgt. „Wenn das mal gut geht."

„Möchtest du dabei sein?", wollte Mathilde wissen.

„Wenn ich darf", erwiderte Martha mit funkelnden Augen. „Es wäre mir ein Vergnügen."

„Ich werde Martin Marx sofort über deine Anwesenheit im 'Haus Marianne' informieren", versprach Mathilde.

Freitag, 09. Februar 2018

Mathilde schlenderte mit Lotte durchs Luisenviertel. Sie hatte der Hündin zum Spaziergang die Halskrause abgenommen und die Wunde mit einem Kinderrollkragenpullover geschützt. Die Idee war von Martha und der Pullover von der Tochter einer ihrer Schwestern. Lotte erregte die Aufmerksamkeit einiger Schulkinder, die, mit ihren Schultaschen bepackt, auf dem Heimweg waren. Lachend zeigten sie mit dem Finger auf Lotte. Mathilde stimmte in das Lachen ein. Zu lustig sah die Hündin in dem bunten Pullover aus. Mathilde war in äußerst guter Stimmung. Die Sonne schien, und es war windstill. Die Reste des Schnees verwandelten sich in Matsch, und zum Glück waren die Bürgersteige gefahrlos begehbar. An diesem frühen Nachmittag war wenig Betrieb in dem Wuppertaler Bar- und Kneipenviertel. Hier gab es für jeden Geschmack das richtige Lokal. Studenten und Künstler fanden hier genauso ihren Platz zum Gedankenaustausch wie hungrige Menschen, die türkisch, spanisch oder einfach nur regional speisen wollten. Mathilde hatte weder das eine noch das andere im Sinn. Ihr Ziel war das Kosmetikstudio ´Brommer und Schrammer´. Dort hatte sie für vierzehn Uhr einen Termin vereinbart. Das Mitbringen von Hunden war erlaubt, allerdings mussten die vierbeinigen Begleiter der Kundinnen in einem eigens dafür eingerichteten Hundezimmer darauf warten, dass ihre verschönerten Frauchen sie wieder abholten. Pünktlich erreichte sie das Schieferhaus mit den massiven Türen aus Holz. Nur ein winziges Schild neben dem Eingang verkündete die Anwesenheit des Schönheitssalons im Gebäudeinneren. Die Tür ließ sich problemlos öffnen. Läuten musste Mathilde nicht. Staunend sah sie sich um. So hatte sie sich eine derartige Institution nicht vorgestellt. Der Empfangsbereich wirkte wie eine Hotelrezeption.

Erwartet hatte sie das Flair einer Arztpraxis. Ihr Parka wurde ihr von einer freundlich lächelnden, sehr jungen Frau abgenommen, deren Namensschild sie als ˋPraktikantin Jenniferˊ auswies.

„Darf ich Ihnen Ihren Hund entführen?", fragte sie höflich, und Mathilde nickte.

Sie ging zu der Frau an der Rezeption und stellte sich vor.

„Guten Tag, Frau Krähenfuß", sagte die ältere Dame lächelnd. „Sie sind zum ersten Mal bei uns?"

Wieder nickte Mathilde. Ihr war ein wenig mulmig. Am Telefon hatten sie eine dreißigminütige Basis-Gesichtsbehandlung vereinbart, und sie hatte keinen blassen Schimmer, was sie erwartete.

„Frau Most erwartet Sie bereits im Behandlungszimmer 2", sagte Frau Makusch weiter. Sie wies mit dem Zeigefinger auf eine offene Tür zur Mathildes Linken.

„Sie haben eine klassische Mischhaut", erklärte Indra Most fröhlich, Mathildes Gesicht mit einem getränkten Tuch sanft reinigend. Ihr Mund und die blitzend weißen Zähne waren für die Behandlungszeit hinter einem grünen Mundschutz versteckt. Bei der Begrüßung war Mathilde bewusst geworden, was Robert Bock an der Halbinderin fasziniert haben musste. Die dreiunddreißigjährige Frau wirkte wie aus einem Bollywood Film entsprungen. Hüftlange, schwarze Haare flossen ihr, zum lockeren Pferdeschwanz gebunden, über den Rücken.

„Frau Most", begann Mathilde zaghaft, während Indra etwas Grünes in einem Tiegel verrührte, mit dem sie an ihrer Haut ein Peeling durchzuführen gedachte. „Sie wissen, wer ich bin?"

„Natürlich", antwortete die Angesprochene gelassen. „Sie sind die von der Ronsdorfer Gazette."

„Ich wollte Sie unbedingt einmal sprechen", verkündete Mathilde.

„Möchten Sie jetzt auch noch meine Beziehung mit Robert öffentlich breittreten?", wollte Indra wissen, das Peeling mit kreisenden Bewegungen auf Mathildes Haut auftragend.

„Nein, das möchte ich nicht", erwiderte Mathilde energisch. „Sie selbst waren es doch, die Herbert Mucke informiert hat und dazu noch Ihre eigene Schwester des Mordes verdächtigte. Allzu betroffen vom Tod Ihres Geliebten wirken Sie auf mich im Übrigen nicht. Aber was wundert mich das? In dieser Familie trauert anscheinend niemand um die verstorbenen Angehörigen."

„Doch, Dietmar trauert um Bernd", rutschte es Indra heraus. Unwillkürlich biss sie sich leicht auf die Unterlippe. Rasch drehte sie sich um und ließ etwas Wasser in eine Schüssel laufen.

„Sie brauchen sich nicht zu schämen. Herr Wolf berichtete mir von ihrer beider Freundschaft", sagte Mathilde schnell. „Das Zeug, das sie mir ins Gesicht geschmiert haben, brennt ganz schön.

„Ich werde es sofort abwaschen, keine Sorge", entgegnete Indra, sich wieder Mathildes Gesicht zuwendend. „Dietmar hat Ihnen von uns erzählt? Davon weiß ich gar nichts. Aber gut, warum noch darüber schweigen? Ich bin zu jung, um allein zu sein, und es leid, immer nur die zweite Geige zu spielen. Ich gebe zu, mich ebenfalls in ihn verliebt zu haben. Ist das ein Verbrechen?"

„Ein Verbrechen ist es nicht", antwortete Mathilde, froh darüber, endlich von dem Peeling befreit worden zu sein. „Mir gegenüber erwähnte Herr Wolf nur etwas von einer langjährigen Freundschaft, die zwischen Ihnen bestehe. Von einer Liebesbeziehung sprach er nicht. Autsch. Was machen Sie da? Das tut weh."

„Ich korrigiere Ihre Augenbrauen. Das gehört zu der Behandlung dazu", erklärte Indra, wütend mit der Pinzette an Mathildes linker Augenbraue zupfend.

„Lassen Sie den Quatsch", sagte Mathilde unwirsch.

„Wie Sie wünschen. Darf ich wenigsten Ihre Hautunreinheiten auskratzen?", erkundigte sich Indra.

„Bitte nicht. Überspringen Sie bitte alle Behandlungselemente, die mit Schmerzen verbunden sind", bat Mathilde.

Indra Most zog sich die Handschuhe aus und desinfizierte ihre schlanken Finger. Schließlich nahm sie etwas Creme und trug diese massierend auf Mathildes gereizte Haut auf.

„Dietmar hat Rita nie geliebt", sagte sie. „Und, wenn ich ehrlich bin, Robert ging mir mit seinem Beharren auf diesem schrecklichen Prozess gehörig auf die Nerven. Wenn er gewusst hätte, dass ich mit Dietmar befreundet war, wäre er vor Eifersucht durchgedreht. Ich dachte immer, Robert würde einmal sehr reich werden, doch nichts ist draus geworden."

„Da ist Herr Wolf die bedeutend bessere Partie", stimmte Mathilde zu. Ihre Haut brannte trotz der Pflegelotion, die kühlend wirken sollte. `Dieses Kosmetikstudio wird mich gewiss kein zweites Mal sehen´, dachte sie. „Aber auch das ist kein Verbrechen, Frau Most. Nehmen Sie sich Ihr Stück vom Kuchen."

„Denken Sie, was Sie möchten", erwiderte Indra. Sie nahm den Mundschutz ab. „Dietmar wird mich glücklich machen. Und er betet mich an. Sie sind erlöst, Frau Krähenfuß."

„Sie haben soeben erwähnt, Herr Wolf trauere um Bernd Bock", sagte Mathilde, die sich erleichtert von der Liege erhob.

„Er hat dem Alten viel zu verdanken", erklärte Indra. „Davon spricht er oft. Ebenso erzählt er mir von den Gesprächen über klassische Musik, die sie führten. Auch Bocks Liebe zum Sport teilt Dietmar. Er ist der wahre Sohn von Bernd."

„Wie das so ist mit der Liebe", murmelte Mathilde. „Sie macht, was sie möchte."

„Wie siehst du denn aus?", fragte Herbert entsetzt. „Bist du im Sonnenstudio eingeschlafen?"

Hans Flachs und Florian Vogel kicherten.

„Sehr witzig, meine Herren", sagte Mathilde genervt. „Und ich möchte keinen Kommentar über Lottes Pullover hören." Lotte war zu dem am Tisch sitzenden Florian Vogel gelaufen und hatte ihm den Kopf auf den Schoß gelegt.

„Das würde uns im Traum nicht einfallen", entgegnete er, die Hündin liebevoll hinter den Ohren kraulend.

„Im Ernst, Tante Mathilde", mischte sich Herbert ein. „Was ist mit deiner Haut los? Du bist rot wie eine Tomate."

„Ich wollte unbedingt noch vor Sonntag mit Indra Most sprechen", antwortete Mathilde, sich seufzend neben ihren Neffen auf den Stuhl quetschend. „Rutsch bitte etwas zur Seite."

„Und ihr habt euch im Sonnenstudio getroffen?",
wollte Herbert neugierig wissen.

„Nein", sagte Mathilde, die Augen verdrehend. „Indra
Most arbeitet als Vollzeitkraft in einem Kosmetikstudio,
jobbt nebenbei als Kellnerin und ist in mehreren Sport-
vereinen Mitglied. Mir blieb nichts anderes übrig, als mit
ihr einen offiziellen Termin für eine Gesichtsbehandlung
zu vereinbaren."

Die drei Männer prusteten los. Florian bekam einen
regelrechten Lachanfall.

„Und jetzt sollen Sie schöner aussehen?", fragte Hans
grinsend.

„Wenn die Röte verschwunden ist, soll meine Haut zart
und um drei Jahre jünger aussehen", erwiderte Mathilde,
die mittlerweile auch zu lachen begonnen hatte. „Ich will
nur hoffen, dass dies bis übermorgen der Fall sein wird."

„Apropos", sagte Herbert in wieder ernsterem Tonfall.
„Was du vorhast, ist sehr riskant. Sollte es dir misslingen,
kannst du sogar wegen Rufmordes oder Verleumdung
angeklagt werden. Es gibt einfach keinen Beweis für
deine Annahme, Tante Mathilde."

„Herbert, mache bitte einfach alles so, wie wir es abgesprochen haben", bat Mathilde. „Ist Jörg Tauben bereit?"

Langsam nickte Herbert. „Wir sind alle bereit", antwortete er.

Sonntag, 11. Februar 2018

„Was machen deine Jungs?", fragte Herbert, der zwischen Florian Vogel und Hans Flachs auf den eigens für die Polizeibeamten und deren Begleitteam bereitgestellten Hockern in der Küche saß. Es war fast elf Uhr, und die im ˋHaus Marianneˊ erwarteten Gäste würden bald eintreffen.

„Der Schnupfen ist auskuriert", antwortete Mathilde. Sie betrachtete in einem kleinen Spiegel ihr Gesicht. Die Rötung war zu ihrem Bedauern noch nicht verschwunden, und sie hatte Make-up aufgelegt. Im Schminken war sie nicht firm, doch dank Marthas Hilfe sah das Ergebnis zufriedenstellend aus.

„Ich bin aufgeregt", mischte diese sich ein. Sie trug zur Feier des Tages ein afrikanisches, fliederfarbenes Festtagskleid, das im Vergleich zu ihrer Alltagskleidung fast schlicht wirkte. Der Eindruck von Schlichtheit verschwand jedoch augenblicklich, wenn man den Hut betrachtete, der ihren Kopf bedeckte. Ebenfalls fliederfarben war er eher breit als hoch. Er mutete an wie ein Ziegelstein, der so lang wie ein Unterarm war.

„Durch die geöffnete Küchentür werdet ihr hören, was im Saal gesprochen wird", erklärte Mathilde. „Auch ich werde nicht von Beginn an dabei sein."

„Wichtig ist, dass Sie vollkommen still sind, egal was geschieht", sagte Herbert ernst zu Martha. Er war über die Anwesenheit der temperamentvollen Afrikanerin nicht glücklich.

„Ich werde schweigen wie ein Grab", versprach diese,

heftig mit dem Kopf nickend, so dass die goldenen Kreolen hin und her schwangen.

„Mit dem Schweigen werden wir jetzt am besten beginnen", fügte Mathilde hinzu. „Martin, es geht los. Die Krumms sind soeben angekommen." Sie konnte nicht still sitzen und lugte aus dem Küchenfenster, von dem aus man auf den Besucherparkplatz blicken konnte. „Herbert, deine Mutter passt auf Maria Krumms Kinder auf. Netterweise hat Lutz Krumm ihr und den Kindern erlaubt, während der Veranstaltung in Sonnborn zu warten."

„Bis später, Mathilde", verabschiedete sich Martin Marx, und die Augen der Anwesenden richteten sich auf den großen, schlanken, jungen Mann mit dem gepflegten Drei-Tage-Bart. Er hatte für heute einen dunkelgrauen Anzug gewählt und diesen lässig mit einer locker gebundenen, grünen Krawatte vervollständigt. Er verschwand mit dem Fotografen durch die Küchentür.

„Reiß dich bitte zusammen, Maria", flüsterte Lutz seiner Frau zu, während sie den Saal betraten. „Von unserer Trennung möchte ich nichts im Wupperspiegel lesen."

Widerwillig hakte die Angesprochene sich bei ihrem Mann unter.

„Wir sind die Ersten", sagte sie leise.

„Guten Tag", wurde das Ehepaar von der Bedienung begrüßt. „An den Gedecken finden Sie Namensschilder, die Ihnen Ihren Sitzplatz zuweisen."

Es dauerte nicht lange, bis die geladenen Gäste anwesend waren. Alle redeten aufgeregt durcheinander, suchten ihre Plätze und bestellten Getränke. Um zwanzig nach elf klopfte Martin energisch mit einem Löffel an sein Wasserglas.

„Meine lieben Gäste, herzlich Willkommen zu unserer Veranstaltung des Wupperspiegels", begrüßte er die Anwesenden. „Schön, dass Sie so zahlreich und vollständig erschienen sind. Wir werden mit dem Gruppenfoto beginnen. Vielleicht wundert sich die eine oder der andere von Ihnen darüber, dass wir einige wenige Nichtfamilienmitglieder ebenfalls für das Foto ausgewählt haben. Ich verspreche Ihnen, dass Sie sich diese Frage am Ende der Veranstaltung nicht mehr stellen werden. Folgen Sie mir bitte alle zur Bar."

„Warum ist sie hier?", fragte Vera Julian. „Was bitte hat sie mit Bernd zu tun? Warum du anwesend bist, ist mir ja leider bekannt."

„Keine Ahnung", erwiderte Julian ehrlich, der ziemlich bleich um die Nase war. „Davon hat sie mir nichts erzählt."

Im Gegensatz zu Vera Mayer-Santos, die anscheinend versucht hatte, mit zu viel Make-up ihre Blässe zu kaschieren, sah Sarah Jung frisch und gut gelaunt aus. Fröhlich winkte sie dem Ehepaar zu.

„Henrietta!", rief Carlotta Santos überrascht aus. Sie rannte zu der älteren Frau und fiel ihr um den Hals. „Un placer verte de nuevo. Ich freue mich so sehr!"

„Carlotta, Sie habe ich ewig nicht mehr gesehen. Und Julian ist auch hier", erwiderte Henrietta Bode erfreut, Julian mit einem strahlenden Lächeln zuwinkend. Doch nur wenige Sekunden später verdüsterte sich ihr Gesichtsausdruck. „Ich werde dem Herrn Journalist schon berichten, was Bernd Bock für ein Mensch war."

„Jetzt warten Sie erstmal ab", sagte Carlotta beschwichtigend. „Sehen Sie dahinten die Platten? Ich möchte wetten, dass darunter viele Köstlichkeiten stecken. Meine Liebe, wir werden es uns schmecken lassen."

Es dauerte eine Weile, bis Jörg Hansen mit dem Arrangement zufrieden war. Perfektionistisch schob er die Versammelten hin und her. Schließlich nickte er zufrieden.

„Bitte alle lächeln", befahl er. „Und jetzt ein wenig reden, aber nur den Mund bewegen. Und immer wieder lächeln. Ganz unverkrampft, die Herrschaften." Er schoss Foto um Foto. „Das genügt fürs Erste", sagte er schließlich, und erleichtert begaben sich die Gäste zurück zu ihren Plätzen.

„Wir vom Wupperspiegel haben geplant, einen umfangreichen Nachruf über Bernd Bock, den Gründer von ʼElite For Youʼ zu veröffentlichen", erklärte Martin Marx, dessen Wangen vor Aufregung gerötet waren. „Freundlicherweise hat sich eine ehemalige Kollegin von mir dazu bereiterklärt, mich mit ihrer Erfahrung bei diesem Unterfangen zu unterstützen."

„Die Krähenfuß", rief Charles Bock dazwischen, wofür er von seiner Schwester fest mit dem Ellbogen zwischen die Rippen gestoßen wurde.

„Charles", zischte Linda Bock wütend.

„Ganz richtig, junger Mann", sagte Martin in Richtung des rothaarigen Riesen, der in einer zerrissenen Jeans erschienen war. Linda hatte ihren Sohn nicht davon abhalten können. Seit dem Tod seines Vaters war er noch eigener geworden, was seinen Kleidungsstil betraf. Allgemeines Getuschel machte sich breit, als Mathilde aus der Gasthausküche trat.

„Einen schönen guten Tag zusammen", sagte Mathilde strahlend. „Ich fühle mich sehr geehrt, meinem geschätzten Kollegen vom Wupperspiegel hilfreich zur Seite stehen zu dürfen. Lieber Martin, ist dein Diktiergerät eingeschaltet?"

Martin Marx nickte zustimmend und nahm auf einem leeren Stuhl Platz. Mathilde ging zum Kopfende des Tisches, damit sie von jedem der Anwesenden gut zu sehen und zu hören war.

„Wir sind hier nicht nur zusammengekommen, um uns an Bernd Bock zu erinnern und Material für einen Nachruf zu sammeln", kündigte sie an. „Nein", sagte sie, ihre Brille zurechtschiebend und eindringlich in die Runde blickend, „es gilt, einen heimtückischen und von langer Hand geplanten Mord aufzuklären."

„Mord?", rief Lutz Krumm aufgebracht. „Roberts Tod ist doch bereits aufgeklärt, und die Schuldige sitzt im Gefängnis."

„Um Gottes willen, wer ist gestorben? Holy Mother Mary ayuda", entfuhr es der entsetzten Carlotta Santos.

„Meine lieben hier Versammelten", fuhr Mathilde bedächtig fort. „Ich spreche von dem Mord an Bernd Bock."

„Das war eine gute Tat", schrie Henrietta Bode, aufgeregt mit ihrer Halskette spielend. „Ich werde jetzt erzählen, was Bernd Bock für ein Mensch war."

„Meine gute Frau Bode, so beruhigen Sie sich doch", sagte Mathilde beschwichtigend. „Ich verspreche Ihnen, dass wir in unserem Artikel aufgreifen werden, dass nur wegen Mangels an Beweisen vor sechs Jahren nicht weiter gegen Bernd Bock ermittelt wurde. Sie werden namentlich im Wupperspiegel erwähnt werden."

„Was soll Bernd denn verbrochen haben, Frau Krähenfuß?", warf Dietmar Wolf lautstark ein.

„Den Drohbrief damals schrieb ihm der eigene Sohn", ergänzte Vera Mayer-Santos. „Bernd hat nichts verbrochen."

„Da muss ich Sie leider enttäuschen, Frau Mayer-Santos", entgegnete Mathilde. „Wäre er nicht ermordet worden, würde die Polizei den Fall Henrietta Bode neu aufrollen. Doch jetzt genug davon."

„Wie bitte soll Bernd denn umgebracht worden sein?", fragte Dietmar weiter. Seine Wangen waren stark gerötet, und er öffnete die obersten Knöpfe seines schwarzweiß karierten Hemdes, das er zum Kontrast zu seinem roten Anzug gewählt hatte.

„Dazu kommen wir später", wiegelte Mathilde ihn energisch ab. „Uns ist allen der Ort bekannt, an dem das Verbrechen begangen wurde. Der Mord an Bernd Bock fand im Wuppertaler Opernhaus zeitgleich mit dem Tod des Helden Siegfried auf der Bühne statt."

Ein Raunen ging durch die Menge.

„Wollen wir uns einmal die hier anwesenden Gäste ansehen", fuhr Mathilde fort. „Wer von Ihnen könnte der Mörder oder die Mörderin sein?" Sie trank einen Schluck Wasser aus dem Glas, das die Bedienung ihr unaufgefordert serviert hatte. „Beginnen wir gleich mit Ihnen, Frau Bode. Ihre Freude am Ableben Bernd Bocks haben Sie soeben zum Ausdruck gebracht. Ich kann Ihren Hass auf den Verstorbenen gut nachvollziehen. Er beraubte Sie Ihrer Existenz und trieb Sie in eine schwere, psychische Erkrankung. Doch Sie begingen die Tat nicht. Auch den Drohbrief von vor sechs Jahren verfassten Sie nicht. Tatsächlich war es Robert Bock, der seinem Vater schlicht und ergreifend einen Schrecken einjagen wollte. Anscheinend gelang ihm das, denn dieser überschrieb daraufhin sein Anwesen seiner Haushälterin und Geliebten Vera Mayer-Santos."

„Ich hab's doch gewusst", mischte sich wieder Charles Bock ein. „Sie Erbschleicherin, unserem Vater hätte das Haus in Ronsdorf zugestanden."

„Charles, fassen Sie sich", mahnte Mathilde den jungen Mann. „Wo wir direkt bei Ihnen wären, Frau Mayer-Santos. Was hat Ihnen der Tod von Bernd Bock gebracht? Die Antwort darauf ist: Freiheit. Sie konnten Ihr Haus, das Ihnen unanfechtbar gehört, nach Ihren Vorstellungen umgestalten und brauchten Bernd Bock keine Gefühle mehr vorspielen, die inzwischen längst erloschen waren. Endlich konnten Sie offen zu der Liebe Ihres Lebens stehen und Julian Santos heiraten. Doch auch Sie waren es nicht. Tatsächlich hegten Sie zu Beginn Ihrer Affäre mit Bernd Bock ihm gegenüber Gefühle. Sie kannten seine guten Seiten und ihn besser als so manch anderer der hier Versammelten. Was Sie nicht wussten, ist, dass Ihr jetziger Ehemann der uneheliche Sohn von Bernd Bock ist. Frau Krumm, zu Ihrer Linken sitzt Ihr Halbbruder."

Julian Santos begann zu schwitzen, und Maria Krumm winkte der Kellnerin. Das einzige Wort, das sie zustande brachte, war: „Cognac."

„Frau Krumm", sagte Mathilde weiter. „Mir ist bewusst, dass die momentane Situation Ihnen arg zusetzt. Zunächst meldeten Sie der Kriminalpolizei Ihre Befürchtung, Ihr Ehemann könne der Mörder Ihres

Bruders sein. Ein Verdacht, der sich als unbegründet herausgestellt hat. Ihre eigene Schwester beging den Brudermord, um Ihrem Lebensgefährten, Dietmar Wolf, seine Position bei ›Elite For You‹ zu sichern. Nun, was das betrifft, Carlo Langerfeld wurde der Rummel um das Unternehmen doch zu viel, und er ist abgesprungen. Trotzdem gibt es die Neuigkeit zu berichten, dass mit Wolfram Roop ein gleichwertiger Ersatz gefunden worden ist. Herzlichen Glückwunsch, Herr Wolf.«

Stolz lächelte dieser in die Runde. Sein Gesicht hatte wieder einen normalen Farbton angenommen.

„Frau Krumm, ich verstehe Ihren Mann, dass er nach Ihren Anschuldigungen nicht mehr bei Ihnen bleiben kann", erklärte Mathilde, und Lutz Krumm fluchte leise. „Bleiben wir bei Ihnen beiden. Frau Krumm, was haben Sie vom Tod Ihres Vaters? Weder Sie noch Ihre Geschwister rechneten damit, dass Sie lediglich den Pflichtteil seines Vermögens und eine kleine Apanage erben würden. Doch auch hier sei gesagt, Sie sind viel zu unselbstständig, um ein derart ausgeklügeltes Verbrechen zu begehen. Nein, Sie können aufatmen, Sie sind gewiss nicht die Mörderin Ihres Vaters."

Maria Krumm blieb weiterhin sprachlos. Sie hob den Cognac-Schwenker an die Lippen und trank einen Schluck von dem starken Getränk.

„Herr Krumm, was ist mit Ihnen?", fragte Mathilde Lutz, der neben Samira Bock saß. Die Personenverteilung war gut durchdacht. Mathilde wollte die andauernde Aufmerksamkeit der Gäste und nicht allzu viel Getuschel.

„Jetzt machen Sie mal halblang, Frau Krähenfuß", empörte sich dieser. „Erst werde ich des Mordes an meinem

Schwager bezichtigt, und jetzt soll ich etwas mit dem Tod meines Schwiegervaters zu tun haben?"

„Herr Krumm, die Ermittlungen haben ergeben, dass der Einbrecher in mein Haus in der Mirker Höhe Ihren Revolver Taurus 85S benutzt hat", erwiderte Mathilde fest. „Und ich vermag Ihnen bereits jetzt zu sagen, dass dieser Einbrecher auch der Mörder Bernd Bocks ist. Natürlich waren Ihre Fingerabdrücke auf dem Revolver. Der Vergleich mit den in Untersuchungshaft von Ihnen genommenen Abdrücken identifiziert Sie eindeutig."

„Ist doch logisch, dass meine Abdrücke auf meiner Waffe sind", verteidigte Lutz sich. Schweiß stand auf seiner Stirn. „Ich übe mit ihr, ich bin Jäger, Frau Krähenfuß!"

„Sie sagen es selbst, Herr Krumm. Sie sind Jäger", entgegnete Mathilde gelassen.

„Lutz", schrie Maria entsetzt, den im Schwenker verbliebenen Rest Cognac mit einem Schluck leer trinkend.

„Nein, Frau Krumm", sagte Mathilde. „Auch Ihr Mann ist nicht der Mörder. An dem Revolverlauf wurden weitere Fingerabdrücke gefunden, die in der Datenbank identifiziert und zugeordnet werden konnten." Mathildes Blick wanderte zu Sarah Jung, die schockstarr auf ihrem Stuhl saß. Aus ihrem ohnehin schon blassen Gesicht war jegliche Farbe gewichen.

„Die Fingerabdrücke gehören einer jungen Frau, die vor wenigen Jahren einmal einen Einbruch in eine Apotheke verübte und dabei erwischt wurde", erzählte Mathilde weiter. „Sie hatte versucht, eine nicht unbeträchtliche Menge des Herzmedikamentes Digitalis zu entwenden. Werte Gäste, Digitalis ist ein Medikament mit einer sehr geringen therapeutischen Breite. Das bedeutet, der Spagat zwischen nutzlos über wirksam bis tödlich muss gekonnt sein. Frau Jung", Mathilde sprach Sarah direkt an. „Was wollten Sie damals mit dem aus Fingerhut gewonnenen Medikament machen?"

Alle Augen wanderten zu der jungen Frau, die tief seufzte.

„Für unsere, ich meine für meine Chemiestudien brauchte ich Übungsmaterial", gab sie zerknirscht zu. „Ich habe meine Arbeitsstunden absolviert, meine Strafe ist abgegolten."

„Das bestreitet auch niemand, Frau Jung", erwiderte Mathilde, der die junge Frau im Stillen leid tat. „Aber gibt es an der Universität nicht ausreichend Material, das den Studierenden zu Übungszwecken zur Verfügung gestellt wird?"

„Für das, was wir, ich meine, was ich machen wollte, brauchte ich Digitalis", verteidigte sich Sarah.

„Und da sind wir beim springenden Punkt angekommen", sagte Mathilde genüsslich. „Gehe ich Recht in der Annahme, dass Sie in Ihrer Freizeit mit Giftstoffen experimentierten, um neue Medikamente zu entwickeln, tödliche Medikamente, die sich so leicht nicht im Körper nachweisen lassen?", fragte Mathilde weiter. Aus den Augenwinkeln sah sie, dass die Kellnerin Maria Krumm ein weiteres Glas Cognac einschenkte. „Und was sagen Sie dazu, dass Jörg Tauben von der Spurensicherung Ihre Fingerabdrücke auf Herrn Krumms Revolver gefunden hat? Mit eben dieser Waffe wurde meine Haushälterin, Martha Awolowo, von Bernd Bocks Mörder bedroht."

Wie abgesprochen traten bei diesen Worten die drei Kriminalbeamten, Martha, Jörg Tauben und der Psychiater, den Mathilde für den Fall eines Zusammenbruchs hinzugezogen hatte, in den Saal.

„Bedeutet dies, Frau Jung, dass Sie Bernd Bock ermordet haben?", fragte Mathilde, die Angesprochene mitleidig ansehend.

Sarah traten die Tränen in die Augen, und sie spürte Panik in sich aufsteigen. Ihr Herz raste, und ihre Finger zitterten. Sie schüttelte hilflos den Kopf.

„Nein", hauchte sie. „Frau Krähenfuß, das können Sie nicht von mir denken."

„Das denke ich auch nicht von Ihnen, weil auch Sie diesen Mord nicht begangen haben", stellte Mathilde fest. „Dennoch haben Sie unbestreitbar zu diesem Mord beigetragen, eine Tatsache, die, so leid es mir aus ganzem Herzen für Sie tut, Sie zur Mitschuldigen macht. Aber wie groß das Ausmaß Ihrer Mittäterschaft ist, werden wir heute nicht entscheiden. Das ist ein Fall für das Gericht. Doch wenn Sie es nicht waren, die bei mir einbrach, um in meinen Computerdateien rumzuschnüffeln, wie gelangte dann die Tatwaffe in den Besitz des Mörders?"

Maria Krumm schluchzte auf. Ihre Schultern zuckten, sie hatte das Gesicht hinter ihren Händen verborgen.

„Müssen meine Kinder bei diesem grausamen Spektakel weiterhin anwesend sein?", rief Linda Bock in den Raum.

„Ich möchte wissen, wer der Mörder ist, Mama. Ich werde bleiben", sagte Charles bestimmt.

Auch Samira, die zwischen Lutz Krumm und ihrem Bruder saß, sagte: „Wir sind volljährig. Auch ich werde bleiben."

„Ich werde diese Farce jetzt verlassen", machte Dietmar Wolf sich bemerkbar. „Ich habe wichtigere Dinge zu tun, ein Geschäft zu führen."

Er stand auf und machte Anstalten, die Versammlung zu verlassen. Doch ein am Ausgang positionierter Polizist machte ihm rasch deutlich, dass er zu bleiben habe. Unwillig kehrte er zurück an die Seite von Julian Santos.

„Meine lieben Gäste, ich möchte Sie nicht weiter auf die Folter spannen", fuhr Mathilde fort. „Frau Jung schlich sich unter dem Vorwand, eine Stelle als Babysitterin zur Finanzierung ihres Studiums zu benötigen, in den Haushalt der Familie Krumm ein. Unbeobachtet nahm sie die Waffe an sich, lenkte damit bewusst den Verdacht auf Lutz Krumm und brachte den Revolver nach der Tat unbemerkt zurück."

Sarah liefen mittlerweile die Tränen in Strömen über das Gesicht.

„Es tut mir alles so leid", flüsterte sie.

„Die Liebe ist ein seltsames Spiel", fuhr Mathilde fort. „Und Sie, Frau Jung, lieben den Mörder von Bernd Bock."

„Por el amor de Dios, Julian", kreischte Carlotta Santos entsetzt. Sie sprang auf und rannte zu ihrem Sohn, der seinem Tischnachbarn, Dietmar Wolf, etwas ins Ohr flüsterte.

„Dass du des Geldes wegen geheiratet hast, ist schlimm genug, aber wie konntest du deinen Vater umbringen? Weißt du, was du mir damit angetan hast?" Carlotta holte fest aus und verabreichte ihrem Sohn eine schallende Ohrfeige. „Bernd zahlte mir gutes Schweigegeld. Jetzt bekomme ich nichts mehr."

„Frau Santos", schaltete Herbert Mucke sich ein. „Setzen Sie sich freiwillig wieder auf Ihren Platz oder müssen meine Kollegen nachhelfen? Überlegen Sie, was Sie sagen. Alles kann vor Gericht gegen Sie verwendet werden. Erpressung ist eine Straftat, die mit dem Tod des Erpressten nicht endet."

Widerwillig kam Carlotta Santos der Aufforderung nach.

„Du hast mich des Geldes wegen geheiratet?", hauchte Vera, die an Julians anderer Seite saß.

„Die arme Frau", entfuhr es Martha, die inmitten der Beamten hinter Mathilde stand.

„Jetzt ist Ruhe!", rief Mathilde. „Mir scheint, in dieser Familie ist keiner frei von Schuld. Über Ihre wechselseitigen Gefühle werden Sie ein anderes Mal diskutieren müssen. Herr Santos, stimmt es, dass Sie gemeinsam mit Ihrer langjährigen Freundin, Sarah Jung, ein tödliches Medikament entwickelt haben, das Sie Ihrem Vater schließlich in der Oper mittels einer sehr dünnen Kanüle verabreichten?"

„Sie pokern doch nur", antwortete Julian. Er presste seine Lippen fest zusammen. „Haben Sie irgendwelche Beweise?"

„Diese Beweise werde ich Ihnen später mit der Hilfe meines geschätzten Beamten von der Spurensuche vorlegen", erwiderte Mathilde fest.

Hinter ihrem Rücken krallte Herbert seine Nägel in seine Handballen. Er merkte, wie seine Achseln feucht wurden. Mathilde hatte soeben schlichtweg gelogen. Eine Tatsache, die im schlimmsten Fall juristische Folgen für seine Tante haben konnte. ʻHoffentlich erwähnt sie nicht aus Versehen, dass sie sich unerlaubterweise in seiner Wohnung umsah´, dachte er.

Es blitzte mehrmals. Jörg Hansen hatte einige Aufnahmen gemacht.

„Muss das sein?", rief Dietmar Wolf.

„Herr Hansen", sagte Herbert mahnend. „Warten Sie bitte mit dem Fotografieren, bis meine Tante mit ihren Ausführungen fertig ist."

„Herr Wolf", fuhr Mathilde ruhig fort. „Kommen wir zu Ihnen. Das ist die traurige Geschichte von zwei Söhnen, die sich zusammengeschlossen haben, um den Gott vom Olymp zu stoßen. Meine Herrschaften, ich werde Ihnen nun die Geschichte der Götterdämmerung zu Ende erzählen." Sie nahm einen letzten, kräftigen Schluck Wasser. „Nachdem Herr Santos bei einem Streit mit seiner Mutter erfahren hatte, der uneheliche Sohn Bernd Bocks zu sein, entwickelte er einen unermesslichen Hass auf seinen Vater. War er früher ein ambitionierter und zufriedener Chemiker gewesen, wurde er mehr und mehr zu einem mürrischen und neidischen jungen Mann. Er konnte sich mit seiner Rolle nicht bescheiden und begann, sich mit kleinen Gartenarbeiten in das väterliche Anwesen einzuschleichen. Akribisch, fast schon wie ein Stalker, erkundete er das Leben seines Vaters und seiner Halbgeschwister. Dazu bediente er sich seit Jahren seiner Geliebten, Vera Mayer-Santos. Ich bin mir nicht sicher, ob Herr Santos seine Mordgelüste ohne Hilfe in die Tat umgesetzt hätte. Dazu bedurfte er die Unterstützung eines weiteren Sohnes Bernd Bocks, der jedoch kein leiblicher Sohn des Verstorbenen ist. Herr Wolf, jeder, mit dem ich über Sie sprach, sei es Ihre ehemalige Lebensgefährtin, Rita Bock, oder Ihre jetzige Freundin, Indra Most, erzählte mir von Ihrer Trauer um Bernd Bock. Die Damen berichteten mir, Ihnen würden die anregenden Gespräche über klassische Musik fehlen. Und wissen Sie was? Das glaube ich sogar."

Dietmar Wolf sagte kein Wort. Im `Haus Marianne´ war es einen Augenblick totenstill.

„Alles, was Sie sind, haben Sie Bernd Bock zu verdanken, der Sie wie einen Sohn behandelte. Sie haben bei `Elite For You´ eine steile Karriere gemacht, und Sie waren einer der wenigen Menschen außer Frau Mayer-Santos, denen Bernd Bock blind vertraute."

Dietmar Wolf schlug die Hände vors Gesicht, und seine Schultern bebten.

„Dietmar", zischte Julian. „Behalte die Nerven."

„Auch Sie haben Bernd Bock nicht ermordet. Das hätten Sie nicht fertig gebracht", sagte Mathilde weiter. „In Ihrem Inneren kämpften lange Zeit Engel und Teufel miteinander. Irgendwann gewann der Teufel die Oberhand und machte Ihnen klar, dass Bernd Bock noch lange zu leben habe und Sie noch ewig auf Ihre Beförderung zum Geschäftsführer würden warten müssen. Dazu kam, dass Sie mit Bernd Bock eine Hassliebe verband. Sie liebten ihn für das, was er Ihnen Gutes tat und für seine Leidenschaft zur klassischen Musik. Doch unterbewusst hassten Sie ihn auch, weil er Ihre erste Liebe zu seiner Tochter Maria unterbunden hatte."

Mathilde hörte Maria erneut nach der Kellnerin rufen.

„Ihre Bekanntschaft mit Julian Santos kam Ihnen gerade Recht. Sie schürten fleißig seinen Hass auf den Vater, und gemeinsam entwickelten Sie den teuflischen Plan.

Julian Santos und Sarah Jung war es gelungen, ein Digitalis-Derivat zu entwickeln, das binnen kürzester Zeit den Tod zur Folge hat und im Körper praktisch nicht nachzuweisen ist. Selbst der von der Kriminalpolizei hinzugezogene Dr. Mathis fand nicht die geringste Spur eines Gewaltverbrechens. Aber", Mathilde machte eine bedeutungsvolle Pause, „er hatte lediglich eine Routineuntersuchung der Leiche vorgenommen und nicht gezielt nach Spuren des Fingerhuts gesucht."

Sarah wimmerte vor sich hin, und Marthas Herz zog sich mitfühlend zusammen. Ohne sich an den tadelnden Blicken der Beamten zu stören, ging sie zu der jungen Frau und legte ihr von hinten die Arme um den bebenden Körper. Sarahs Kopf verschwand in ihrem wogenden Busen.

„Doch wie kam Julian Santos in den Besitz einer Premierenkarte für die Aufführung des dritten Aktes von Wagners Nibelungenring?", fragte Mathilde in die Runde. „Die Antwort gab mir Herr Wolf höchstpersönlich bei unserem Gespräch am 1. Februar."

Julian zuckte zusammen, und Dietmar sagte leise: „Ich halte das nicht mehr aus, Julian."

„Was hast du der erzählt?", wollte Julian flüsternd wissen.

„Sie berichteten mir, Herr Wolf, dass Bernd Bock gewollt habe, dass Sie ihn zur Premiere von ˈSurrogates Cities / Götterdämmerungˈ begleiten. Weiter sagten Sie mir, Sie hätten ihm wegen einer Verabredung mit Frau Most eine Absage erteilt. Doch warum war der Platz neben Herrn Bock zu Beginn der Aufführung laut Aussage des Opernhauspersonals noch unbesetzt?", fragte

Mathilde mit hochgezogenen Augenbrauen. „Sie wollen mir nicht allen Ernstes weiß machen, dass Herr Bock die Karte nach Ihrer Absage nicht jemand anderem gegeben hätte. Nein, Sie sagten Bernd Bock nicht ab, zumindest nicht früh genug, dass dieser die Karte zurückfordern konnte. Sie schoben irgendeine spontane Erkrankung vor, die Ihr Fehlen bei der Aufführung entschuldigen sollte. Die für Sie bestimmte Karte war längst in den Besitz von Julian Santos übergegangen, der schließlich die Tat beging." Vera Mayer-Santos schrie auf, und Mathilde holte tief Luft. „Und Sie, Herr Santos, in Ihrem abgrundtiefen Hass auf Ihren Vater ließen sich diese kleine und feine, besondere Gemeinheit einfallen, die mich und auch Herrn Flachs", sie deutete mit der Hand auf den neben ihrem Neffen stehenden Polizeibeamten, „bereits kurz nach der Beerdigung Ihres Vaters auf den Verdacht kommen ließen, es könne ein Gewaltverbrechen vorliegen. Und zwar die Inszenierung des zeitgleichen Todes Bernd Bocks mit dem Siegfrieds auf der Bühne."

„Danke, Frau Krähenfuß", sagte Julian trocken. „Eine schöne Geschichte haben Sie uns erzählt. Ich werde Sie wegen Rufmords verklagen. Sie haben keinerlei Beweise gegen Dietmar und mich."

Herbert Mucke begann im Stillen das 'Vater unser' zu beten, und Dietmar Wolf rang sichtlich um Fassung.

„Beweise möchten Sie haben?", fragte Mathilde selbstsicherer, als sie es in Wirklichkeit war. „Die sollen Sie bekommen, meine Herrschaften. Die Staatsanwaltschaft ordnete wegen des Tatbestands 'Gefahr in Verzug' nach §87, Abschnitt 4, Satz 1 des StPO eine Exhumierung der Leiche an. Daraufhin wurde Bernd

Bock erneut obduziert, und es wurden Spuren von Fingerhut gefunden."

Erneut ging ein Raunen durch die Gesellschaft.

„Das ist unmöglich", rief Julian aus.

„Also geben Sie nicht zu, Bernd Bock ein tödliches Digitalis-Derivat gespritzt zu haben?", hakte Mathilde rasch nach.

Herbert schloss die Augen. Am liebsten hätte er sich die Ohren zugehalten.

„Es konnte sogar die Rezeptur des Giftes ermittelt werden", fuhr Mathilde fort. „Ich fragte mich außerdem, was Ihren Hass auf Ihren Vater noch geschürt haben konnte. Herr Santos, stimmt es nicht, dass Sie Bernd Bock die Zerstörung von Henrietta Bodes Existenz nie verziehen haben?"

„Mein Junge, was hast du getan?", rief diese in den Raum. Sie hatte Tränen in den Augen.

„Lassen Sie doch endlich Henrietta in Ruhe", schrie Julian wütend.

„Sie liebten Frau Bode wie eine zweite Mutter, als Sie ein kleiner Junge waren, stimmt das?", fragte Mathilde fest.

„Was tut das zur Sache? Ja, ich liebe sie immer noch. Ich kann nicht ertragen, dass sie…", Julian brach ab. „Henrietta, ich konnte dich nicht besuchen, dein Leid nicht ertragen. Verzeih mir, dass ich dich nicht besucht habe."

Henrietta schüttelte verstört den Kopf.

„Ein Geständnis könnte Ihnen große Vorteile bringen, aber wenn Sie nicht aussagen möchten, werde ich nun Dr. Mathis in den Raum rufen", sagte Mathilde, deren

Unterlippe zu zucken begann. Dr. Mathis war nicht anwesend.

„Julian", rief Sarah, die sich aus den Armen der fürsorglichen Martha zu befreien versuchte. „Sei vernünftig, du kannst nicht mehr leugnen."

„Du hast mir versichert, dass das Gift nicht nachweisbar ist, Sarah", rief Julian aufgelöst. „Also gut, ich gestehe, dass ich den alten Geldsack ermordet habe. Aber ich bereue nichts. Er hat es verdient! Und es stimmt, Dietmar gab mir die Karte, und er unterstützte mich in den Tatvorbereitungen. Er soll mit mir ins Gefängnis gehen."

„Julian, Sie sind wirklich ein reizender Mensch", sagte Mathilde sarkastisch. „Bitte, meine Damen", sie sah der Reihe nach Sarah Jung und Vera Mayer-Santos an, „weinen Sie dem Kerl keine Tränen mehr nach. Er ist es nicht wert."

„Sie wissen alles, Frau Krähenfuß, nicht wahr?", schrie Julian weiter. Er erhob sich von seinem Stuhl. „Wie ich als Kind Henrietta und meine Mutter geliebt und gebraucht habe, ist es in der Gegenwart um meine Gefühle für", er zögerte einen winzigen Augenblick, „für meine Frauen bestellt. Ich liebe euch beide, Sarah und Vera."

„Klären Sie das mit den Damen im Gefängnis, Herr Santos", unterbrach Mathilde den aufgewühlten Mann. „Zu Ihrer weiteren Information: Ich habe tatsächlich gepokert, und es gibt keinerlei Beweise. Vielen Dank für Ihr Geständnis, Herr Santos."

„Sie alte Hexe, das werde ich Ihnen nie verzeihen", brüllte Julian. Er lief auf Mathilde zu.

„Herr Santos und Herr Wolf, Sie sind vorläufig festgenommen. Alles, was Sie ab jetzt sagen, kann vor Gericht gegen Sie verwendet werden. Sie haben das Recht auf einen Anwalt", verkündete Herbert erleichtert, und Florian und Hans rannten mit Handschellen in den Händen auf die zwei Männer zu. Julian wandte sich unter den Händen Florian Vogels, doch dieser erwies sich als stärker. Mathilde verließ rasch ihren Platz und eilte in Marthas Begleitung um den Tisch rum.

„Meine lieben Anwesenden", sagte sie etwas außer Atem. Erschöpft aber zufrieden hakte sie sich bei ihrer Haushälterin unter. „Mir persönlich ist der Appetit vergangen, doch falls Sie etwas zu sich nehmen möchten: Das Buffet ist eröffnet. Sollte jemand psychiatrischen Zuspruch wünschen, Herr Dr. Mohn steht zu Ihrer Verfügung. Auf Wiedersehen, ich wünsche Ihnen noch einen angenehmen Tag. Komm, Martha, Lotte wartet auf uns."

Mathilde und Martha drehten sich um und machten sich auf den Heimweg in ihre Miniaturwelt.

Vorankündigung

Mathilde Krähenfuß ermittelt weiter....

Ihr nächster Fall „Drohnenopfer" wird voraussichtlich im November 2018 erscheinen.

Danksagung

Ich danke meiner Mutter für das intensive Begleiten meiner Arbeit, für ihren Glauben an mich und für ihre Ideen und Ilse Voswinkel für ihr interessiertes Zuhören. Mein besonderer Dank gilt meinem wunderbaren Lektor Dr. Norbert Brieden und meinen Freunden Marianne und Jürgen Trilling. Ihr alle habt die Arbeit an diesem Kriminalroman noch beglückender für mich gemacht.

Bei Melanie Bauer und dem Team von BoD bedanke ich mich für Beratung, Konzept und Design. Das Foto für das Covermotiv wurde von dem Fotostudio Hosenfeldt in Wuppertal hergestellt.